MAIGRET ET LES CAÏDS

Maigret et son mort

Maigret et l'indicateur

Georges Simenon, écrivain belge de langue française, est né à Liège en 1903. Il est l'un des auteurs les plus traduits au monde. À seize ans, il devient journaliste à *La Gazette de Liège*. Son premier roman, publié sous le pseudonyme de Georges Sim, paraît en 1921 : *Au pont des Arches, petite histoire liégeoise*. En 1922, il s'installe à Paris et écrit des contes et des romans populaires. Près de deux cents romans, un bon millier de contes écrits sous pseudonymes et de très nombreux articles, souvent illustrés de ses propres photos, sont parus entre 1923 et 1933... En 1930, Simenon rédige son premier Maigret : *Pietr le Letton*. Lancé par les éditions Fayard en 1931, le personnage du commissaire Maigret rencontre un immense succès. Simenon écrira en tout soixante-quinze romans mettant en scène les aventures de Maigret (ainsi que vingt-huit nouvelles). Dès 1930, Simenon commence aussi à écrire ce qu'il appellera ses « romans durs » : plus de cent dix titres, du *Passager du Polarlys* (1930) aux *Innocents* (1972). Parallèlement à cette activité littéraire foisonnante, il voyage beaucoup. À partir de 1972, il cesse d'écrire des romans. Il se consacre alors à ses vingt-deux *Dictées*, puis rédige ses *Mémoires intimes* (1981). Simenon s'est éteint à Lausanne en 1989. Il fut le premier romancier contemporain dont l'œuvre fut portée au cinéma dès le début du parlant avec *La Nuit du carrefour* et *Le Chien jaune*, parus en 1931 et adaptés l'année suivante. Plus de quatre-vingts de ses romans ont été portés au grand écran (*Monsieur Hire* avec Michel Blanc, *Feux rouges* de Cédric Kahn, ou encore *L'Homme de Londres* de Béla Tarr), et, à la télévision, les différentes adaptations de Maigret ou, plus récemment, celles de romans durs (*Le Petit Homme d'Arkhangelsk*, devenu *Monsieur Joseph*, avec Daniel Prévost, *La Mort de Belle* avec Bruno Solo) ont conquis des millions de téléspectateurs.

Paru dans Le Livre de Poche :

LES GRANDES ENQUÊTES DE MAIGRET

MAIGRET À PARIS

MAIGRET À PIGALLE

MAIGRET AUX ÉTATS-UNIS

MAIGRET DANS LES ENVIRONS DE PARIS

MAIGRET EN AUVERGNE

MAIGRET EN BRETAGNE

MAIGRET EN MER DU NORD

MAIGRET EN NORMANDIE

MAIGRET EN VENDÉE

MAIGRET SUR LA RIVIERA

LES PREMIÈRES ENQUÊTES DE MAIGRET

GEORGES SIMENON

Maigret et les caïds

Maigret et son mort

Maigret et l'indicateur

Presses de la Cité

Maigret et son mort © 1948 Georges Simenon Ltd.
All rights reserved.
Maigret et l'indicateur © 1971 Georges Simenon Ltd.
All rights reserved.
GEORGES SIMENON ® 🅻Simenon.tm. All rights reserved.
MAIGRET ® Georges Simenon Ltd. All rights reserved.
ISBN : 978-2-253-17577-3 – 1ʳᵉ publication LGF

Maigret et son mort

1

— Pardon, madame...

Après des minutes de patients efforts, Maigret parvenait enfin à interrompre sa visiteuse...

— Vous me dites à présent que votre fille vous empoisonne lentement...

— C'est la vérité...

— Tout à l'heure, vous m'avez affirmé avec non moins de force que c'était votre beau-fils qui s'arrangeait pour croiser la femme de chambre dans les couloirs et pour verser du poison soit dans votre café, soit dans une de vos nombreuses tisanes...

— C'est la vérité...

— Néanmoins... – il consulta ou feignit de consulter les notes qu'il avait prises au cours de l'entretien, lequel durait depuis plus d'une heure – vous m'avez appris en commençant que votre fille et son mari se haïssent...

— C'est toujours la vérité, monsieur le commissaire.

— Et ils sont d'accord pour vous supprimer ?

— Mais non ! Justement... Ils essayent de m'empoisonner séparément, comprenez-vous ?...

— Et votre nièce Rita ?

— Séparément aussi...

On était en février. Le temps était doux, ensoleillé, avec parfois un nuage mou de giboulée qui humectait le ciel. Trois fois pourtant, depuis que sa visiteuse était là, Maigret avait tisonné son poêle, le dernier poêle de la P.J., qu'il avait eu tant de peine à conserver lorsqu'on avait installé le chauffage central quai des Orfèvres.

La femme devait être en nage sous son manteau de vison, sous la soie noire de sa robe, sous l'amoncellement de bijoux qui l'ornaient partout, aux oreilles, au cou, aux poignets, au corsage, comme une bohémienne. Et c'était à une bohémienne qu'elle faisait penser plutôt qu'à une grande dame, avec ses fards violents qui tout à l'heure formaient croûte et qui se mettaient à fondre.

— En somme, trois personnes cherchent à vous empoisonner.

— Elles ne cherchent pas... Elles ont commencé...

— Et vous prétendez qu'elles agissent à l'insu l'une de l'autre...

— Je ne prétends pas, je suis sûre...

Elle avait le même accent roumain qu'une célèbre actrice des Boulevards, les mêmes vivacités soudaines qui le faisaient à chaque fois tressaillir.

— Je ne suis pas folle... Lisez... Vous connaissez le professeur Touchard, je suppose ?... C'est lui qu'on appelle comme expert dans tous les grands procès...

Elle avait pensé à tout, y compris à consulter l'aliéniste le plus célèbre de Paris et à lui demander un certificat attestant qu'elle avait toute sa raison !

Il n'y avait rien à faire, qu'à écouter patiemment et, pour la contenter, à crayonner de temps en temps quelques mots sur un bloc-notes. Elle s'était fait annoncer par un ministre qui avait téléphoné personnellement au directeur de la Police Judiciaire. Son mari, mort quelques semaines plus tôt, était conseiller d'État. Elle habitait rue de Presbourg, dans une de ces immenses maisons de pierre qui ont une façade sur la place de l'Étoile.

— Pour mon gendre, voici comment ça se passe... J'ai étudié la question... Il y a des mois que je l'épie...

— Il avait donc commencé du temps de votre mari ?

Elle lui tendait un plan, qu'elle avait dessiné avec soin, du premier étage de la maison.

— Ma chambre est marquée *A*... Celle de ma fille et de son mari *B*... Mais Gaston ne couche plus dans cette chambre depuis un certain temps...

Le téléphone, enfin, qui allait donner à Maigret un instant de répit.

— Allô... Qui est à l'appareil ?...

Le standardiste, d'habitude, ne lui passait les communications que dans les cas urgents.

— Excusez-moi, monsieur le commissaire... Un type, qui ne veut pas dire son nom, insiste tellement pour vous avoir au bout du fil... Il me jure que c'est une question de vie ou de mort...

— Et il veut me parler personnellement ?

— Oui... je vous le donne ?

Et Maigret entendait une voix anxieuse qui prononçait :

— Allô !... C'est vous ?...

— Commissaire Maigret, oui...

— Excusez-moi... Mon nom ne vous dirait rien... Vous ne me connaissez pas, mais vous avez connu ma femme, Nine... Allô !... Il faut que je vous dise tout, très vite, car il va peut-être arriver...

Maigret pensa d'abord : « Allons ! Un autre fou... C'est le jour... »

Car il avait remarqué que les fous vont généralement par série, comme si certaines lunes les influençaient. Il se promit, tout à l'heure, de consulter le calendrier.

— J'ai d'abord voulu aller vous voir... J'ai longé le quai des Orfèvres, mais je n'ai pas osé entrer, parce qu'il était sur mes talons... Je suppose qu'il n'aurait pas hésité à tirer...

— De qui parlez-vous ?

— Un moment... Je ne suis pas loin... En face de votre bureau dont, il y a un instant, je pouvais voir la fenêtre... Quai des Grands-Augustins... Vous connaissez un petit café qui s'appelle *Aux Caves du Beaujolais*... Je viens de pénétrer dans la cabine... Allô !... Vous m'écoutez ?

Il était onze heures dix du matin, et Maigret, machinalement, nota l'heure sur son bloc, puis le nom du café.

— J'ai envisagé toutes les solutions possibles... Je me suis adressé à un sergent de ville place du Châtelet...

— Quand ?

— Il y a une demi-heure... Un des hommes était sur mes talons... C'était le petit brun... Car il y en a plusieurs qui se relaient... Je ne suis pas sûr de les reconnaître tous... Je sais que le petit brun en est...

Un silence.

— Allô !... appela Maigret.

Le silence durait quelques instants, puis on entendait à nouveau la voix.

— Excusez-moi... J'ai entendu quelqu'un entrer dans le café et j'ai cru que c'était lui... J'ai entrouvert la porte de la cabine pour voir, mais ce n'est qu'un garçon livreur... Allô !...

— Qu'est-ce que vous avez dit à l'agent ?

— Que des types me suivent depuis hier soir... Non, depuis hier après-midi, plus exactement... Qu'ils guettent sûrement une occasion de me tuer... Je lui ai demandé d'arrêter celui qui était derrière moi...

— L'agent a refusé ?

— Il m'a demandé de lui montrer l'homme et, quand j'ai voulu le faire, je ne l'ai plus trouvé... Alors il ne m'a pas cru... J'en ai profité pour m'engouffrer dans le métro... J'ai sauté dans un wagon et j'en suis descendu au moment où la rame partait... J'ai traversé tous les couloirs... Je suis ressorti en face du Bazar de l'Hôtel-de-Ville et j'ai traversé les magasins aussi...

Il avait dû marcher vite, sinon courir, car il en avait la respiration courte et sifflante.

— Ce que je vous demande, c'est de m'envoyer tout de suite un inspecteur en civil... *Aux Caves du Beaujolais*... Il ne faut pas qu'il me parle... Qu'il fasse semblant de rien... Je sortirai... Presque sûrement, l'autre se mettra à me suivre... Il suffira de l'arrêter, et je viendrai vous voir, je vous expliquerai...

— Allô !

— Je dis que je...

Silence. Des bruits confus.

— Allô !... Allô !...

Plus personne au bout du fil.

— Je vous disais... reprenait, imperturbable, la vieille femme aux poisons, voyant Maigret raccrocher.

— Un instant, voulez-vous ?

Il allait ouvrir la porte qui communiquait avec le bureau des inspecteurs.

— Janvier... Mets ton chapeau et cours en face, quai des Grands-Augustins... Il y a un petit café qui s'appelle *Aux Caves du Beaujolais*... Tu demanderas si le type qui vient de téléphoner est encore là...

Il décrocha son appareil.

— Donnez-moi les *Caves du Beaujolais*...

En même temps il regardait par la fenêtre et, de l'autre côté de la Seine, là où le quai des Grands-Augustins forme rampe pour atteindre le pont Saint-Michel, il pouvait apercevoir la devanture étroite d'un bistrot d'habitués où il lui était arrivé d'entrer à l'occasion pour boire un verre au comptoir. Il se souvenait qu'on descendait une marche, que la salle était fraîche, que le patron portait un tablier noir de caviste.

Un camion, arrêté en face du café, empêchait de voir la porte. Des gens passaient sur le trottoir.

— Voyez-vous, monsieur le commissaire...

— Un moment, madame, je vous prie !

Et il bourrait minutieusement sa pipe en regardant toujours dehors.

Cette vieille femme-là, avec ses histoires d'empoisonnement, allait lui faire perdre sa matinée, sinon davantage. Elle avait apporté avec elle des tas de papiers, des plans, des certificats, voire des analyses d'aliments qu'elle avait eu soin de faire faire par son pharmacien.

— Je me suis toujours méfiée, vous comprenez ?...

Elle répandait un parfum violent, écœurant, qui avait envahi le bureau et qui était parvenu à anéantir la bonne odeur de pipe.

— Allô !... Vous n'avez pas encore le numéro que je vous ai demandé ?

— Je l'appelle, monsieur le commissaire... Je ne cesse pas de l'appeler... C'est toujours occupé... À moins qu'on ait oublié de raccrocher...

Janvier, sans veston, la démarche dégingandée, traversait le pont, pénétrait un peu plus tard dans le bistrot. Le camion se décidait à démarrer, mais on ne voyait pas l'intérieur du café, où il faisait trop sombre. Quelques minutes encore. Le téléphone sonna.

— Voilà, monsieur le commissaire... J'ai votre numéro... Cela sonne...

— Allô !... Qui est à l'appareil ? C'est toi, Janvier ? Le téléphone était décroché ?... Eh bien ?

— Il y avait en effet ici un petit bonhomme qui téléphonait...

— Tu l'as vu ?

— Non... Il était parti quand je suis arrivé... Il paraît qu'il regardait tout le temps par la vitre de la cabine, entrouvrant sans cesse la porte de celle-ci...

— Et alors ?

— Un client est entré, a tout de suite jeté un coup d'œil vers le téléphone et a commandé un verre d'alcool au comptoir... Dès que l'autre l'a vu, il a interrompu sa communication...

— Ils sont partis tous les deux ?

— Oui, l'un derrière l'autre...

— Essaie d'obtenir du patron une description aussi minutieuse que possible des deux types... Allô !... Tant que tu y es, reviens par la place du Châtelet... Questionne les différents agents en faction... Essaie de savoir si l'un d'eux, il y a environ trois quarts d'heure, a été interpellé par le même bonhomme qui a dû lui demander d'arrêter son suiveur...

Quand il raccrocha, la vieille femme le regardait avec satisfaction et approuvait, comme si elle allait lui donner un bon point :

— C'est exactement de cette façon que je comprends une enquête... Vous ne perdez pas de temps... Vous pensez à tout...

Il se rassit en soupirant. Il avait failli ouvrir la fenêtre, car il commençait à étouffer dans la pièce surchauffée, mais il ne voulait pas perdre une chance d'abréger la visite de la protégée du ministre.

Aubain-Vasconcelos. C'est ainsi qu'elle s'appelait. Ce nom devait lui rester gravé dans la mémoire, et pourtant il ne la revit plus. Mourut-elle dans les prochains jours ? Probablement pas. Il en aurait entendu parler. Peut-être l'avait-on enfermée ? Peut-être, découragée par la police officielle, s'était-elle adressée à une agence privée ? Peut-être encore s'était-elle réveillée le lendemain avec une autre idée fixe ?

Toujours est-il qu'il en eut pour près d'une heure encore à l'entendre parler de tous ceux qui, dans la vaste maison de la rue de Presbourg, où la vie ne devait pas être drôle, lui versaient du poison à longueur de journée.

À midi, il put enfin ouvrir sa fenêtre, puis, la pipe aux dents, il entra chez le chef.

— Vous l'avez liquidée gentiment ?

— Aussi gentiment que possible.

— Il paraît qu'elle a été en son temps une des plus belles femmes d'Europe. J'ai vaguement connu son mari, l'homme le plus doux, le plus terne, le plus ennuyeux qu'il soit possible d'imaginer. Vous sortez, Maigret ?

Il hésita. Les rues commençaient à sentir le printemps. À la *Brasserie Dauphine* on avait déjà installé la terrasse, et la phrase du chef était une invitation à aller tranquillement y prendre l'apéritif avant le déjeuner.

— Je pense que je ferais mieux de rester... J'ai reçu, ce matin, un curieux coup de téléphone...

Il allait en parler quand la sonnerie retentit. Le directeur répondit, lui passa l'appareil.

— C'est pour vous, Maigret.

Et tout de suite le commissaire reconnut la voix, qui était plus anxieuse encore que le matin.

— Allô !... Nous avons été interrompus tout à l'heure... Il est entré... Il pouvait entendre à travers la porte de la cabine... J'ai eu peur...

— Où êtes-vous ?

— Au *Tabac des Vosges*, qui fait le coin de la place des Vosges et de la rue des Francs-Bourgeois... J'ai essayé de le semer... Je ne sais pas si j'ai réussi... Mais je vous jure que je ne me trompe pas, qu'il va tenter de me tuer... C'est trop long à vous expliquer... J'ai bien pensé que les autres se moqueraient de moi, mais que vous, vous...

— Allô !

— Il est ici... Je... Excusez-moi...

Le chef regardait Maigret, qui avait pris son air grognon.

— Quelque chose qui ne va pas ?

— Je ne sais pas... C'est une histoire baroque... Vous permettez ?

Il décrocha un autre appareil.

— Donnez-moi tout de suite le *Tabac des Vosges*... Chez le patron, oui...

Et, au chef :

— Pourvu que, cette fois-ci, il n'ait pas oublié de raccrocher.

La sonnerie, presque aussitôt.

— Allô !... Le *Tabac des Vosges* ? C'est le patron qui est à l'appareil ?... Est-ce que le client qui vient de téléphoner est encore chez vous ?... Comment ?... Oui, allez vous en assurer... Allô !... Il vient de partir ?... Il a payé ?... Dites-moi... Un autre consommateur est-il entré pendant qu'il téléphonait ?... Non ?... À la terrasse ?... Voyez s'il y est encore... Il est parti aussi ?... Sans attendre l'apéritif qu'il avait commandé ?... Merci... Non... De la part de qui ?... De la police... Rien d'ennuyeux, non...

C'est alors qu'il décida de ne pas accompagner le directeur à la *Brasserie Dauphine*. Quand il ouvrit la porte du bureau des inspecteurs, Janvier était rentré et l'attendait.

— Viens chez moi... Raconte...

— C'est un drôle de pistolet, patron... Un petit bonhomme vêtu d'un imperméable, avec un chapeau gris, des souliers noirs... Il est entré en coup de vent aux *Caves du Beaujolais* et s'est précipité vers la cabine en criant au marchand de vin : « Servez-moi ce que vous voudrez... » Par la vitre, le mastroquet le voyait s'agiter dans la cabine, gesticuler tout seul... Puis, quand l'autre client est entré, le premier est sorti de sa cabine comme un diable d'une boîte et est parti sans rien boire, sans rien dire, se précipitant vers la place Saint-Michel...

— Et l'autre ?

— Un petit aussi... Enfin, pas très grand, râblé, noir de poil...

— L'agent de la place du Châtelet ?

— L'histoire est vraie... Le type en imperméable s'est adressé à lui, essoufflé, l'air surexcité... Il lui a demandé en gesticulant d'arrêter quelqu'un qui le suivait, mais il n'a pu désigner personne dans la foule... L'agent se proposait de le signaler à tout hasard dans son rapport...

— Tu vas aller place des Vosges, au tabac qui fait le coin de la rue des Francs-Bourgeois...

— Compris.

Un petit bonhomme gesticulant, vêtu d'un imperméable beige et d'un chapeau gris. C'est tout ce qu'on savait de lui. Il n'y avait rien d'autre à faire que se camper devant la fenêtre pour voir la foule sortir des bureaux, envahir les cafés, les terrasses, les restaurants. Paris était clair et gai. Comme toujours vers la mi-février, on appréciait davantage les bouffées de printemps que lorsque le printemps était vraiment là, et les journaux allaient sans doute parler du fameux marronnier du boulevard Saint-Germain qui, dans un mois, allait fleurir.

Maigret appela la *Brasserie Dauphine* au bout du fil.

— Allô !... Joseph ?... Maigret... Tu peux m'apporter deux demis et des sandwiches ?... Pour un, oui...

Les sandwiches n'étaient pas encore arrivés qu'on l'appelait au téléphone, et il reconnaissait tout de suite la voix, car il avait prévenu le standard de lui passer les communications sans perdre une seconde.

— Allô !... Ce coup-ci, je crois que je l'ai semé...

— Qui êtes-vous ?

— Le mari de Nine... Cela n'a pas d'importance... Ils sont au moins quatre, sans compter la femme... Il faut absolument que quelqu'un vienne tout de suite et...

Cette fois, il n'avait pas pu dire d'où il téléphonait. Maigret appela l'opératrice. Cela prit quelques minutes. L'appel émanait des *Quatre Sergents de La Rochelle*, un restaurant du boulevard Beaumarchais, à deux pas de la Bastille.

Ce n'était pas loin non plus de la place des Vosges. On pouvait suivre dans un même quartier, ou presque, les allées et venues zigzagantes du petit bonhomme en imperméable.

— Allô ! c'est toi, Janvier ?... Je pensais bien que tu serais encore là...

Maigret l'appelait place des Vosges.

— File aux *Quatre Sergent de La Rochelle*... Oui... Garde ton taxi...

Une heure s'écoula sans appel, sans que l'on sût rien du mari de Nine. Quand la sonnerie résonna, ce n'était pas lui qui était à l'appareil, mais un garçon de café.

— Allô ! c'est bien au commissaire Maigret que j'ai l'honneur de parler ?... Au commissaire Maigret en personne ?... Ici, le garçon du *Café de Birague*, rue de Birague... Je vous parle de la part d'un client qui m'a demandé de vous appeler...

— Il y a combien de temps ?

— Peut-être un quart d'heure... Je devais téléphoner tout de suite, mais c'est le moment du coup de feu...

— Un petit homme en imperméable ?

— Oui... Bon... J'avais peur que ce soit une farce... Il était très pressé... Il regardait tout le temps dans la rue... Attendez que je me souvienne exactement... Il m'a dit comme ça de vous prévenir qu'il allait essayer d'entraîner son homme au *Canon de la Bastille*... Vous connaissez ?... C'est la brasserie qui fait le coin du boulevard Henri-IV... Il voudrait que vous envoyiez quelqu'un en vitesse... Attendez... Ce n'est pas tout... Sans doute que vous comprendrez... Il a dit exactement : « *L'homme a changé... Maintenant, c'est le grand roux, le plus mauvais...* »

Maigret s'y rendit en personne. Il avait pris un taxi qui mit moins de dix minutes à atteindre la place de la Bastille. La brasserie était vaste et calme, fréquentée surtout par des habitués qui mangeaient le plat du jour ou de la charcuterie. Il chercha des yeux un homme en imperméable, puis fit le tour des portemanteaux, espérant apercevoir un imperméable beige.

— Dites-moi, garçon...

Il y avait six garçons, plus la caissière et le patron. Il les interrogea tous. Personne n'avait remarqué son homme. Alors il s'assit dans un coin, près de la porte, commanda un demi et attendit, en fumant sa pipe. Une demi-heure plus tard, malgré ses sandwiches, il réclamait une choucroute. Il regardait les passants sur le trottoir. À chaque imperméable, il tressaillait, et il y en avait beaucoup, car c'était déjà la troisième giboulée qui tombait depuis le matin, claire, limpide, une de ces pluies candides qui n'empêchent pas le soleil de briller.

— Allô !... La P.J. ?... Ici, Maigret... Janvier est rentré ? Passez-le-moi... C'est toi, Janvier ?... Saute dans un taxi et viens me rejoindre au *Canon de la Bastille*... Comme tu dis, c'est le jour des cafés... Je t'attends... Non, rien de nouveau...

Tant pis si le bonhomme gesticulant était un fumiste. Maigret laissait son inspecteur de garde au *Canon de la Bastille* et se faisait reconduire à son bureau.

Il y avait peu de chances pour que le mari de Nine eût été assassiné depuis midi et demi, car il ne semblait pas se risquer dans les endroits écartés ; il choisissait au contraire les quartiers animés, les rues passantes. Pourtant le commissaire se mit en communication avec Police-Secours, où, de minute en minute, on était tenu au courant de tous les incidents de Paris.

— Si on vous signale qu'un homme vêtu d'un imperméable a eu un accident, ou une dispute, n'importe quoi, passez-moi un coup de fil...

Il donna aussi l'ordre à une des voitures de la P.J. de rester à sa disposition dans la cour du quai des Orfèvres. C'était peut-être ridicule, mais il mettait toutes les chances de son côté.

Il recevait des gens, fumait des pipes, tisonnait de temps en temps son poêle, tout en gardant la fenêtre ouverte, et avait parfois un regard de reproche à son téléphone qui restait silencieux.

« Vous avez connu ma femme... » avait dit l'homme.

Il cherchait machinalement à se souvenir d'une Nine. Il avait dû en rencontrer beaucoup. Il en avait connu une, quelques années plus tôt, qui tenait un petit bar à Cannes, mais c'était déjà une vieille femme à cette époque et sans doute était-elle morte. Il y avait aussi une nièce de sa femme qui s'appelait Aline et que tout le monde appelait Nine.

— Allô !... Le commissaire Maigret ?

Il était quatre heures. Il faisait encore grand jour, mais le commissaire avait allumé la lampe à abat-jour vert, sur son bureau.

— Ici, le receveur des postes du bureau 28, rue du Faubourg-Saint-Denis... Excusez-moi de vous déranger... C'est probablement une fumisterie... Il y a quelques minutes, un client s'est approché du guichet des colis recommandés... Allô !... Il paraissait pressé, effrayé, m'a dit l'employée, Mlle Denfer... Il se retournait tout le temps... Il a poussé un papier devant elle... Il a dit : « Ne cherchez pas à comprendre... Téléphonez tout de suite ce message au commissaire Maigret... » Et il s'est perdu dans la foule...

» Mon employée est venue me voir... J'ai le papier sous les yeux... C'est écrit au crayon, d'une écriture incohérente... Sans doute que l'homme a composé son billet en marchant...

» Voilà... *Je n'ai pas pu aller au* Canon... Vous comprenez ce que ça signifie ?... Moi pas... Cela n'a pas d'importance... Puis un mot que je ne parviens pas à lire... *Maintenant ils sont deux... Le petit brun est revenu...* Je ne suis pas sûr du mot brun... Vous dites... Bon, si vous croyez que c'est bien ça... Ce n'est pas fini... *Je suis sûr qu'ils ont décidé de m'avoir aujourd'hui... Je me rapproche du Quai... Mais ils sont malins... Prévenez les agents...*

» C'est tout... Si vous voulez, je vais vous envoyer le billet par un porteur de pneumatiques... En taxi ?... Je veux bien... À condition que vous payiez la course, car je ne peux pas me permettre...

— Allô !... Janvier ?... Tu peux revenir, vieux...
Une demi-heure plus tard, ils fumaient tous les deux dans le bureau de Maigret, où on voyait un petit disque rouge sous le poêle.

— Tu as pris le temps de déjeuner, au moins ?
— J'ai mangé une choucroute au *Canon*.

Lui aussi ! Quant à Maigret, il avait alerté les patrouilles cyclistes, ainsi que la police municipale. Les Parisiens, qui entraient dans les grands magasins, qui se bousculaient sur les trottoirs, s'enfournaient dans les cinémas ou dans les bouches du métro, ne s'apercevaient de rien, et pourtant des centaines d'yeux scrutaient la foule, s'arrêtaient sur tous les imperméables beiges, sur tous les chapeaux gris.

Il y eut encore une ondée, vers cinq heures, au moment où l'animation était à son maximum dans le quartier du Châtelet. Les pavés devinrent luisants, un halo entoura les réverbères, et, le long des trottoirs, tous les dix mètres, des gens levaient le bras au passage des taxis.

— Le patron des *Caves du Beaujolais* lui donne de trente-cinq à quarante ans... Celui du *Tabac des Vosges* lui donne la trentaine... Il a le visage rasé, le teint rose, les yeux clairs... Quant à savoir le genre d'homme que c'est, je n'y suis pas parvenu... On m'a répondu : *Un homme comme on en voit beaucoup...*

Mme Maigret, qui avait sa sœur à dîner, téléphona à six heures pour s'assurer que son mari ne serait pas en retard et pour lui demander de passer chez le pâtissier en rentrant.

— Tu veux monter la garde jusqu'à neuf heures ?... Je demanderai à Lucas de te remplacer ensuite...

Janvier voulait bien. Il n'y avait rien d'autre à faire qu'à attendre.

— Qu'on me téléphone chez moi s'il y a quoi que ce soit...

Il n'oublia pas le pâtissier de l'avenue de la République, le seul à Paris, selon Mme Maigret, capable de faire de bons mille-feuilles. Il embrassa sa belle-sœur, qui sentait toujours la lavande. Ils dînèrent. Il but un verre de calvados. Avant de reconduire Odette jusqu'au métro, il appela la P.J.

— Lucas ?... Rien de nouveau ?... Tu es toujours dans mon bureau ?

Lucas, installé dans le propre fauteuil de Maigret, devait être occupé à lire, les pieds sur le bureau.

— Continue, vieux... Bonne nuit...

Quand il revint du métro, le boulevard Richard-Lenoir était désert, et ses pas résonnaient. Il y avait d'autres pas derrière lui. Il tressaillit, se retourna involontairement, parce qu'il pensait à l'homme qui, à cette heure, était peut-être encore à courir les rues, anxieux, évitant les coins sombres, cherchant un peu de sécurité dans les bars et les cafés.

Il s'endormit avant sa femme – du moins le prétendit-elle, comme toujours, comme elle prétendait aussi qu'il ronflait –, et le réveil, sur la table de nuit, marquait deux heures vingt quand le téléphone l'arracha à son sommeil. C'était Lucas.

— Je vous dérange peut-être pour rien, patron... Je ne sais pas encore grand-chose... C'est la permanence de Police-Secours qui m'avertit à l'instant qu'un homme vient d'être trouvé mort place de la Concorde... Près du quai des Tuileries. Cela regarde donc le Ier arrondissement... J'ai demandé au commissariat de tout laisser en place... Comment ?... Bon... Si vous voulez... Je vous envoie un taxi...

Mme Maigret soupira en regardant son mari qui enfilait son pantalon et ne trouvait pas sa chemise.

— Tu crois que tu en auras pour longtemps ?
— Je ne sais pas.
— Tu n'aurais pas pu envoyer un inspecteur ?

Quand il ouvrit le buffet de la salle à manger, elle comprit que c'était pour se verser un petit verre de calvados. Puis il revint chercher ses pipes, qu'il avait oubliées.

Le taxi l'attendait. Les Grands Boulevards étaient presque déserts. Une lune énorme et plus brillante que d'habitude flottait au-dessus du dôme verdâtre de l'Opéra.

Place de la Concorde, deux voitures étaient rangées le long du trottoir, près du jardin des Tuileries, et des personnages sombres s'agitaient.

La première chose que Maigret remarqua, quand il descendit de taxi, ce fut, sur le trottoir argenté, la tache d'un imperméable beige.

Alors, tandis que les agents en pèlerine s'écartaient et qu'un inspecteur du Ier arrondissement s'avançait vers lui, il grommela :

— Ce n'était pas une blague... Ils l'ont eu !...

On entendait le frais clapotis de la Seine toute proche, et des voitures qui venaient de la rue Royale glissaient sans bruit vers les Champs-Élysées. L'enseigne lumineuse du *Maxim* se dessinait en rouge dans la nuit.

— Coup de couteau, monsieur le commissaire... annonçait l'inspecteur Lequeux, que Maigret connaissait bien. On vous attendait pour l'enlever...

Pourquoi, dès ce moment, Maigret sentit-il que quelque chose n'allait pas ?

La place de la Concorde était trop vaste, trop fraîche, trop aérée, avec, en son centre, la saillie blanche de l'obélisque. Cela ne correspondait pas avec les coups de téléphone du matin, avec les *Caves du Beaujolais*, le *Tabac des Vosges*, les *Quatre Sergents* du boulevard Beaumarchais.

Jusqu'à son dernier appel, jusqu'au billet confié au bureau de poste du faubourg Saint-Denis, l'homme s'était confiné dans un quartier aux rues serrées et populeuses.

Est-ce que quelqu'un qui se sait poursuivi, qui se sent un assassin sur ses talons et qui s'attend à recevoir le coup mortel d'une seconde à l'autre s'élance dans des espaces quasi planétaires comme la place de la Concorde ?

— Vous verrez qu'il n'a pas été tué ici.

On devait en avoir la preuve une heure plus tard, quand l'agent Piedbœuf, en faction devant une boîte de nuit de la rue de Douai, fit son rapport.

Une auto s'était arrêtée en face du cabaret, avec deux hommes en smoking, deux femmes en tenue du soir. Les quatre personnages étaient gais, un brin éméchés, un des hommes surtout qui, alors que les autres étaient déjà entrés, était revenu sur ses pas.

— Dites donc, sergent... Je ne sais pas si je fais bien de vous dire ça, car je n'ai pas envie qu'on nous gâche notre soirée... Tant pis !... Vous en ferez ce que vous voudrez... Tout à l'heure, comme nous passions place de la Concorde, une auto s'est arrêtée devant nous... J'étais au volant et j'ai ralenti, croyant que les autres avaient une panne... Ils ont sorti quelque chose de la voiture et l'ont mis sur le trottoir... Je crois que c'était un corps...

» L'auto était une Citroën jaune, immatriculée à Paris, et les deux derniers chiffres, sur la plaque, étaient un 3 et un 8.

2

À quel moment le mari de Nine devint-il le mort de Maigret, comme on devait l'appeler à la P.J. ? Peut-être dès leur première rencontre, si l'on peut dire, cette nuit-là, place de la Concorde. L'inspecteur Lequeux, en tout cas, fut frappé par l'attitude du commissaire. C'était difficile de préciser en quoi celle-ci n'était pas tout à fait normale. Dans la police, on a l'habitude des morts violentes, des cadavres les plus inattendus qu'on manie avec une indifférence professionnelle, quand on ne plaisante pas à leur sujet à la façon des internes dans les salles de garde. Maigret, d'ailleurs, ne paraissait pas ému au vrai sens du mot.

Mais pourquoi, par exemple, ne commençait-il pas, tout naturellement, par se pencher sur le corps ? Il tirait d'abord quelques bouffées de sa pipe, restait debout au milieu du groupe d'agents en uniforme, à bavarder avec Lequeux, à regarder vaguement une jeune femme en robe de lamé et en manteau de vison qui venait de descendre de voiture en compagnie de deux hommes et qui attendait, la main crispée au bras de l'un deux, comme s'il devait encore se passer quelque chose.

Ce ne fut qu'après un certain temps qu'il s'approcha lentement de la forme étendue, de la tache beige de l'imperméable, et se courba, lentement toujours – comme il l'aurait fait pour un parent ou un ami, devait dire plus tard l'inspecteur Lequeux.

Et, quand il se redressa, ses sourcils étaient froncés, on le sentait furieux, il questionnait, sur un tel ton qu'il semblait rendre responsable ceux qui étaient là :

— Qui est-ce qui a fait ça ?

À coups de poing, à coups de talon ? On ne pouvait pas le savoir. En tout cas, avant ou après avoir tué l'homme d'un coup de couteau, on l'avait frappé assez violemment, à plusieurs reprises, pour que son visage fût tuméfié, une lèvre fendue, toute une moitié de la figure déformée.

— J'attends le fourgon mortuaire, annonça Lequeux.

Sans ses meurtrissures, l'homme devait avoir un visage banal, plutôt jeune, plutôt gai sans doute. Jusque dans la mort, on retrouvait dans son expression quelque chose de candide.

Pourquoi la femme en vison, elle, était-elle plus remuée par la vue d'un pied vêtu seulement d'une chaussette mauve ? C'était ridicule, ce pied déchaussé, sur le trottoir, à côté d'un autre pied au soulier de chevreau noir. C'était nu, intime. Cela ne faisait pas vraiment mort. Ce fut Maigret qui s'éloigna et qui, à six ou sept mètres de là, alla ramasser la seconde chaussure sur le trottoir.

Après quoi, il ne dit plus rien. Il attendit en fumant. D'autres curieux se mêlèrent au groupe chuchotant. Puis le fourgon mortuaire s'arrêta au bord du trottoir, et deux hommes soulevèrent le corps. En dessous, le sol était nu, sans une trace de sang.

— Vous n'aurez qu'à m'envoyer votre rapport, Lequeux.

N'était-ce pas maintenant que Maigret prenait possession du mort, en montant à l'avant du fourgon et en laissant les autres en plan ?

Il en fut ainsi toute la nuit. Il en fut encore ainsi le matin. On eût dit que le corps lui appartenait, que ce mort-là était son mort.

Il avait donné des ordres pour que Moers, un des spécialistes de l'Identité Judiciaire, l'attendît à l'Institut médico-légal. Moers était jeune, maigre et long ; son visage ne souriait jamais, et de gros verres effaçaient ses yeux timides.

— Au travail, mon petit...

Il avait alerté aussi le docteur Paul, qui arriverait d'un moment à l'autre. Avec eux, il n'y avait qu'un gardien et, dans leurs tiroirs glacés, les morts anonymes ramassés à Paris pendant les derniers jours.

La lumière était crue, les paroles rares, les gestes précis. Ils faisaient penser à des ouvriers consciencieux penchés sur un délicat travail de nuit.

Dans les poches, on ne trouva presque rien. Un paquet de tabac gris et un carnet de papier à cigarettes, une boîte d'allumettes, un canif assez ordinaire, une clef d'un modèle peu récent, un crayon et un mouchoir sans initiale. Un peu de menue monnaie, dans la poche du pantalon, mais pas de portefeuille, aucune pièce d'identité.

Moers saisissait les vêtements un à un, avec précaution, les glissait chacun dans un sac en papier huilé, qu'il refermait ensuite. Il agit ainsi aussi bien pour la chemise que pour les souliers et les chaussettes. Tout cela était d'une qualité moyenne. Le veston portait la marque d'un magasin de confection du boulevard Sébastopol et le pantalon, plus neuf, n'était pas de la même teinte.

Le mort était tout nu quand le docteur Paul arriva, la barbe soignée, l'œil clair, encore qu'il eût été réveillé en pleine nuit.

— Alors, mon bon Maigret, que raconte ce pauvre garçon ?

Parce qu'en somme il s'agissait, maintenant, de faire parler le mort. C'était de la routine. Normalement, Maigret aurait dû aller dormir, et le matin il aurait reçu les différents rapports à son bureau.

Or il tenait à assister à tout, la pipe aux dents, les mains dans les poches, l'œil vague et endormi.

Le docteur, avant d'opérer, dut attendre les photographes qui étaient en retard, et Moers profitait de ce répit pour curer avec soin les ongles du cadavre, ceux des mains comme ceux des pieds, recueillant attentivement les moindres débris dans des petits sachets, sur lesquels il traçait des signes cabalistiques.

— Ça ne va pas être facile de lui donner l'air rigolo, remarqua le photographe après avoir examiné le visage du mort.

Travail de routine, toujours. D'abord les photos du corps, de la blessure. Puis, pour la diffusion dans les journaux aux fins d'identification, une photographie du visage, mais une photographie aussi vivante que possible. Voilà pourquoi le technicien était occupé à maquiller le mort qu'on voyait à présent, dans la lumière glacée, plus blême que jamais, mais avec des pommettes roses et une bouche peinte de racoleuse.

— À vous, docteur...

— Vous restez, Maigret ?

Il resta. Jusqu'au bout. Il était six heures et demie du matin quand le docteur Paul et lui allèrent boire un café arrosé dans un petit bar dont les volets venaient de s'ouvrir.

— Je suppose que vous n'avez pas envie d'attendre mon rapport... Dites donc, c'est une affaire importante ?

— Je ne sais pas...

Autour d'eux, des ouvriers mangeaient leurs croissants, les yeux encore pleins de sommeil, et le brouillard matinal mettait des perles d'humidité sur les pardessus. Il faisait frais. Dans la rue, chacun était précédé d'un léger nuage de vapeur. Des fenêtres s'éclairaient les unes après les autres aux différents étages des maisons.

— Je vous dirai d'abord que c'est un homme de condition modeste. Probablement a-t-il eu une enfance pauvre et assez peu soignée, si j'en crois la formation des os et des dents... Ses mains ne trahissent pas un métier déterminé... Elles sont fortes, mais relativement soignées... L'homme ne devait pas être un ouvrier... Pas un employé non plus, car ses doigts n'ont pas les déformations, si légères soient-elles, qui indiquent qu'on a beaucoup écrit, soit à la main, soit à la machine... Par contre, il a les pieds sensibles et affaissés de quelqu'un qui passe sa vie debout...

Maigret avait déjà été mis au courant, par téléphone, du témoignage des noctambules et de la présence de la Citroën jaune place de la Concorde un peu après une heure du matin.

— Passons à la question importante : l'heure du crime... Sans crainte de me tromper, je peux la fixer entre huit heures et dix heures du soir...

Maigret ne prenait pas de notes ; tout cela se gravait dans sa mémoire.

— Dites-moi, docteur, vous ne remarquez rien d'anormal ?

— Que voulez-vous dire ?

Il y avait trente-cinq ans que le docteur à la barbe quasi légendaire était médecin légiste, et les affaires criminelles lui étaient plus familières qu'à la plupart des policiers.

— Le crime n'a pas été commis place de la Concorde.

— C'est évident.

— Il a probablement été perpétré dans un endroit écarté.

— Probablement.

— D'habitude, quand on prend le risque de transporter un cadavre, surtout dans une ville comme Paris, c'est pour le cacher, pour essayer de le faire disparaître ou pour retarder sa découverte.

— Vous avez raison, Maigret. Je n'y pensais pas.

— Cette fois, au contraire, nous voyons des gens risquer de se faire prendre, en tout cas, nous donner une piste, pour venir déposer un cadavre en plein cœur de Paris, à l'endroit le plus en vue, où il était impossible qu'il restât dix minutes, même en pleine nuit, sans être découvert...

— Autrement dit, les assassins voulaient qu'il fût découvert. C'est bien ce que vous pensez, n'est-ce pas ?

— Pas tout à fait. Peu importe.

— Ils ont pourtant pris leurs précautions pour qu'il ne fût pas facilement reconnu. Les coups au visage n'ont pas été portés avec des poings nus, mais avec un instrument lourd dont je suis malheureusement incapable de déterminer la forme...

— Avant la mort ?

— Après... Quelques minutes après...

— Vous êtes sûr que ce n'est que quelques minutes après ?

— Moins d'une demi-heure, j'en jurerais... Maintenant, Maigret, il y a un autre détail que je ne signalerai probablement pas dans mon rapport, parce que je n'en suis pas sûr et que je ne tiens pas à être contredit par les avocats quand cette affaire-là passera en Cour d'assises... J'ai longuement examiné la blessure, vous m'avez vu... J'ai eu à étudier quelques centaines de coups de couteau... Je jurerais que celui-ci n'a pas été donné à l'improviste...

» Imaginez deux hommes debout, en train de discuter... Ils sont face à face, et l'un des deux frappe... Il lui serait impossible de provoquer une blessure comme celle que j'ai examinée... Le coup n'a pas non plus été porté dans le dos...

» Par contre, supposez que quelqu'un soit assis, ou même debout, mais tout occupé à autre chose... On s'approche lentement par derrière, on passe une main autour de lui et on enfonce le couteau avec précision, avec vigueur...

» Tenez, plus exactement encore, c'est comme si la victime avait été attachée, ou maintenue immobile, et comme si quelqu'un l'avait alors littéralement « opérée »... Vous comprenez ?

— Je comprends.

Maigret savait bien que le mari de Nine n'avait pu être attaqué par surprise, lui qui fuyait depuis vingt-quatre heures devant ses meurtriers.

Ce qui n'était pour le docteur Paul qu'un problème en quelque sorte théorique avait, aux yeux de Maigret, une humanité plus chaude.

Il lui avait été donné, à lui, d'entendre la voix de l'homme. Il l'avait presque vu. Il l'avait suivi pas à pas, de bistrot en bistrot, au cours de son périple affolé à travers certains quartiers de Paris, toujours les mêmes, dans le secteur Châtelet-Bastille.

Les deux hommes suivaient les quais, Maigret fumant sa pipe, et le docteur Paul cigarette sur cigarette – il ne cessait de fumer pendant les autopsies et prétendait volontiers que le tabac est le meilleur antiseptique. L'aube pointait. Des trains de bateaux commençaient à descendre la Seine. On voyait des clochards, engourdis par le froid de la nuit, gravir, les membres roides, les escaliers des quais où ils avaient dormi à l'abri d'un pont.

— L'homme a été tué très peu de temps après son dernier repas, peut-être tout de suite après.

— Vous savez ce qu'il a mangé ?

— Une soupe aux pois, de la brandade de morue et une pomme. Il a bu du vin blanc. J'ai retrouvé aussi dans l'estomac des traces d'alcool.

Tiens ! Ils passaient justement devant les *Caves du Beaujolais*, dont le patron venait de retirer les volets de bois. On apercevait la salle sombre et on reniflait au vol une odeur de vinasse.

— Vous rentrez chez vous ? questionnait le docteur qui se disposait à prendre un taxi.

— Je monte à l'Identité Judiciaire.

La grande maison, quai des Orfèvres, était presque vide, avec l'équipe des balayeurs dans les couloirs et dans les escaliers encore imprégnés de l'humidité de l'hiver.

Dans son bureau, Maigret trouva Lucas, qui venait de s'endormir dans le fauteuil du commissaire.

— Rien de nouveau ?

— Les journaux ont la photographie ; quelques-uns seulement la publieront dans l'édition du matin, car ils l'ont reçue tard.

— L'auto ?

— J'en suis à la troisième Citroën jaune, mais aucune ne colle.

— Tu as téléphoné à Janvier ?

— Il sera ici à huit heures pour me relayer.

— Si on me demande, je suis là-haut... Avertis le standard, qu'on me passe toutes les communications...

Il n'avait pas sommeil, mais il était lourd, ses mouvements étaient plus lents que d'habitude. Il gravissait un escalier étroit, interdit au public, qui le conduisait dans les combles du Palais de Justice. Il ne faisait qu'entrouvrir une porte aux vitres dépolies, apercevait Moers penché sur des appareils, continuait son chemin et pénétrait aux sommiers.

Avant même qu'il eût parlé, le spécialiste des empreintes digitales secouait négativement la tête :

— Rien, monsieur le commissaire...

Autrement dit, le mari de Nine n'avait jamais eu affaire à la justice française.

Maigret quittait la bibliothèque aux fiches, retournait chez Moers, retirait son pardessus puis, après un instant d'hésitation, sa cravate qui lui serrait le cou.

Le mort n'était pas ici, mais il était aussi présent que dans celui des casiers de l'Institut médico-légal – le numéro 17 – où le garde l'avait installé.

On parlait peu... Chacun poursuivait son travail sans s'apercevoir qu'un rayon de soleil se glissait dans la fenêtre mansardée. Dans un coin se dressait un mannequin articulé qui avait servi souvent et que Maigret utilisait à nouveau.

Moers, qui avait eu le temps de battre les vêtements dans leurs sacs de papier respectifs, analysait les poussières ainsi recueillies.

Maigret, à son tour, s'occupait de ces vêtements. Avec des gestes soigneux d'étalagiste, il commençait par la chemise et le caleçon pour habiller le mannequin qui avait à peu près la taille du mort.

Il venait de passer le veston quand Janvier entra, tout frais car il avait dormi dans son lit et ne s'était levé qu'avec le jour.

— Ils l'ont eu, dites donc, patron.

Il chercha Moers des yeux, lui adressa un clin d'œil, ce qui signifiait que le commissaire n'était pas d'humeur « causante ».

— On vient de signaler une nouvelle auto jaune. Lucas, qui s'en est occupé, affirme que ce n'est pas la nôtre. D'ailleurs, le numéro finit par un 9 et non par un 8...

Maigret reculait, pour juger son œuvre.

— Il n'y a rien qui te choque ? questionna-t-il.

— Attendez... Non... Je ne vois pas... L'homme était un peu plus petit que le mannequin... Le veston paraît trop court...

— C'est tout ?

— La déchirure produite par le couteau n'est pas large...

— Rien d'autre ?

— Il ne portait pas de gilet...

— Ce qui me frappe, moi, c'est que le veston n'est pas du même tissu que le pantalon, ni de la même teinte...

— Cela arrive, vous savez...

— Un instant. Examine le pantalon. Il est à peu près neuf. Il fait partie d'un complet. Le veston fait partie d'un autre complet, mais qui, celui-ci, date d'au moins deux ans.

— Cela en a l'air, oui...

— Or l'homme était assez coquet, si on en juge par ses chaussettes, sa chemise et sa cravate... Téléphone aux *Caves du Beaujolais* et dans les autres bistrots... Essaye de savoir si, au cours de la journée d'hier, il portait un veston et un pantalon dépareillés...

Janvier s'installa dans un coin, et sa voix mit dans la pièce comme un bruit de fond. Il appelait les cafés tour à tour, répétait à l'infini :

— Ici, Police Judiciaire... L'inspecteur que vous avez vu hier... Pourriez-vous me dire si...

Malheureusement, nulle part l'homme n'avait retiré son imperméable. Il l'avait peut-être entrouvert, mais personne n'avait pris garde à la couleur de son veston.

— Qu'est-ce que tu fais quand tu rentres chez toi ?

Et Janvier, qui n'était marié que depuis un an, de répondre avec un sourire narquois :

— J'embrasse ma femme...

— Après ?

— Je m'assieds, et elle m'apporte mes pantoufles...

— Après ?

L'inspecteur réfléchit, se frappa soudain le front.

— J'ai compris ! Je change de veston...

— Tu as un veston d'intérieur ?

— Non... Je passe un vieux veston dans lequel je suis plus à mon aise...

Et voilà que ces mots donnaient soudain une vie plus intime à l'inconnu. On l'imaginait rentrant chez lui et, peut-être, comme Janvier, embrassant sa femme. En tout cas, il retirait son veston neuf pour en endosser un vieux. Il mangeait.

— Quel jour sommes-nous ?

— Jeudi.

— Nous étions donc hier mercredi. Il t'arrive souvent de manger au restaurant ? Dans des restaurants bon marché, comme ceux que devait fréquenter notre homme ?

Maigret, tout en parlant, installait l'imperméable beige sur les épaules du mannequin. La veille, vers la même heure, à peine un peu plus tard, cette gabardine était encore sur le dos d'un homme vivant qui pénétrait aux *Caves du Beaujolais*, là, presque sous leurs yeux ; ils n'avaient qu'à regarder par la lucarne, de l'autre côté de la Seine, pour apercevoir la devanture.

Et il appelait Maigret. Il ne demandait pas à parler à un commissaire ou à un inspecteur, ni, comme quelques-uns qui croient leur cas important, au directeur de la P.J.

C'était Maigret qu'il voulait.

« Vous ne me connaissez pas », lui avait-il pourtant avoué.

Il est vrai qu'il avait ajouté :

« Vous avez connu Nine, ma femme… »

Janvier se demandait où le patron voulait en venir avec son histoire de restaurants.

— Tu aimes la brandade de morue ?

— Je l'adore. Je ne la digère pas, mais j'en mange quand même chaque fois que j'en ai l'occasion…

— Justement !… Ta femme t'en fait souvent ?

— Non. Cela demande trop de travail. C'est un plat qu'on prépare rarement chez soi…

— Donc, tu en manges au restaurant, quand il y en a…

— Oui…

— Il y en a fréquemment au menu ?

— Je ne sais pas... Attendez... Le vendredi, cela arrive...

— Et c'était hier mercredi... Appelle-moi le docteur Paul à l'appareil...

Le docteur, qui était occupé à rédiger son rapport, ne s'étonna pas de la question de Maigret.

— Pourriez-vous me dire s'il y avait des truffes dans la brandade ?

— Certainement pas... J'en aurais retrouvé des morceaux...

— Je vous remercie... Voilà Janvier !... Il n'y avait pas de truffes dans la brandade... Cela élimine les restaurants de luxe où l'on en met d'habitude... Tu vas descendre au bureau des inspecteurs... Tu te feras aider par Torrence et par deux ou trois autres... Le standardiste va gueuler, car vous occuperez les lignes pendant un bout de temps... Appelez les restaurants les uns après les autres, en commençant par ceux qui se trouvent dans les quartiers où tu as opéré hier. Sache si l'un d'eux avait de la brandade au menu du soir... Attends... Occupe-toi d'abord de ceux qui portent un nom méridional, car c'est là que tu as le plus de chance...

Janvier s'en allait, pas fier ni enchanté du boulot qu'on venait de lui confier.

— Tu as un couteau, Moers ?

La matinée s'avançait, et Maigret ne quittait toujours pas son mort.

— Place la pointe dans la déchirure de l'imperméable... Bon... Ne bouge plus...

Il souleva légèrement le tissu afin de voir le veston en dessous.

— Les déchirures des vêtements ne coïncident pas... Maintenant frappe d'une autre façon... Mets-toi à gauche... mets-toi à droite... frappe d'en haut... frappe d'en bas...

— Je comprends...

Quelques techniciens et employés qui avaient pris leur travail dans l'immense laboratoire les regardaient en coin, échangeaient des regards amusés.

— Cela ne colle toujours pas... Il y a cinq bons centimètres entre la déchirure du veston et celle de la gabardine... Apporte une chaise... Aide-moi...

On asseyait le mannequin, ce qui demandait des précautions infinies.

— Bon... Quand un homme est assis, contre une table par exemple, il arrive que le pardessus se soulève... Essaie...

Mais c'est en vain qu'ils tentaient de superposer les deux déchirures qui auraient dû, logiquement, se trouver juste au-dessus l'une de l'autre.

— Voilà ! conclut Maigret, comme s'il venait de résoudre une équation difficile.

— Vous voulez dire que, lorsqu'il a été tué, il ne portait pas son imperméable ?

— C'est à peu près sûr.

— Pourtant, celui-ci est déchiré comme par un coup de couteau...

— On l'a déchiré après, pour faire croire. Or, on ne porte pas un imperméable dans une maison ou dans un restaurant... En se donnant la peine de maquiller la gabardine, on a tenté de nous faire conclure que le coup de couteau avait été donné dehors... Si on s'est donné cette peine...

— ... c'est que le crime a été commis à l'intérieur, acheva Moers.

— Pour la même raison, on a pris le risque de transporter le corps place de la Concorde, où le meurtre n'a pas eu lieu...

Il vida sa pipe en la frappant contre son talon, alla chercher sa cravate, contempla à nouveau le mannequin, qui était encore plus vivant depuis qu'il était assis. De dos ou de profil, quand on ne voyait pas la face sans traits et sans couleur, c'était saisissant.

— Tu as trouvé des indices ?

— À peu près rien, jusqu'ici. Je n'ai pas fini. Dans le creux de la semelle, pourtant, il y a de petites quantités d'une boue assez curieuse. C'est de la terre imprégnée de vin, comme on en trouverait dans une cave de campagne où on vient de mettre un tonneau en perce.

— Continue. Téléphone à mon bureau.

Quand il entra chez le chef, celui-ci l'accueillit en lui lançant :

— Alors, Maigret, et « votre mort » ?

C'était la première fois que le mot était prononcé. On avait dû raconter au directeur de la P.J. que, depuis deux heures du matin, le commissaire n'avait pas lâché la piste.

— Ils l'ont quand même eu, dites donc !... J'avoue qu'hier j'aurais facilement pensé que vous aviez affaire à un farceur, ou à un détraqué...

— Moi, non... J'ai cru ce qu'il me disait dès son premier coup de téléphone...

Pourquoi ? Il n'aurait pu l'expliquer. Ce n'était certainement pas parce que l'homme avait fait appel à lui personnellement. Tout en conversant avec le directeur, il laissait son regard errer sur le quai d'en face, que le soleil inondait.

— Le procureur a chargé le juge Coméliau de l'instruction... Ils se rendent ce matin à l'Institut médico-légal... Vous les rejoindrez ?

— À quoi bon ?

— Voyez quand même Coméliau, ou téléphonez-lui... Il est assez susceptible...

Maigret en savait quelque chose.

— Vous ne croyez pas à un règlement de comptes ?

— Je ne sais pas. Je m'en assurerai, encore que ce ne soit pas mon impression.

Les gens du milieu ne se donnent pas la peine, d'habitude, d'exposer leurs victimes sur la place de la Concorde.

— Enfin !... Faites pour le mieux... Sans doute quelqu'un ne tardera-t-il pas à le reconnaître ?...

— Cela m'étonnerait...

Encore une impression qu'il aurait eu du mal à expliquer. Dans son esprit, cela se tenait. Mais, dès qu'il essayait de préciser, fût-ce pour lui-même, cela devenait confus.

Toujours cette histoire de la place de la Concorde. Donc, on tenait à ce que le cadavre fût découvert, et découvert rapidement. Il aurait été plus facile et moins dangereux, par exemple, de le lancer dans la Seine, avant d'être repêché.

Il ne s'agissait pas d'un homme riche, ni d'une personnalité, mais d'un petit bonhomme insignifiant.

Pourquoi, si on voulait que la police s'occupât de lui, lui écraser la figure après coup et retirer de ses poches tout ce qui pouvait servir à l'identifier ?

Par contre, on n'avait pas décousu la marque du veston. Parce qu'on savait, évidemment, qu'il s'agissait de vêtements de confection vendu à des milliers d'exemplaires.

— Vous avez l'air tracassé, Maigret.

Et il ne pouvait que répéter :

— Ça ne colle pas...

Trop de détails qui ne s'emboîtaient pas. Un détail, en particulier, le chiffonnait personnellement, pour ne pas dire qu'il le vexait.

À quelle heure avait eu lieu le dernier appel ? En somme, le dernier signe de vie que l'homme avait donné était le billet remis au bureau de poste du faubourg Saint-Denis.

C'était en plein jour. Depuis onze heures du matin, l'inconnu ne ratait pas une occasion de prendre contact avec le commissaire.

Dans le billet encore, il faisait appel à lui, d'une façon plus pressante que jamais. Il lui demandait même d'alerter les agents afin que n'importe lequel d'entre eux, dans la rue, fût en mesure de l'aider au moindre appel.

Or il avait été tué entre huit heures du soir et dix heures.

Qu'avait-il fait de quatre heures à huit heures ? Aucun signe de lui, aucune trace. Le silence, un silence qui avait impressionné Maigret, la veille, encore qu'il n'en eût rien montré. Cela lui avait rappelé une catastrophe sous-marine à laquelle le monde entier avait en quelque sorte assisté, minute par minute, grâce à la radio. À telle heure, on entendait encore les signaux des hommes enfermés dans le submersible échoué au fond de la mer. On imaginait les bateaux sauveteurs croisant au-dessus. Les signaux se raréfiaient. Puis, soudain, après des heures, le silence.

L'inconnu, lui, le mort de Maigret, n'avait eu aucune raison valable de se taire. Il n'avait pu être enlevé, en plein jour, dans les rues animées de Paris. Il n'avait pas été tué avant huit heures.

Tout laissait supposer qu'il était rentré chez lui, puisqu'il avait changé de veston.

Il avait dîné à son domicile ou au restaurant. Et il avait dîné en paix, puisqu'il avait eu le temps de manger la soupe, de la brandade et une pomme. Jusqu'à cette pomme qui évoquait une idée de tranquillité !

— Pourquoi s'était-il tu pendant deux heures au moins ?

Il n'avait pas hésité à déranger le commissaire, à maintes reprises, à le supplier de mettre l'appareil policier en branle.

Puis, tout à coup, après quatre heures, c'était comme s'il avait changé d'avis, comme s'il avait voulu laisser la police hors du jeu.

Cela chiffonnait Maigret. Le terme n'est pas exact, mais c'était un peu comme si son mort lui avait commis une infidélité.

— Alors, Janvier ?

Le bureau des inspecteurs était bleu de fumée, et quatre hommes, l'œil morne, étaient rivés à leur téléphone.

— Pas de brandade, patron ! soupira comiquement Janvier. Pourtant, on est déjà hors du quartier. J'en suis au faubourg Montmartre, et Torrence est arrivé à la place Clichy...

Maigret téléphona, lui aussi, de son bureau, mais c'était pour appeler un petit hôtel meublé de la rue Lepic.

— En taxi, oui... tout de suite...

Sur son bureau, on avait placé des photographies du mort prises pendant la nuit. Il y avait aussi les journaux du matin, des rapports, une note du juge Coméliau.

— C'est toi, madame Maigret ?... Pas trop mal... Je ne sais pas encore si je rentrerai déjeuner... Non, je n'ai pas eu le temps de me faire raser... Je vais essayer de passer chez le coiffeur... J'ai mangé, oui...

Il alla chez le coiffeur, en effet, après avoir averti le garçon de bureau, le vieux Joseph, de faire attendre un visiteur qui allait se présenter. Il n'eut que le pont à franchir. Il entra dans le premier salon du boulevard Saint-Michel et eut un regard maussade pour les gros yeux pochés que lui renvoyait le miroir.

Il savait qu'en sortant il ne résisterait pas à l'envie d'aller boire un verre aux *Caves du Beaujolais*. D'abord parce qu'il aimait vraiment l'atmosphère de ces petits cafés-là, où on ne voit jamais personne et où le patron bavarde familièrement avec vous. Il aimait le beaujolais aussi, surtout servi, comme ici, dans des petits cruchons de grès. Mais il y avait autre chose. Il suivait son mort.

— Ça m'a fait un drôle d'effet de lire le journal ce matin, monsieur le commissaire. Je l'ai peu vu, vous le savez. Pourtant, quand j'y repense, il était sympathique. Je le revois entrer en gesticulant. Il était troublé bien sûr, mais il avait une bonne tête. Tenez, je parierais qu'en temps normal c'était un rigolo... Vous allez vous moquer de moi : plus je vais, plus je lui trouve une tête de comique... Il me rappelle quelqu'un... Il y a des heures que je cherche...

— Quelqu'un qui lui ressemble ?

— Oui... Non... C'est plus compliqué... Il me rappelle quelque chose, et je n'arrive pas à savoir quoi... On ne l'a pas encore identifié ?

Cela aussi était curieux, mais pas encore anormal. Les journaux étaient parus depuis le matin. Certes, le visage avait été abîmé, pas au point, cependant, d'être méconnaissable pour quelqu'un de très familier, pour la femme ou la mère, par exemple.

L'homme avait un domicile quelque part, fût-ce à l'hôtel. Il n'était pas rentré chez lui de la nuit.

Logiquement, dans les quelques heures, quelqu'un devait ou reconnaître sa photographie, ou signaler sa disparition.

Pourtant Maigret ne s'y attendait pas. Il franchissait à nouveau le pont, une agréable saveur, un peu rêche, de beaujolais à la bouche. Il gravissait l'escalier terne, où certains le regardaient avec une crainte respectueuse.

Un coup d'œil dans la salle d'attente vitrée. Son homme était là, debout, fumant sa cigarette avec désinvolture.

— Par ici...

Il l'introduisait dans son bureau, lui désignait une chaise, retirait son chapeau et son pardessus sans cesser d'observer son visiteur en coin. Celui-ci, à la place où il était, avait directement sous les yeux les photographies du mort.

— Eh bien ! Fred ?

— À votre disposition, monsieur le commissaire... Je ne m'attendais pas à ce que vous m'appeliez... Je ne vois rien qui...

Il était maigre, très pâle, d'une élégance un peu efféminée. De temps en temps, un pincement des narines trahissait l'intoxiqué.

— Tu ne le connais pas ?

— J'ai compris en arrivant, dès que j'ai aperçu les photos... On l'a sérieusement amoché, dites donc !

— Tu ne l'as jamais vu ?

On sentait que Fred faisait consciencieusement son métier d'indicateur. Il examinait les photographies avec attention, s'approchait même de la fenêtre pour les voir en pleine lumière.

— Non... Et cependant...

Maigret attendait en rechargeant son poêle.

— C'est non !... Je jurerais que je ne l'ai jamais vu... Encore qu'il me rappelle quelque chose... C'est vague... Il n'appartient pas au milieu, en tout cas...

Même si c'était un nouveau, je l'aurais déjà rencontré...

— À quoi te fait-il penser ?

— C'est justement ce que je cherche... Vous ne connaissez pas son métier ?

— Non...

— Ni le quartier qu'il habitait ?

— Pas davantage...

— Ce n'est pas quelqu'un de la province non plus, cela se sent...

— J'en suis persuadé...

Maigret avait noté la veille que l'homme avait un accent parisien assez prononcé, l'accent du petit peuple, de ceux qu'on rencontre dans le métro, dans les bistrots de la périphérie, ou encore sur les gradins du Vel' d'Hiv'.

Au fait... Une idée lui venait... Il la contrôlerait tout à l'heure...

— Tu ne connais pas non plus une certaine Nine ?

— Attendez... Il y en a une à Marseille, sous-maîtresse dans une maison de la rue Saint-Ferréol...

— Ce n'est pas celle-là, je la connais... Elle a cinquante ans pour le moins...

Fred regarda la photographie de l'homme, qui devait avoir une trentaine d'années, et murmura :

— Cela n'empêche pas, vous savez !

— Prends une de ces photos. Cherche. Montre-la un peu partout...

— Comptez sur moi... J'espère que d'ici quelques jours j'aurai un tuyau à vous donner... Pas à ce sujet-là, mais à propos d'un gros marchand de drogues... Jusqu'ici, je ne le connais que sous le nom de M. Jean... Je ne l'ai jamais vu... Je sais seulement qu'il est derrière toute une bande de revendeurs... Je leur achète de la camelote régulièrement... Cela me coûte cher... Quand vous aurez du fric en trop...

Janvier, à côté, était toujours en quête de brandade.

— Vous aviez raison, patron. Tout le monde me répond qu'on ne fait la brandade que le vendredi. Et, encore, pas souvent. La semaine sainte, quelquefois le mercredi, mais nous sommes encore loin de Pâques...

— Laisse ça à Torrence... Il y a quelque chose au Vel' d'Hiv', cet après-midi ?

— Attendez que je consulte le journal.

Il y avait des courses cyclistes derrière moto.

— Prends une photo avec toi. Tu verras les vendeurs de billets, les marchands d'oranges et de cacahuètes... Fais le tour des bistrots des environs... Puis tu pourras rôder dans les cafés de la porte Dauphine...

— Vous croyez que c'était un sportif ?

Maigret ne savait pas. Il sentait quelque chose, lui aussi, comme les autres, comme le patron des *Caves du Beaujolais*, comme Fred l'indicateur, mais c'était fluide, imprécis.

Il ne voyait pas son mort dans un bureau, ni vendeur de magasin. Fred affirmait qu'il n'appartenait pas au milieu.

Par contre, il était à son aise dans les petits bars populaires.

Il avait une femme prénommée Nine. Et, cette femme, Maigret l'avait connue.

À quel titre ? Est-ce que l'homme s'en serait vanté si le commissaire l'avait connue comme cliente ?

— Dubonnet... Tu vas aller aux « mœurs »... Tu demanderas la liste des filles en carte de ces dernières années... Tu prendras les adresses de toutes les Nine que tu pourras trouver... Tu iras les voir... Tu comprends ?

Dubonnet était un jeune qui sortait des écoles, un peu raide, toujours tiré à quatre épingles, d'une politesse exquise avec tout le monde, et c'était peut-être par ironie que Maigret le chargeait de cette besogne.

Il en envoyait un autre dans tous les petits cafés entourant le Châtelet, la place des Vosges et la Bastille.

Pendant ce temps-là, le juge Coméliau, qui, lui, dirigeait l'instruction de son cabinet, l'attendait avec impatience, ne comprenant pas que Maigret ne fût pas encore venu prendre contact avec lui.

— Les Citroën jaunes ?
— Eriau s'en occupe...

Tout cela, c'était la routine. Même si cela ne servait à rien, cela devait se faire. Sur toutes les routes de France, la police, la gendarmerie interpellaient les conducteurs de Citroën jaunes.

Il fallait aussi envoyer quelqu'un dans le magasin du boulevard Sébastopol, où le veston du mort avait été acheté, puis dans un autre magasin du boulevard Saint-Martin, d'où provenait l'imperméable.

Pendant ce temps-là, cinquante autres affaires réclamaient des inspecteurs. Ils entraient, sortaient, téléphonaient, tapaient leur rapport. Les gens attendaient dans les couloirs. On courait des « garnis » aux « mœurs » et des « mœurs » à l'Identité Judiciaire.

La voix de Moers, au téléphone :

— Dites donc, patron... Un tout petit détail, qui est sans doute sans importance... Je trouve si peu de chose que je vous signale à tout hasard... J'avais prélevé des cheveux, comme d'habitude. L'analyse révèle des traces de rouge à lèvres...

C'était presque comique, et pourtant personne ne riait. Une femme avait embrassé le mort de Maigret dans les cheveux, une femme qui portait du rouge à lèvres.

— J'ajoute que c'est un rouge bon marché et que la femme est probablement brune, car son rouge est très foncé...

Était-ce la veille qu'une femme avait embrassé l'inconnu ? Était-ce chez lui, alors qu'il était rentré pour changer de veston ?

Au fait, s'il s'était changé, c'est qu'il ne comptait pas sortir à nouveau. Un homme qui rentre chez lui pour une heure ne prend pas la peine de passer un autre vêtement.

Ou, alors, il avait été appelé dehors à l'improviste... Mais pouvait-on croire que, traqué comme il l'était, affolé au point de courir les rues de Paris en gesticulant et en appelant sans cesse la police au bout du fil, il serait sorti de chez lui après la tombée de la nuit ?

Une femme l'embrassait dans les cheveux. Ou bien elle avait appuyé le visage contre sa joue. De toute façon, c'était un geste tendre.

Maigret soupira en bourrant une nouvelle pipe, regarda l'heure. Il était midi et quelques minutes.

À peu près l'heure à laquelle, la veille, l'homme traversait la place des Vosges où chantaient les fontaines.

Le commissaire franchit la petite porte faisant communiquer la P.J. avec le Palais de Justice. Des robes d'avocats flottaient comme de grands oiseaux noirs dans les couloirs.

— Allons voir le vieux singe ! soupira Maigret, qui n'avait jamais pu sentir le juge Coméliau.

Il savait fort bien que celui-ci l'accueillerait par une phrase glacée qui constituerait à ses yeux le plus cinglant des reproches :

« Je vous attendais, monsieur le commissaire… »

Il aurait été capable de dire :

« J'ai failli attendre… »

Maigret s'en moquait éperdument.

Depuis deux heures et demie du matin, Maigret vivait avec son mort.

3

— Je suis enchanté, monsieur le commissaire, de vous avoir enfin au bout du fil.

— Croyez, monsieur le juge, que tout le plaisir est pour moi.

Mme Maigret leva vivement la tête. Elle était toujours mal à l'aise quand son mari prenait cette voix-là, paisible et bonasse, et, lorsque c'était avec elle que cela arrivait, elle se mettait à pleurer, tant elle était déroutée.

— Voilà cinq fois que je vous appelle à votre bureau.

— Et je n'y étais pas ! soupira-t-il avec consternation.

Elle lui fit signe de faire attention, de ne pas oublier qu'il parlait à un juge, dont le beau-frère, par surcroît, avait été deux ou trois fois ministre.

— On vient seulement de m'apprendre que vous étiez malade…

— Si peu, monsieur le juge. Les gens exagèrent toujours. Un gros rhume. Et, encore, je me demande s'il est si gros que cela !

C'était peut-être le fait de se trouver chez lui, en pyjama, en robe de chambre moelleuse, les pieds dans des pantoufles, bien calé au fond de son fauteuil, qui inspirait à Maigret cette humeur enjouée.

— Ce qui m'étonne, c'est que vous ne m'ayez pas fait savoir qui vous remplace.

— Me remplacer où ?

La voix du juge Coméliau était sèche, froide, volontairement impersonnelle, tandis que celle du commissaire, au contraire, devenait de plus en plus bonhomme.

— Je parle de l'affaire de la place de la Concorde. Je suppose que vous ne l'avez pas oubliée !

— J'y pense toute la journée. Tout à l'heure encore, je disais à ma femme...

Et celle-ci faisait des signes plus véhéments pour lui ordonner de ne pas la mêler à cette histoire. L'appartement était petit et chaud. Les meubles de la salle à manger, en chêne sombre, dataient du mariage de Maigret. En face, à travers le tulle des rideaux, on apercevait, en grandes lettres noires sur un mur blanc : *Lhoste et Pépin – Outillage de précision.*

Il y avait trente ans que Maigret voyait ces mots-là, chaque jour, matin et soir, avec, en dessous, la vaste porte de l'entrepôt toujours flanquée de deux ou trois camions portant les mêmes mots, et il n'en était pas écœuré.

Au contraire ! Cela lui faisait plaisir. Il les caressait en quelque sorte du regard. Puis, invariablement, il regardait plus haut, le derrière d'une maison lointaine, avec du linge qui séchait aux fenêtres et, à l'une de celles-ci, dès que le temps était doux, un géranium rouge.

Ce n'était probablement pas le même géranium. Il aurait juré, en tout cas, que le pot de fleurs était là, comme lui, depuis trente ans. Et, pendant tout ce temps, pas une fois Maigret n'avait vu quelqu'un se pencher sur l'appui de la fenêtre, ni arroser la plante. Quelqu'un habitait la chambre, c'était certain, mais ses heures ne devaient pas coïncider avec celles du commissaire.

— Vous pensez, monsieur Maigret, qu'en votre absence vos subordonnés mènent l'enquête avec toute la diligence désirable ?

— J'en suis persuadé, monsieur Coméliau. J'en suis même sûr. Vous ne pouvez savoir à quel point on est bien, pour diriger une enquête de cette sorte, dans une pièce calme et surchauffée, dans un fauteuil, chez soi, loin de toute agitation, avec seulement un téléphone à portée de la main, près du pot de tisane. Je vais vous confier un petit secret : je me demande, si, cette enquête n'existant pas, je serais malade. Je ne le serais pas, évidemment, puisque c'est place de la Concorde, la nuit où l'on a découvert le corps que j'ai attrapé froid. Ou encore le matin, au petit jour, quand nous avons marché, le long des quais, le docteur Paul et moi, après l'autopsie. Mais ce n'est pas ce que je veux dire. Sans l'enquête, le rhume ne serait qu'un rhume qu'on traite par le mépris, vous comprenez ?

Le visage du juge Coméliau, dans son cabinet, devait être jaune, peut-être verdâtre, et la pauvre Mme Maigret ne savait plus à quel saint se vouer. Elle qui avait tant de respect pour les situations acquises, pour toutes les hiérarchies !

— Mettons qu'ici, chez moi, avec ma femme pour me soigner, je me sente beaucoup plus tranquille pour penser à l'enquête et pour la diriger. Personne ne me dérange, ou si peu...

— Maigret ! intervint sa compagne.

— Chut !

Le juge parlait.

— Vous trouvez normal qu'après trois jours cet homme ne soit pas encore identifié ? Son portrait a paru dans tous les journaux. D'après ce que vous m'avez dit vous-même, il y a une femme...

— Il me l'a dit en effet.

— Laissez-moi parler, je vous prie. Il a une femme, probablement des amis. Il a aussi des voisins, un propriétaire, que sais-je ? Des gens ont l'habitude de le voir passer dans la rue à certaines heures. Or personne ne s'est encore présenté pour le reconnaître ou pour signaler sa disparition. Il est vrai que tout le monde ne connaît pas le chemin du boulevard Richard-Lenoir.

Pauvre boulevard Richard-Lenoir ! Pourquoi diable avait-il si mauvaise réputation ? Évidemment, il débouchait à la Bastille. Évidemment aussi il était flanqué de petites rues populeuses. Et le quartier était plein d'ateliers, d'entrepôts. Cependant le boulevard était large, avec même de l'herbe au milieu. Il est vrai qu'elle poussait au-dessus du métro, dont les bouches s'ouvraient par-ci, par-là, tièdes et sentant l'eau de Javel, et que toutes les deux minutes, au passage des rames, les maisons étaient prises d'un curieux frémissement.

Question d'habitude. Des amis, des collègues, cent fois depuis trente ans, lui avaient trouvé un appartement dans ce qu'ils appelaient des quartiers plus gais. Il allait les visiter. Il grommelait :

— C'est bien, évidemment...
— Et quelle vue, Maigret !
— Oui...
— Les pièces sont grandes, claires...
— Oui... C'est parfait... Je serais ravi d'habiter ici... Seulement...

Il prenait son temps avant de soupirer en hochant la tête :

— ... Il faudrait déménager !

Tant pis pour ceux qui n'aimaient pas le boulevard Richard-Lenoir. Tant pis pour le juge Coméliau.

— Dites-moi, monsieur le juge, vous est-il arrivé de vous enfoncer un petit pois sec dans le nez ?

— Comment ?

— Je dis : un petit pois sec. Je me souviens que nous jouions à ça quand j'étais enfant. Essayez. Regardez-vous ensuite dans la glace. Vous serez surpris du résultat. Je parie qu'avec un pois dans une des narines vous passerez à côté des gens qui vous voient tous les jours sans qu'ils vous reconnaissent. Rien ne change davantage une physionomie. Et ce sont les personnes les plus habituées à nous qui sont les plus déroutées par le moindre changement.

» Or vous n'ignorez pas que le visage de notre homme a été déformé beaucoup plus sévèrement que par un petit pois dans le nez.

» Il y a autre chose. Les hommes ont peine à imaginer que leur voisin de palier, leur collègue de bureau, le garçon de café qui les sert chaque midi puisse tout à coup devenir différent de ce qu'il est, se transformer en assassin ou en victime, par exemple. On apprend les crimes par les journaux, et on se figure que cela se passe dans un autre monde, dans une autre sphère. Pas dans sa rue. Pas dans *sa* maison.

— En somme, vous trouvez normal que personne ne l'ait encore reconnu ?

— Je ne m'en étonne pas outre mesure. J'ai vu le cas d'une noyée pour qui cela a pris six mois. Et c'était au temps de l'ancienne morgue, quand la réfrigération n'existait pas et quand un filet d'eau fraîche coulait seulement d'un robinet sur chaque corps !

Mme Maigret soupira, renonçant à le faire taire.

— Bref, vous êtes satisfait. Un homme a été tué et, après trois jours, non seulement nous n'avons aucune trace de l'assassin, mais nous ne savons rien de la victime.

— Je sais des tas de petites choses, monsieur le juge.

— Si petites, sans doute, qu'elles ne méritent pas de m'être communiquées, encore que je sois saisi de l'instruction.

— Tenez, par exemple. L'homme était coquet. Peut-être pas avec goût, mais coquet, comme l'indiquent ses chaussettes et sa cravate. Or, avec un pantalon gris et une gabardine, il portait des chaussures en chevreau noir, des chaussures très fines.

— Fort intéressant, en effet !

— Fort intéressant, oui. Surtout qu'il portait aussi une chemise blanche. N'auriez-vous pas pensé qu'un homme aimant les chaussettes mauves et les cravates à ramages aurait préféré une chemise de couleur, tout au moins rayée ou à petits dessins ? Entrez dans un bistrot comme ceux où il nous a conduits et où il semblait à son aise. Vous y verrez peu de chemises entièrement blanches.

— Vous en concluez ?

— Attendez. Dans deux de ces bistrots au moins – Torrence y est retourné – il a commandé une « Suze-citron », comme s'il en avait l'habitude.

— Nous connaissons donc ses goûts en matière d'apéritifs !

— Vous avez déjà bu de la Suze, monsieur le juge ? C'est une boisson amère, assez peu chargée en alcool. Ce n'est pas un de ces apéritifs que l'on sert à tout bout de champ, et j'ai eu l'occasion de remarquer que ceux qui l'ont adoptée sont, le plus souvent, des gens qui ne vont pas au café boire pour se donner le petit coup de gaieté de l'apéritif, mais ceux qui y vont professionnellement, les voyageurs de commerce, par exemple, obligés d'accepter de nombreuses tournées.

— Vous en déduisez que le mort était voyageur de commerce ?

— Non.

— Alors ?

— Attendez. Cinq ou six personnes l'ont vu, dont nous possédons les témoignages. Aucune d'entre elles ne nous en donne une description détaillée. La plupart parlent d'un petit bonhomme gesticulant. J'allais oublier un détail que Moers a découvert ce matin.

C'est un garçon consciencieux. Il n'est jamais satisfait de son travail et il y revient de lui-même sans qu'on le lui demande. Eh bien ! Moers vient de découvrir que le mort marchait en canard.

— Comment ?

— En canard ! Les pointes des pieds en dehors, si vous préférez.

Il fit signe à Mme Maigret de lui bourrer une pipe et surveilla l'opération du coin de l'œil, recommandant par gestes de ne pas trop tasser le tabac.

— Je parlais donc des descriptions que nous avons de lui. Elles sont vagues, et pourtant deux personnes sur cinq ont la même impression. « Je ne suis pas sûr... dit le patron des *Caves du Beaujolais*. C'est imprécis... Pourtant, il me rappelle quelque chose... Mais quoi ? » Or ce n'est pas un acteur de cinéma. Pas même un figurant. Un inspecteur a fait le tour des studios. Ce n'est pas non plus un homme politique, ni un magistrat...

— Maigret ! s'exclamait sa femme.

Il allumait sa pipe, sans cesser de parler, entrecoupant les mots par des bouffées.

— Demandez-vous, monsieur le juge, à quelle profession ces détails peuvent correspondre.

— Je n'apprécie pas les charades.

— Quand on est forcé de garder la chambre, vous savez, on a le temps de réfléchir. J'allais oublier le plus important. On a, bien entendu, cherché dans des milieux différents. Les courses cyclistes et les matches de football n'ont rien donné. J'ai fait aussi questionner tous les tenanciers du P.M.U.

— Pardon ?

— Pari-Mutuel-Urbain... Vous connaissez ces cafés où l'on peut jouer aux courses sans se déranger... je ne sais pas pourquoi, je voyais bien mon bonhomme hanter les agences du P.M.U... Cela n'a rien donné non plus...

Il avait une patience angélique. On aurait dit qu'il étirait à plaisir cet entretien téléphonique.

— Par contre, aux courses, Lucas a eu plus de chance... Cela a été long... On ne peut parler de reconnaissance formelle... Toujours à cause des déformations du visage... N'oubliez pas non plus qu'on n'est pas habitué à voir les gens morts, mais vivants, et que le fait d'être transformé en cadavre change beaucoup un homme... Pourtant, sur les hippodromes, quelques personnes se souviennent de lui... Ce n'était pas un client du pesage, mais de la pelouse... D'après un marchand de tuyaux, il était assez assidu...

— Cela ne vous a néanmoins pas suffi pour découvrir son identité ?

— Non. Mais ça et le reste, tout ce que je vous ai raconté me permet de dire, presque à coup sûr, qu'il était dans la limonade.

— La limonade ?

— C'est le terme consacré, monsieur le juge. Il englobe les garçons de café, les plongeurs, les barmen et même les patrons. C'est un mot professionnel pour désigner tout ce qui s'occupe de la boisson, à l'exclusion de la restauration. Remarquez que tous les garçons de café se ressemblent. Je ne dis pas qu'ils se ressemblent réellement, mais ils ont un air de famille.

Cent fois il vous arrivera d'avoir l'impression de reconnaître un garçon que vous n'avez jamais vu.

» La plupart ont les pieds sensibles, ce qui se conçoit. Regardez leurs pieds. Ils portent des chaussures fines et souples, presque des pantoufles. Vous ne verrez jamais un garçon de café ou un maître d'hôtel avec des souliers de sport à triple semelle. Ils ont aussi, professionnellement, l'habitude des chemises blanches.

» Je ne prétends pas que ce soit obligatoire, mais il y en a un pourcentage qui marche en canard.

» J'ajoute que, pour une raison qui m'échappe, les garçons de café ont un goût prononcé pour les courses de chevaux et que beaucoup d'entre eux, qui travaillent de bonne heure le matin, ou de nuit, fréquentent assidûment les hippodromes.

— Bref, vous concluez que notre homme était garçon de café.

— Non. Justement non.

— Je ne comprends plus.

— Il était dans la limonade, mais il n'était pas garçon de café. J'y ai pensé pendant des heures, en somnolant.

Chaque mot devait faire sursauter le juge, sculpté dans la glace.

— Tout ce que je viens de vous dire des garçons de café, en effet, s'applique aux patrons de bistrots. Ne me taxez pas de vanité, mais j'ai toujours eu l'impression que mon mort n'était pas un employé, mais plutôt quelqu'un d'établi à son compte. C'est pourquoi ce matin, à onze heures, j'ai téléphoné à Moers. La chemise se trouve toujours à l'Identité Judiciaire.

Je ne me souvenais plus de l'état dans lequel elle était. Il l'a examinée à nouveau. Remarquez que le hasard nous a servi, car elle aurait pu être neuve. Il arrive à tout le monde de mettre une chemise neuve. Par chance, elle ne l'est pas. Elle est même passablement usée au col.

— Sans doute les patrons de bar usent-ils leur chemise au col ?

— Non, monsieur le juge, pas plus que les autres.

» Mais ils ne les usent pas aux poignets. Je parle des petits bars populaires et non des bars américains de l'Opéra ou des Champs-Élysées. Un patron de bar, qui doit sans cesse plonger les mains dans de l'eau et dans la glace, a toujours les manches retroussées. Or, Moers me l'a confirmé, la chemise, usée au col, usée au point de montrer la trame, ne porte aucune trace d'usure aux poignets.

Ce qui commençait à dérouter Mme Maigret, c'est qu'il parlait maintenant avec un air de profonde conviction.

— Ajoutez à cela la brandade...

— C'est aussi un goût spécial des patrons de petits bars ?

— Non, monsieur le juge. Seulement Paris est plein de petits bars où l'on sert à manger à quelques clients. Sans nappe, vous savez, à même la table. C'est souvent la patronne qui cuisine. On n'y trouve que le plat du jour. Dans ces bars-là, où il y a des heures creuses, le patron est libre une bonne partie de l'après-midi. C'est pourquoi, depuis ce matin, deux inspecteurs battent tous les quartiers de Paris, en commençant par celui de l'Hôtel de Ville et de la

Bastille. Vous remarquerez que notre homme s'est toujours tenu dans ces parages. Les Parisiens sont farouchement attachés à leur quartier, à croire qu'il n'y a que là qu'ils se sentent en sûreté.

— Vous espérez une solution prochaine ?

— J'espère une solution tôt ou tard. Voyons ? Est-ce que je vous ai tout dit ? Il me reste à vous parler de la tache de vernis.

— Quelle tache de vernis ?

— Sur le fond du pantalon. C'est Moers, toujours, qui l'a découverte. Elle est pourtant à peine visible. Il affirme que c'est du vernis frais. Il a ajouté que ce vernis a été étendu sur un meuble voilà trois ou quatre jours. J'ai envoyé dans les gares, à commencer par la gare de Lyon...

— Pourquoi la gare de Lyon ?

— Parce que c'est comme le prolongement du quartier de la Bastille.

— Et pourquoi une gare ?

Maigret soupira. Bon Dieu ! que c'était long à expliquer ! Et comme un juge d'instruction peut manquer du sens le plus élémentaire des réalités ! Comment des gens qui n'ont jamais mis les pieds dans un bistrot, ni dans un P.M.U., ni sur la pelouse des champs de courses, comment des gens qui ne savent pas ce que signifie le mot limonade peuvent-ils se prétendre capables de déchiffrer l'âme des criminels ?

— Vous devez avoir mon rapport sous les yeux.

— Je l'ai relu plusieurs fois.

— Quand j'ai reçu le premier coup de téléphone, mercredi à onze heures du matin, il y avait déjà longtemps que l'homme avait quelqu'un sur les talons.

Depuis la veille au moins. Il n'a pas pensé tout de suite à avertir la police. Il espérait s'en tirer par ses propres moyens. Pourtant il avait déjà peur. Il savait qu'on en voulait à sa vie. Il fallait donc qu'il évitât de se trouver dans des endroits déserts. La foule était sa sauvegarde. Il n'osait pas non plus rentrer chez lui, où on l'aurait suivi et abattu. Il existe, même à Paris, assez peu d'endroits ouverts toute la nuit. En dehors des cabarets de Montmartre, il y a les gares, qui sont éclairées et où les salles d'attente ne sont jamais vides. Eh bien ! les banquettes de la salle d'attente des troisièmes classes ont été revernies lundi, à la gare de Lyon. Moers déclare que le vernis est identique à celui du pantalon.

— On a questionné les employés ?

— Et on continue, oui, monsieur le juge.

— En somme, vous avez malgré tout obtenu quelques résultats.

— Malgré tout. Je sais aussi à quel moment notre homme a changé d'avis.

— Changé d'avis en quoi ?

Mme Maigret versait à son mari une tasse de tisane et lui faisait signe de la boire tant qu'elle était chaude.

— D'abord, comme je viens de vous le dire, il a espéré s'en tirer par ses propres moyens. Puis, mercredi matin, l'idée lui est venue de s'adresser à moi. Il a persisté dans cette voie jusqu'à quatre heures de l'après-midi environ. Que s'est-il passé alors ? Je l'ignore. Peut-être, après nous avoir lancé son dernier S.O.S., du bureau de poste du faubourg Saint-Denis, s'est-il figuré que cela ne servirait à rien ? Toujours est-il qu'une heure plus tard environ, vers cinq heures, il est entré dans une brasserie de la rue Saint-Antoine.

— Un témoin s'est donc présenté en fin de compte ?

— Non, monsieur le juge. C'est Janvier qui l'a déniché, à force de montrer la photographie dans tous les cafés et de questionner les garçons. Bref, il a commandé une Suze – et ce détail indique qu'il n'y a guère de chances d'erreur sur la personne – et il a réclamé une enveloppe. Pas du papier à lettres, mais seulement une enveloppe. Ensuite, tout en la fourrant dans sa poche, il s'est précipité vers la cabine téléphonique, après avoir pris un jeton à la caisse. Il a eu sa communication. La caissière a entendu le déclic.

— Et vous n'avez pas reçu ce coup de téléphone ?

— Non, avoua Maigret avec une sorte de rancune. Il ne nous était pas destiné. Il s'adressait ailleurs, comprenez-vous ! Quant à l'auto jaune...

— Vous en avez des nouvelles ?

— Vagues, mais qui concordent. Vous connaissez le quai Henri-IV ?

— Du côté de la Bastille ?

— Exactement. Vous voyez que tout se passe dans le même secteur, au point qu'on a l'impression de tourner en rond. Le quai Henri-IV est un des plus calmes, des moins fréquentés de Paris. On n'y trouve pas une boutique, pas un bar, rien que des maisons bourgeoises. C'est un jeune porteur de télégrammes qui a vu l'auto jaune, mercredi, à huit heures dix exactement. Il l'a remarquée parce qu'elle se trouvait en panne en face du numéro 63, où il avait justement un télégramme à remettre. Deux hommes étaient penchés sur le capot ouvert.

— Il a pu vous en donner le signalement ?

— Non. Il faisait noir.

— Il a relevé le numéro ?

— Non plus. C'est rare, monsieur le juge, que les gens pensent à relever le numéro des automobiles qu'ils rencontrent. Ce qui est important, c'est que la voiture était tournée vers le pont d'Austerlitz. C'est aussi qu'il était huit heures dix, étant donné que nous savons par l'autopsie que le crime a été commis entre huit et dix heures.

— Vous croyez que votre état de santé vous permettra bientôt de sortir ?

Le juge était un peu radouci, mais il ne voulait pas céder.

— Je ne sais pas.

— Dans quel sens, à présent, dirigez-vous l'enquête ?

— Dans aucun sens. J'attends. Il n'y a que cela à faire, n'est-il pas vrai ? Nous sommes au point mort. Nous avons fait, ou plutôt mes hommes ont fait tout ce qu'ils pouvaient. Il ne reste qu'à attendre.

— Attendre quoi ?

— N'importe quoi. Ce qui se présentera. Peut-être un témoignage ? Peut-être un fait nouveau ?

— Vous croyez que cela se produira ?

— Il faut l'espérer.

— Je vous remercie. Je vais rendre compte de notre conversation au procureur.

— Présentez-lui mes respects.

— Meilleure santé, monsieur le commissaire.

— Je vous remercie, monsieur le juge.

Quand il raccrocha, il était grave comme un dindon. Il observait du coin de l'œil Mme Maigret, qui avait repris son tricot et qu'il sentait en proie à une sourde inquiétude.

— Tu ne penses pas que tu es allé trop loin ?
— Trop loin en quoi ?
— Avoue que tu as plaisanté.
— Pas le moins du monde.
— Tu n'as pas cessé de te moquer de lui.
— Tu crois ?

Et il paraissait sincèrement étonné. C'est qu'au fond il avait parlé très sérieusement. Tout ce qu'il avait dit était exact, y compris le doute qu'il avait émis sur sa propre maladie. Cela lui arrivait de temps en temps, comme ça, quand une enquête n'avançait pas à son gré, de se mettre au lit ou de garder la chambre. On le dorlotait. On marchait à pas feutrés. Il échappait au va-et-vient et au vacarme de la P.J., aux questions des uns et des autres, aux cent tracasseries quotidiennes. Ses collaborateurs venaient le voir ou lui téléphonaient. Tout le monde se montrait patient avec lui. On s'informait de sa santé. Et, moyennant quelques tisanes qu'il buvait avec une moue, il obtenait quelques grogs de la sollicitude de Mme Maigret.

C'était vrai qu'il avait des traits communs avec son mort. Au fond – il y pensait soudain – ce n'étaient pas tant les déménagements qui l'effrayaient, mais le fait de changer d'horizon. L'idée de ne plus voir les mots *Lhoste et Pépin* dès son réveil, de ne plus faire le même chemin, chaque matin, le plus souvent à pied…

Ils étaient tous les deux de leur quartier, le mort et lui. Et cette constatation lui faisait plaisir. Il vidait sa pipe, en bourrait une autre.

— Tu crois vraiment que c'est un tenancier de bar ?

— J'ai peut-être exagéré un tout petit peu en me montrant affirmatif, mais, puisque je l'ai dit, je souhaite qu'il en soit ainsi. Cela se tient, tu sais ?

— Qu'est-ce qui se tient ?

— Tout ce que j'ai raconté. Au début, je ne croyais pas que j'en dirais autant. Il m'arrivait d'improviser. Puis j'ai senti que tout cela collait. J'ai continué.

— Et si c'était un cordonnier, ou un tailleur ?

— Le docteur Paul me l'aurait dit. Moers aussi.

— Comment auraient-ils pu le savoir ?

— Le docteur l'aurait découvert en étudiant les mains, les callosités, les déformations ; Moers, d'après les poussières trouvées dans les vêtements.

— Et si c'était n'importe quoi d'autre qu'un tenancier de bar ?

— Tant pis, alors ! Passe-moi mon livre.

C'était encore une habitude, quand il était malade, de se plonger dans un roman d'Alexandre Dumas père : il possédait ses œuvres complètes dans une vieille édition populaire aux pages jaunies, aux gravures romantiques, et rien que l'odeur qui émanait de ces livres-là lui rappelait toutes les petites maladies de sa vie.

On entendait le poêle qui ronronnait, les aiguilles à tricoter qui cliquetaient. En levant les yeux, il voyait le va-et-vient du balancier de cuivre de la pendule dans son armoire de chêne sombre.

— Tu devrais reprendre de l'aspirine.
— Si tu veux.
— Pourquoi penses-tu qu'il se soit adressé à quelqu'un d'autre ?

Brave Mme Maigret ! Elle aurait bien voulu l'aider. D'habitude, elle ne se permettait guère de questions sur ses activités professionnelles – à peine sur l'heure probable de ses rentrées et de ses repas – mais, quand il était malade et qu'elle le voyait travailler, elle ne pouvait s'empêcher d'être un peu inquiète. Au fond, tout au fond d'elle-même, elle devait penser qu'il n'était pas sérieux.

À la P.J., sans doute se montrait-il différent, sans doute agissait-il et parlait-il comme un vrai commissaire ?

Cet entretien avec le juge Coméliau – surtout avec lui ! – la tarabustait, et on voyait qu'elle ne cessait pas d'y penser, tout en comptant ses points du bout des lèvres.

— Dis donc, Maigret...

Il leva un front buté, car il était plongé dans sa lecture.

— Il y a quelque chose que je ne comprends pas. Tu as dit, à propos de la gare de Lyon, qu'il n'avait pas osé rentrer chez lui, parce que l'homme l'y aurait suivi.

— Oui, j'ai probablement dit ça.

— Hier, tu m'as dit qu'il avait sans doute changé de veston.

— Oui. Eh bien ?

— Et tu viens de parler au juge de la brandade, comme s'il l'avait mangée dans son propre restaurant.

Donc il y est retourné. Donc il n'avait plus peur qu'on le suive dans sa maison.

Est-ce que Maigret y avait vraiment pensé auparavant ? Est-ce qu'au contraire il improvisait sa réponse ?

— Cela se tient très bien.

— Ah !

— La gare, c'est mardi soir. Il n'avait pas encore fait appel à moi. Il espérait échapper à son suiveur.

— Et le lendemain ? Tu crois qu'il n'était plus suivi ?

— Peut-être que oui. C'est même probable. Seulement, j'ai dit aussi qu'il avait changé d'avis, vers cinq heures. N'oublie pas qu'il a donné un coup de téléphone et qu'il a réclamé une enveloppe.

— Évidemment...

Sans être convaincue, elle crut bon de soupirer.

— Tu as sans doute raison.

Le silence. De temps en temps, une page tournait, et, dans le giron de Mme Maigret, la chaussette s'allongeait un tant soit peu.

Elle ouvrit la bouche, la referma. Sans lever la tête, il fit :

— Dis !

— Ce n'est rien... Cela ne signifie certainement rien... Je pensais seulement qu'il s'est trompé, puisqu'il a quand même été tué...

— Trompé en quoi ?

— En rentrant chez lui. Excuse-moi. Lis...

Mais il ne lisait pas, pas attentivement en tout cas, car ce fut lui qui leva la tête le premier.

— Tu oublies la panne ! dit-il.

Et il lui semblait qu'une nouvelle issue était offerte à sa pensée, qu'une déchirure se produisait, au-delà de laquelle il allait entrevoir la vérité.

— Ce qu'il faudrait savoir, c'est combien de temps exactement l'auto jaune est restée en panne.

Il ne parlait plus pour elle, mais pour lui ; elle le savait et se gardait bien de l'interrompre à nouveau.

— Une panne est un événement imprévisible. C'est un accident, quelque chose qui, par définition, dérange les plans préconçus. Donc les événements ont été différents de ce qu'ils auraient dû être.

Il regarda sa femme d'une drôle de façon. C'était elle, en définitive, qui venait de le mettre sur la voie.

— *Suppose qu'il soit mort à cause de la panne ?*

Du coup, il referma son livre, qu'il laissa sur ses genoux, tendit la main vers le téléphone, composa le numéro de la P.J.

— Passe-moi Lucas, vieux. S'il n'est pas dans son bureau, tu le trouveras dans le mien... C'est toi, Lucas ?... Comment ?... Du nouveau ?... Un instant...

Il voulait parler le premier, par crainte qu'on lui apprît justement ce qu'il venait de découvrir tout seul.

— Tu vas envoyer un homme, quai Henri-IV, Eriau ou Dubonnet, si tu les as sous la main. Qu'ils questionnent toutes les concierges, tous les locataires, pas seulement au 63 et dans les maisons voisines, mais dans tous les immeubles. Le quai n'est pas si long. Des gens ont certainement remarqué l'auto jaune. Je voudrais savoir aussi exactement que possible à quelle heure elle est tombée en panne et à quelle heure elle est repartie. Attends ! Ce n'est pas tout. Les gens ont peut-être eu besoin d'une pièce de rechange. Il doit exister des garages dans les environs. Qu'on les visite aussi. C'est tout pour le moment... À toi, maintenant !

— Un instant, patron. Je passe dans un autre bureau.

Cela signifiait que Lucas n'était pas seul et qu'il ne voulait pas parler devant la personne avec qui il se trouvait.

— Allô !... Bon ! Je préfère qu'elle ne m'entende pas. C'est toujours au sujet de l'auto. Une vieille femme s'est présentée il y a une demi-heure, et je l'ai reçue dans votre bureau. Malheureusement, elle me paraît un peu folle...

C'était inévitable. Une enquête, pour peu qu'on lui donne une certaine publicité, finit par attirer à la P.J. tous les fous et toutes les folles de Paris.

— Elle habite quai de Charenton, un peu plus loin que les entrepôts de Bercy.

Cela rappela à Maigret une enquête qu'il avait faite quelques années plus tôt dans une étrange petite maison située dans ces parages. Il revoyait le quai de Bercy, avec les grilles de l'entrepôt à gauche, les grands arbres, le parapet en pierre de la Seine à droite. Puis, après un pont dont il avait oublié le nom, le quai s'élargissait, bordé d'un côté de pavillons à un ou deux étages qui faisaient penser à la banlieue bien plus qu'à la ville. Il y avait toujours un grand nombre de péniches à cet endroit-là, et le commissaire revoyait le port couvert de tonneaux à perte de vue.

— Qu'est-ce qu'elle fait, ta vieille femme ?
— Voilà le hic. Elle est cartomancienne et voyante extra-lucide.
— Hum !
— Oui, c'est ce que j'ai pensé aussi. Elle parle avec une volubilité effrayante, en vous regardant dans les yeux d'une façon gênante. D'abord, elle m'a juré qu'elle ne lisait pas les journaux et elle a essayé de me faire croire que c'était inutile, puisqu'elle n'avait qu'à se mettre en transes pour être au courant des événements.
— Tu l'as un peu poussée.
— Oui. Elle a fini par admettre qu'elle avait peut-être jeté les yeux sur un journal qu'une cliente avait laissé chez elle.
— Alors ?
— Elle a lu la description de l'auto jaune. Elle affirme qu'elle l'a vue mercredi soir, à moins de cent mètres de chez elle.
— À quelle heure ?
— Vers neuf heures du soir.
— Elle a vu les occupants aussi ?
— Elle a vu deux hommes entrer dans une maison.
— Et elle peut te désigner la maison ?
— C'est un petit café qui fait le coin du quai et d'une rue. Cela s'appelle *Au Petit Albert*.

Maigret serrait fortement le tuyau de sa pipe entre ses dents et évitait de regarder Mme Maigret par crainte de lui laisser voir la petite flamme qui dansait dans ses yeux.

— C'est tout ?

— À peu près tout ce qu'elle m'a dit d'intéressant. Elle n'en a pas moins parlé pendant une demi-heure à une rapidité effrayante. Il serait peut-être préférable que vous la voyiez ?

— Parbleu !

— Vous voulez que je vous l'amène ?

— Un instant. Sait-on combien de temps l'auto est restée devant le *Petit Albert* ?

— Environ une demi-heure.

— Elle est repartie en direction de la ville ?

— Non. Elle a suivi le quai vers Charenton.

— Aucun colis n'a été transporté de la maison dans la voiture ? Tu comprends ce que je veux dire ?

— Non. La vieille est sûre, prétend-elle, que les hommes ne portaient rien. C'est justement ce qui me tracasse. Il y a aussi l'heure. Je me demande d'ailleurs ce que les types auraient fait avec le macchabée de neuf heures du soir à une heure du matin. Ils n'ont pas dû aller se promener à la campagne. Je vous amène l'oiseau ?

— Oui. Tu vas prendre un taxi que tu garderas. Emmène un inspecteur avec toi. Il attendra en bas avec ta vieille femme.

— Vous voulez sortir ?

— Oui.

— Votre bronchite ?

Lucas, lui, était gentil ; il disait bronchite au lieu de rhume, ce qui faisait plus sérieux.

— Ne t'en inquiète pas.

Mme Maigret commençait à s'agiter sur sa chaise et ouvrait la bouche.

— Recommande à l'inspecteur de ne pas la laisser filer pendant que tu monteras. Certaines gens éprouvent soudain le besoin de changer d'avis.

— Je ne crois pas que ce soit son cas. Elle tient à avoir sa photo dans les journaux, avec ses titres et qualités. Elle m'a demandé où étaient les photographes.

— Qu'on la photographie avant son départ. Cela lui fera toujours plaisir.

Il raccrocha, regarda Mme Maigret avec une douce ironie, puis regarda son Alexandre Dumas qu'il n'avait pas fini, qu'il ne finirait sans doute pas cette fois-ci, qui attendrait une nouvelle maladie. Il eut un coup d'œil aussi, mais de mépris, à la tasse de tisane.

— Au boulot ! lança-t-il en se levant et en se dirigeant vers le placard où il prit le flacon de calvados et un petit verre à bord doré.

— C'était bien la peine de te bourrer d'aspirine pour que tu transpires !

4

Il y a, dans la tradition de la P.J., un certain nombre de « planques » célèbres, qu'on raconte invariablement aux nouveaux venus. Une de Maigret entre autres, vieille de quinze ans. C'était une fin d'automne, au plus mauvais de l'année, surtout en Normandie, où le ciel bas et plombé rendait les jours encore plus courts. Trois jours et deux nuits durant, le commissaire était resté collé à une porte de jardin, sur une route déserte, dans les environs de Fécamp, à attendre qu'un homme sortît de la villa d'en face. Il n'y avait aucune autre maison en vue. Rien que des champs. Les vaches elles-mêmes étaient rentrées. Il aurait fallu faire deux kilomètres pour trouver un téléphone et demander qu'on vienne le relayer. Personne ne le savait là. Lui-même n'avait pas prévu qu'il y viendrait.

Pendant trois jours et deux nuits, il avait plu à torrents, une pluie glacée qui finissait par noyer le tabac dans sa pipe. Peut-être, en tout, était-il passé trois paysans en sabots qui l'avaient regardé avec méfiance et qui avaient hâté le pas. Maigret n'avait rien à manger, rien à boire, et le pire c'est que, dès la fin du second jour, il n'avait plus d'allumettes pour sa pipe.

Lucas en avait une autre à son actif, celle qu'on appelait l'histoire de l'invalide à tête de bois. Pour surveiller un petit hôtel – c'était justement au coin de la rue de Birague, près de la place des Vosges – on l'avait installé dans une chambre d'en face, transformé en vieillard paralytique qu'une infirmière poussait chaque matin devant la fenêtre, où il restait toute la journée. Son visage était garni d'une belle barbe en éventail et on lui donnait à manger à la cuiller. Cela avait duré dix jours, après lesquels il pouvait à peine se servir de ses jambes.

Maigret se remémora ces histoires et quelques autres, cette nuit-là, et il pressentait que la planque qui commençait serait aussi fameuse. Aussi savoureuse, en tout cas, surtout pour lui.

C'était presque un jeu, auquel il jouait le plus sérieusement du monde. Vers sept heures, par exemple, au moment où Lucas allait partir, il lui avait dit, tout naturellement :

— Tu prendras bien un petit verre ?

Les volets du café étaient fermés, comme il les avait trouvés. Les lampes étaient allumées. C'était autour d'eux l'atmosphère de n'importe quel petit bar après la fermeture, avec les tables à leur place, la sciure de bois étalée sur le plancher.

Maigret était allé prendre des verres sur l'étagère.

— Picon-grenadine ? Export-cassis ?

— Export.

Et, comme s'il avait voulu s'identifier davantage au patron, il s'était servi une Suze.

— Qui est-ce que tu vois, toi, qui pourrais faire l'affaire ?

— Il y a Chevrier. Ses parents tenaient un hôtel à Moret-sur-Loing, et il les a aidés jusqu'à son service militaire.

— Touche-le dès ce soir, afin qu'il se prépare. À ta santé ! Il faut qu'il déniche une femme sachant faire la cuisine.

— Il se débrouillera.

— Encore un petit vermouth ?

— Merci. Je file.

— Envoie-moi Moers tout de suite. Qu'il apporte son outillage.

Et Maigret le reconduisait jusqu'à la porte, contemplait un moment le quai désert, les barriques alignées, les péniches amarrées pour la nuit.

C'était un petit café comme on en voit beaucoup, non dans Paris même, mais dans les banlieues, un vrai petit café pour cartes postales ou pour images d'Épinal. La maison, qui faisait le coin, n'avait qu'un étage, un toit de tuiles rouges, des murs peints en jaune sur lesquels on lisait en grosses lettres brunes : *Au Petit Albert*. Puis, de chaque côté, avec de naïves arabesques : *Vins – Casse-croûte à toute heure*.

Dans la cour, derrière, sous un auvent, le commissaire avait trouvé des tonneaux verts qui contenaient des arbustes et qu'on devait, l'été, installer sur le trottoir, avec deux ou trois tables formant terrasse.

Maintenant, il était chez lui dans la maison vide. Comme il n'y avait pas eu de feu depuis quelques jours, l'air était froid, humide, et plusieurs fois Maigret loucha vers le gros poêle dressé au milieu du café, avec son tuyau qui parcourait l'espace, noir et luisant, avant de se perdre dans un mur.

Pourquoi pas, après tout, puisqu'il y avait un seau presque plein de charbon ? Sous le même auvent de la cour, il dénicha du petit bois à côté d'une hache et d'un billot. Il y avait de vieux journaux dans un coin de la cuisine.

Quelques minutes plus tard, le feu ronflait, et le commissaire se carrait devant le poêle, les mains derrière le dos, dans une pose qui lui était familière.

Au fond, la vieille femme de Lucas n'était pas si folle que ça. Ils étaient allés chez elle. Dans le taxi, elle avait parlé tout le temps avec volubilité, mais parfois elle épiait ses compagnons d'un regard en dessous afin de connaître l'impression qu'elle leur produisait.

Sa maison était à moins de cent mètres, une petite maison à un étage aussi, ce qu'on appelle un pavillon, avec un jardinet. Maigret s'était demandé comment se trouvant fatalement du même côté du quai, elle avait pu voir ce qui se passait sur le trottoir à une certaine distance de chez elle, surtout alors que la nuit était tombée.

— Vous n'êtes pas restée tout ce temps-là sur le trottoir ?
— Non.
— Ni sur votre seuil ?
— J'étais dans ma maison.

Elle avait raison. La pièce de devant, qui était étonnamment propre et nette, avait non seulement des fenêtres sur la rue, mais aussi une fenêtre latérale par laquelle on voyait une grande partie du quai, dans la direction du *Petit Albert*. Comme il n'y avait pas de volets, il était naturel que les phares d'une auto en stationnement eussent attiré l'attention de la vieille.

— Vous étiez seule chez vous ?

— Mme Chauffier était avec moi.

Une sage-femme qui habitait une rue plus loin. On avait vérifié. C'était vrai. La maison, contrairement à ce qu'on aurait pu attendre en voyant la vieille, ressemblait à tous les intérieurs de femmes seules. Il ne s'y trouvait pas de ce bric-à-brac dont s'entourent volontiers les diseuses de bonne aventure. Au contraire, les meubles clairs venaient tout droit du boulevard Barbès, et il y avait par terre un linoléum jaune.

— Cela devait arriver, disait-elle. Vous avez lu ce qu'il a inscrit sur la façade de son café ? Ou bien c'était un initié, ou bien il a commis un sacrilège.

Elle avait mis de l'eau à chauffer pour le café. Elle voulait à toutes forces en faire boire une tasse à Maigret. Elle lui expliquait que le *Petit Albert* était un livre de magie qui datait du quatorzième ou du quinzième siècle.

— Et si son prénom est Albert ? Et s'il est effectivement petit ? ripostait le commissaire.

— Il est petit, je le sais. Je l'ai vu souvent. Ce n'est pas une raison suffisante. Il y a des choses avec lesquelles il est imprudent de jouer.

De la femme d'Albert, elle disait :

— Une grande brune pas très propre, dont je ne voudrais pas manger la cuisine et qui sentait toujours l'ail.

— Depuis quand les volets sont-ils fermés ?

— Je ne sais pas. Le lendemain du jour où j'ai aperçu l'auto, je suis restée au lit, car j'avais la grippe. Quand je me suis levée, le café était fermé, et j'ai pensé que c'était un bon débarras.

— On y faisait du bruit ?

— Non. Il n'y venait presque personne. Tenez, les ouvriers de la grue que vous voyez sur le quai y prenaient leur déjeuner. Il y avait aussi le caviste de chez Cess, les négociants en vins. Des mariniers y allaient boire le coup sur le zinc.

Elle avait insisté pour savoir dans quels journaux paraîtrait sa photographie.

— Surtout, j'interdis qu'on écrive que je suis cartomancienne. C'est un peu comme si on disait que vous êtes sergent de ville.

— Il n'y aurait pas d'offense.

— Moi, cela me ferait du tort.

Allons ! Il en avait fini avec la vieille. Il avait bu son café. Ils s'étaient approchés de la maison du coin, Lucas et lui. C'est Lucas qui avait tourné machinalement le bec-de-cane de la porte, et celle-ci s'était ouverte.

C'était curieux, ce petit bistrot dont la porte était restée ouverte pendant au moins quatre jours et qu'on retrouvait intact, avec ses bouteilles sur l'étagère et de l'argent dans le tiroir-caisse.

Les murs étaient peints à l'huile, en brun jusqu'à un mètre du sol environ, en vert pâle au-dessus ; on y voyait les calendriers-réclames qu'on retrouve dans tous les cafés de campagne.

Au fond, « le petit Albert » n'était pas si parisien que cela, ou plutôt, comme la plupart des Parisiens, il avait gardé des goûts paysans. Ce café, on le devinait arrangé à sa façon, avec une sorte d'amour, et on aurait pu en trouver un pareil dans n'importe quel village de France.

Il en était de même de la chambre, là-haut. Car Maigret, les mains dans les poches, avait parcouru toute la maison. Lucas l'avait suivi, amusé, parce que le commissaire, son pardessus et son chapeau retirés, paraissait vraiment prendre possession d'un nouveau domicile. En moins d'une demi-heure, il y était comme chez lui et allait de temps en temps se camper derrière le comptoir.

— Ce qu'il y a de certain, c'est que Nine n'est pas ici.

Ils l'avaient cherchée de la cave au grenier, fouillant aussi la cour, le jardinet encombré de vieilles caisses et de bouteilles vides.

— Qu'est-ce que tu en penses, toi ?

— Je ne sais pas, patron.

Le café ne comportait que huit tables, quatre le long d'un mur, deux en face et les deux dernières enfin au milieu de la pièce, près du poêle. C'était une de ces dernières que les deux hommes regardaient de temps en temps, parce que la sciure de bois, au pied d'une des chaises, avait été soigneusement balayée. Pourquoi, sinon pour faire disparaître des taches de sang ?

Mais qui avait retiré le couvert de la victime, qui l'avait lavé et avait lavé les verres ?

— Peut-être qu'ils sont revenus après ? proposa Lucas.

Il y avait en tout cas un détail curieux. Alors que tout était en ordre dans la maison, une bouteille, une seule, restait débouchée sur le comptoir, et Maigret s'était bien gardé d'y toucher. C'était une bouteille de cognac, et il fallait supposer que celui ou ceux qui s'en étaient servis s'étaient passés de verre et avaient bu au goulot.

Les visiteurs inconnus étaient montés là-haut. Ils avaient fouillé tous les tiroirs, où le linge et les objets étaient restés pêle-mêle, mais les avaient refermés.

Le plus étrange, c'était que deux cadres, au mur de la chambre, qui avaient dû contenir des photographies, étaient vides.

Ce n'était pas le portrait du petit Albert qu'on avait voulu supprimer, car on en voyait un sur la commode : visage rond et joyeux, toupet sur le front, l'air d'un comique, selon l'expression du patron des *Caves du Beaujolais*.

Un taxi s'arrêtait. On entendait des pas sur le trottoir. Maigret allait retirer le verrou.

— Entre, disait-il à Moers qui portait une valise assez lourde. Tu as dîné ? Non ? Un petit apéritif ?

Et ce fut une des soirées, une des nuits les plus curieuses de sa vie. De temps en temps, il venait regarder Moers, qui avait entrepris un travail de longue haleine, relevant partout, dans le café d'abord, puis dans la cuisine, dans la chambre, dans toutes les pièces de la maison, les moindres empreintes digitales.

— Celui qui a pris cette bouteille le premier portait des gants de caoutchouc, put-il affirmer.

Il avait aussi prélevé des échantillons de sciure de bois, près de la fameuse table. Et Maigret, dans la poubelle, avait retrouvé des restes de morue.

Quelques heures plus tôt, le mort n'avait pas encore de nom et ne représentait aux yeux de Maigret qu'une image assez floue. Maintenant, non seulement on possédait sa photographie, mais le commissaire vivait dans sa maison, parmi ses meubles, tripotait des vêtements qui lui avaient appartenu, maniait ses objets personnels. Non sans une certaine satisfaction, il avait désigné à Lucas, dès leur arrivée, un vêtement qui pendait à un des portemanteaux de la chambre : c'était un veston du même tissu que le pantalon du mort.

Autrement dit, il avait raison. Albert était rentré chez lui et s'était changé, par habitude.

— Tu crois, mon petit Moers, qu'il y a longtemps que quelqu'un est venu ici ?

— Je jugerais qu'on est venu aujourd'hui, répondait le jeune homme, après avoir examiné des traces d'alcool sur le comptoir, près de la bouteille débouchée.

C'était possible. La maison était ouverte à tout le monde. Seulement les passants ne le savaient pas. Quand on aperçoit des volets clos, on a rarement l'idée de tourner le bec-de-cane pour savoir si la porte est fermée ou non.

— Ils cherchent quelque chose, hein ?

— C'est mon avis aussi.

Quelque chose de pas volumineux, vraisemblablement un papier, car on avait ouvert jusqu'à une boîte de carton minuscule qui avait contenu des boucles d'oreilles.

Drôle de dîner que celui qu'ils avaient fait en tête à tête, Moers et Maigret, dans la salle du café. Maigret s'était chargé du service. Il avait trouvé dans l'office un saucisson, des boîtes de sardines, du fromage de Hollande. Il était descendu à la cave tirer du vin au tonneau, un vin épais, bleuâtre. Il y avait des bouteilles bouchées, mais il n'y avait pas touché.

— Vous restez, patron ?

— Ma foi, oui. Il ne viendra probablement personne cette nuit, mais je n'ai pas envie de rentrer chez moi.

— Vous voulez que je reste avec vous ?

— Merci, mon petit Moers. Je préfère que tu ailles tout de suite faire tes analyses.

Moers ne négligeait rien, même pas des cheveux de femme enroulés à un démêloir, sur la toilette du premier étage. On entendait peu de bruit dehors. Les passants étaient rares. De temps en temps, surtout après minuit, le vacarme d'un camion venant de la banlieue et se dirigeant vers les Halles.

Maigret avait téléphoné à sa femme.

— Tu es sûr que tu ne vas pas encore prendre froid ?

— N'aie pas peur. J'ai fait du feu. Tout à l'heure, je me préparerai un grog.

— Tu ne dormiras pas de la nuit ?

— Mais si. J'ai le choix entre un lit et une chaise longue.

— Les draps sont propres ?

— Il y en a de propres dans le placard du palier.

Il faillit en effet refaire le lit, avec des draps frais, et s'y coucher. À la réflexion, il préféra la chaise longue.

Moers partit vers une heure du matin. Maigret rechargea le poêle jusqu'à la gueule, se fit un grog bien tassé, s'assura que tout était en ordre et, après avoir mis le verrou, monta l'escalier tournant à pas lourds, comme un homme qui va se coucher.

Il y avait une robe de chambre dans la garde-robe, une robe de chambre en molleton bleu, avec des revers en soie artificielle, mais elle était beaucoup trop petite et trop étroite pour lui. Les pantoufles, au pied du lit, n'étaient pas non plus à sa pointure.

Il resta en chaussettes, s'enveloppa d'une couverture et s'installa sur la chaise longue, un oreiller sous la tête. Les fenêtres, au premier, n'avaient pas de persiennes. La lueur d'un bec de gaz traversait les rideaux aux dessins compliqués et formait des arabesques sur les murs.

Il les regardait, les yeux mi-clos, en fumant sa dernière pipe à petites bouffées. Il s'habituait. Il essayait la maison, comme on essaye un vêtement neuf, et l'odeur lui en devenait déjà familière, une odeur qui lui rappelait la campagne, à la fois aigre et douce.

Pourquoi avait-on retiré les photographies de Nine ? Pourquoi celle-ci avait-elle disparu, laissant la maison en plan, n'emportant même pas l'argent du tiroir-caisse ? Il est vrai qu'il s'y trouvait à peine une centaine de francs. Sans doute Albert mettait-il son argent ailleurs et avait-on fait main basse dessus, comme on avait fait main basse sur tous ses papiers personnels.

Ce qui était curieux, c'est que cette fouille minutieuse de la maison s'était opérée presque sans désordre, sans brutalité. On avait remué les vêtements, mais sans les retirer de leurs cintres. On avait arraché les photos des cadres, mais on avait rependu ceux-ci à leur clou.

Maigret s'endormit et, quand il entendit des coups frappés contre les volets d'en bas, il aurait juré qu'il ne s'était assoupi que quelques minutes.

Pourtant, il était sept heures du matin. Il faisait jour. Il y avait du soleil sur la Seine, où les péniches se mettaient en mouvement et où sifflaient les remorqueurs.

Le temps de passer ses souliers sans les lacer et il descendit, les cheveux en désordre, le col de la chemise ouvert, le veston fripé.

C'était Chevrier et une assez jolie femme vêtue d'un tailleur bleu marine, un petit chapeau rouge sur ses cheveux ébouriffés.

— Nous voici, patron.

Chevrier n'était que depuis trois ou quatre ans à la P.J. Il ne faisait pas penser à une chèvre, mais à un mouton, tant toutes les lignes de son visage et de son corps étaient molles et douillettes. La femme le tirait par la manche. Il comprenait, balbutiait :

— Pardon ! Monsieur le commissaire, je vous présente ma femme.

— N'ayez pas peur, dit-elle bravement. Je m'y connais. Ma mère tenait l'auberge de notre village, et il nous est arrivé, avec juste deux servantes pour nous aider, de servir des noces de cinquante couverts et plus.

Elle marcha tout de suite vers le percolateur, demanda à son mari :

— Passe-moi tes allumettes.

Le gaz fit « plouf », et, quelques minutes plus tard, l'odeur du café envahissait la maison.

Chevrier avait eu soin de revêtir un pantalon noir, une chemise blanche. Il se mettait en tenue, lui aussi, s'installait derrière le comptoir, changeait certaines choses de place.

— On ouvre ?

— Mais oui. Il doit être l'heure.

— Qui est-ce qui fera le marché ? questionna sa femme.

— Tout à l'heure, vous prendrez un taxi et vous irez aux provisions le plus près possible.

— Du fricandeau à l'oseille, cela vous va ?

Elle avait apporté un tablier blanc. Elle était très gaie, très animée. Cela commençait comme une partie de plaisir, comme un jeu.

— On peut retirer les volets, annonça le commissaire. Si les clients vous posent des questions, répondez que vous êtes des remplaçants.

Il monta dans la chambre, trouva un rasoir, du savon à barbe, un blaireau. Pourquoi pas, après tout ? Le petit Albert paraissait propre et bien portant.

Il fit tranquillement sa toilette, et, quand il descendit, la femme de Chevrier était déjà partie faire son marché. Deux hommes étaient accoudés au comptoir, deux mariniers, qui buvaient des cafés arrosés. Ceux-là ne s'inquiétaient pas de savoir qui tenait le bistrot. Sans doute étaient-ils de passage ? Ils parlaient d'une écluse dont la porte avait failli être défoncée la veille par un remorqueur.

— Qu'est-ce que je vous sers, patron ?

Maigret préférait se servir lui-même. En somme, c'était la première fois de sa vie qu'il se versait la bouteille de rhum derrière le comptoir d'un bar. Il se mit soudain à rire.

— Je pense au juge Coméliau, expliqua-t-il.

Il essayait d'imaginer le juge entrant au *Petit Albert* et trouvant le commissaire de l'autre côté du comptoir avec un de ses inspecteurs.

Pourtant, si on voulait apprendre quelque chose, il n'y avait rien d'autre à faire. Est-ce que ceux qui avaient tué le patron ne seraient pas intrigués en voyant le bar ouvert comme d'habitude ?

Et Nine, si Nine existait encore ?

Vers neuf heures, la vieille voyante passa et repassa devant le café, collant même son visage à la vitre, et s'éloigna enfin en parlant toute seule, un filet à provisions à la main.

Mme Maigret venait de téléphoner pour prendre des nouvelles de son mari :

— Je ne peux pas t'apporter quelque chose ? Ta brosse à dents, par exemple ?

— Merci. J'en ai fait acheter une.

— Le juge a téléphoné.

— Tu ne lui as pas donné mon numéro, j'espère ?

— Non. Je lui ai dit seulement que tu étais sorti depuis hier après-midi.

La femme de Chevrier descendit d'un taxi, dont elle retira de pleins cageots de légumes et de paquets. Comme Maigret l'appelait madame, elle riposta :

— Appelez-moi Irma. Vous verrez que les clients vont tout de suite m'appeler comme ça. Pas vrai, Émile, que le commissaire peut ?

Il ne venait guère de monde. Trois maçons, qui travaillaient sur un échafaudage, dans la rue voisine, vinrent faire la pause. Ils avaient du pain et du saucisson avec eux et commandèrent deux litres de rouge.

— C'est pas malheureux que ce soit rouvert ! On devait aller à dix minutes d'ici pour trouver à boire !

Ils ne s'inquiétaient pas de voir de nouveaux visages.

— L'ancien patron s'est retiré ?

L'un deux affirma :

— C'était un bon zigue !

— Vous le connaissiez depuis longtemps ?

— Juste depuis quinze jours qu'on a un chantier dans le quartier. Nous, vous savez, on a l'habitude de changer de crémerie.

Maigret, pourtant, qu'ils voyaient rôder un peu partout, les intriguait légèrement.

— Qui c'est celui-là ? Il a l'air d'être de la maison.

Et Chevrier de répondre avec candeur :

— Chut ! Mon beau-père...

Des choses mijotaient sur le fourneau de la cuisine. La maison prenait vie. Un soleil aigrelet entrait par les larges baies du café. Chevrier, manches troussées et maintenues par des élastiques, avait balayé la sciure.

Téléphone.

— C'est pour vous, patron. Moers...

Le pauvre Moers n'avait pas dormi de la nuit. Côté empreintes, il n'avait pas eu beaucoup de succès. Des empreintes, il y en avait de toutes les sortes, sur les bouteilles comme sur les meubles. Pour la plupart, elles étaient déjà vieilles et se superposaient sans ordre. Les plus nettes, qu'il avait transmises au service anthropométrique, ne correspondaient à aucune fiche.

— On a travaillé un peu partout dans la maison avec des gants de caoutchouc. Il n'y a qu'une chose qui ait donné un résultat : c'est la sciure. À l'analyse, j'ai retrouvé des traces de sang.

— De sang humain ?

— Je le saurai dans une heure. Mais j'en suis presque sûr.

Lucas, qui, ce matin-là, avait eu sa part de travail, arriva vers onze heures, guilleret, et Maigret remarqua qu'il avait choisi une cravate claire.

— Un export-cassis, un ! lança-t-il avec un clin d'œil à son collègue Chevrier.

Irma avait accroché à la porte une ardoise sur laquelle elle avait écrit à la craie, sous les mots « plats du jour » : *Fricandeau à l'oseille*. On l'entendait aller et venir, affairée, et sans doute n'aurait-elle donné sa place, ce jour-là, pour rien au monde.

— Montons, dit Maigret à Lucas.

Ils s'assirent dans la chambre, près de la fenêtre qu'on avait pu ouvrir tant il faisait doux. La grue fonctionnait au bord de l'eau, extrayant des barriques du ventre d'une péniche. On entendait des coups de sifflet, le grincement des chaînes et toujours, sur l'eau miroitante, un va-et-vient de remorqueurs haletants et affairés.

— Il s'appelle Albert Rochain. Je suis allé aux *Indirectes*. Il a pris la licence il y a quatre ans.

— Tu n'as pu trouver le nom de sa femme ?

— Non. La licence est à son nom à lui. Je me suis rendu à la mairie, où on n'a pu me donner aucun renseignement. S'il est marié, il l'était déjà en arrivant dans le quartier.

— Au commissariat ?

— Rien. Il paraît que la maison était tranquille. La police n'a jamais eu à intervenir.

Le regard de Maigret se posait sans cesse sur le portrait de son mort qui souriait toujours sur la commode.

— Chevrier en apprendra sans doute davantage tout à l'heure avec les clients.

— Vous restez ici ?

— Nous pourrions déjeuner en bas tous les deux, comme des passants. Pas de nouvelles de Torrence et de Janvier ?

— Ils s'occupent toujours des habitués des courses.

— Si tu peux les rejoindre au bout du fil, dis-leur donc de voir particulièrement à Vincennes.

Toujours la même question : l'hippodrome de Vincennes était pour ainsi dire dans le quartier. Et le petit Albert, comme Maigret, était un homme d'habitudes.

— Les gens ne s'étonnent pas de voir la maison ouverte ?

— Pas trop. Il y a des voisins qui viennent jeter un coup d'œil sur le trottoir. Ils pensent sans doute qu'Albert a revendu son fonds.

À midi, ils étaient attablés tous les deux près de la fenêtre, et Irma en personne les servait. Quelques clients s'étaient assis aux autres tables, notamment les mécaniciens de la grue.

— Albert a enfin touché le gagnant ? dit l'un d'eux en interpellant Chevrier.

— Il est à la campagne pour quelque temps.

— Et c'est vous qui le remplacez ? Il a emmené Nine avec lui ? Peut-être qu'on va manger un peu moins d'ail ; ce qui ne serait pas malheureux ! Ce n'est pas que ce soit mauvais, mais c'est rapport à l'haleine...

L'homme pinça la fesse d'Irma qui passait près de lui, et Chevrier ne broncha pas, subit même, par surcroît, le regard ironique de Lucas.

— Un bon type, en somme ! S'il n'était pas si enragé pour les courses... Mais dites donc, puisqu'il avait un remplaçant, pourquoi a-t-il laissé la maison fermée pendant quatre jours ? Surtout sans avertir les clients ! On a dû se trotter jusqu'au pont de Charenton, le premier jour, pour trouver à croûter. Non, mon petit, jamais de camembert pour moi. Un petit suisse, tous les jours. Et, pour Jules, c'est du roquefort...

Ils étaient quand même intrigués, se parlaient à mi-voix. Irma les intéressait plus particulièrement.

— Chevrier ne tiendra pas le coup longtemps, murmura Lucas à l'oreille de Maigret. Il n'y a que deux ans qu'il est marié. Si les types continuent à laisser traîner leurs mains sur le derrière de sa femme, il ne va pas tarder à leur flanquer la sienne à la figure.

Ce ne fut pas si grave. L'inspecteur, pourtant, s'approchant pour servir à boire, prononça avec fermeté :

— C'est ma femme.

— Félicitations, mon gars... T'en fais pas, va ! Nous, on n'est pas dégoûtés.

Ils riaient aux éclats. Ce n'étaient pas de mauvais bougres, mais ils sentaient confusément que le patron n'était pas à son aise.

— Tu comprends. Albert, lui, avait pris ses précautions... Pas de danger qu'on essaie de lui chiper Nine...

— Pourquoi ?

— Tu ne la connais pas ?

— Je ne l'ai pas vue.

— T'as pas perdu, mon pote... Celle-là aurait été en sûreté dans une chambrée de Sénégalais... La meilleure fille du monde, ça oui... N'est-ce pas, Jules ?

— Quel âge a-t-elle ?

— Tu crois qu'elle a un âge, Jules ?

— C'est vrai qu'elle ne doit pas en avoir... Peut-être trente piges ?... Peut-être cinquante ? Ça dépend de quel côté on la regarde... Si c'est du côté du bon œil, ça passe... Mais si c'est de l'autre...

— Elle louche ?

— Et comment, petit père !... Il demande si elle louche !... Mais elle pourrait regarder en même temps le bout de tes souliers et la pointe de la tour Eiffel...

— Albert l'aimait ?

— Albert, mon garçon, c'est un copain qui aime ses aises, tu comprends ? Le fricot de ta bourgeoise est bon, il est même fameux... Mais je parie que c'est toi qui te trottes vers les six heures du matin pour aller faire les Halles. Peut-être même que t'as donné un coup de main pour éplucher les patates ? Et, dans une heure, c'est pas elle qui s'appuiera toute la vaisselle pendant que tu iras te pavaner sur l'hippodrome...

» Avec Nine, oui !... Albert menait une vie de caïd... Sans compter qu'elle devait avoir du fric...

Pourquoi, à ce moment-là, Lucas regarda-t-il Maigret à la dérobée ? N'était-ce pas un peu comme si on avait abîmé le mort du commissaire ?

Le mécano continuait :

— Je ne sais pas comment elle l'a gagné, mais, tournée comme elle l'était, c'est sûrement pas en faisant le *business*...

Maigret ne bronchait pas. Il y avait même un léger sourire sur ses lèvres. Il ne perdait pas un mot de ce qu'on disait. Les mots se transformaient automatiquement en images. Le portrait du petit Albert se complétait peu à peu, et le commissaire paraissait garder toute son affection au personnage qui se précisait de la sorte.

— De quelle province vous êtes, vous autres ?

— Du Berry, répondait Irma.

— Moi, du Cher, faisait Chevrier.

— Alors, c'est pas dans votre patelin que vous avez connu Albert. Lui, c'est un gars du Nord, un *ch'timmi*... C'est pas de Tourcoing, Jules ?

— De Roubaix.

— C'est du pareil au même.

Maigret intervint dans la conversation, ce qui n'avait rien de surprenant dans un café d'habitués.

— Il n'a pas travaillé aux environs de la gare du Nord ?

— Au *Cadran*, oui. Il a été garçon pendant dix ou douze ans dans la même brasserie avant de s'installer ici.

Ce n'était pas par hasard que Maigret avait posé sa question. Il connaissait les gens du Nord qui, quand ils viennent à Paris, semblent avoir toutes les peines du monde à s'éloigner de leur gare, de sorte qu'ils forment une véritable colonie du côté de la rue de Maubeuge.

— Ça ne doit pas être là qu'il a connu Nine.

— Là ou ailleurs, il a gagné le gros lot. Pas pour ce qui est de la bagatelle, bien sûr... Mais pour ce qui est de n'avoir plus à se faire de soucis...

— Elle est du Midi ?

— Vous pourriez dire midi et demi !

— Marseille ?

— Toulouse ! *Avé l'assent !*... À côté de son accent à elle, celui du type qui fait les annonces à Radio-Toulouse est de la petite bière... L'addition, mon petit... Dis donc, patron, et les bonnes manières ?

Chevrier fronçait les sourcils, dérouté. Maigret, lui, venait de comprendre. C'est lui qui intervint :

— Il a raison ! Quand une maison change de patron, ça s'arrose...

Il ne vint que sept clients en tout pour le déjeuner. Un des cavistes de chez Cess, un homme d'un certain âge, à l'air renfrogné, mangea en silence, dans un coin, furieux de tout, de la cuisine qui n'était plus la même, du couvert qui n'était pas le sien, du vin blanc qu'on lui servait au lieu du rouge auquel il était habitué.

— Ça va devenir une boîte comme les autres, grommela-t-il en partant. C'est toujours la même chose...

Chevrier ne s'amusait déjà plus autant que le matin. Il n'y avait qu'Irma à prendre la vie gaiement, à jongler avec les plats, les piles d'assiettes, et elle se mit à faire la vaisselle en fredonnant.

À une heure et demie, il n'y avait plus que Maigret et Lucas dans le café. Les heures creuses commençaient, pendant lesquelles on ne devait voir un consommateur que de temps en temps, un passant qui avait soif, ou un couple de mariniers qui attendaient la fin de leur chargement.

Maigret fumait à petites bouffées, le ventre en avant, car il avait beaucoup mangé, peut-être pour faire plaisir à Irma. Un rayon de soleil chauffait une de ses oreilles, et il paraissait béat, quand soudain il écrasa sous sa semelle les orteils de Lucas.

Un homme venait de passer sur le trottoir. Il avait regardé avec attention à l'intérieur du café, puis, hésitant, il avait fait demi-tour, s'était approché de la porte.

Il était de taille moyenne. Il ne portait ni chapeau ni casquette. Ses cheveux étaient roux, et il avait des taches de rousseur sur le visage, des yeux bleus, une bouche charnue.

Sa main tourna le bec-de-cane. Il entra, toujours hésitant, et il y avait quelque chose de souple dans son attitude, une étrange prudence dans ses gestes.

Ses souliers très usés n'avaient pas été cirés depuis plusieurs jours. Son complet sombre était élimé, sa chemise douteuse, la cravate mal nouée.

Il faisait penser à un chat pénétrant avec précaution dans une chambre inconnue, observant tout autour de lui, flairant le danger possible. Il devait être d'une intelligence moins que médiocre. Les simples de villages ont souvent de ces yeux-là, où on ne lit qu'une ruse instinctive et de la méfiance.

Sans doute Maigret et Lucas l'intriguaient-ils ? Il se défiait d'eux, s'avançait en biais vers le comptoir, sans cesser de les observer, frappait le zinc d'une pièce de monnaie.

Chevrier, qui mangeait dans un coin de la cuisine, parut.

— Qu'est-ce que c'est ?

Et l'homme hésita encore. Il paraissait enroué. Il émit un son rauque, puis renonça à parler, désigna du doigt la bouteille de cognac sur l'étagère.

C'était Chevrier maintenant qu'il regardait dans les yeux. Il y avait quelque chose qu'il ne comprenait pas, qui dépassait son entendement.

Du bout de son pied, Maigret, impassible, tapotait les orteils de Lucas.

La scène fut brève, mais parut très longue. L'homme cherchait de la monnaie dans sa poche de la main gauche, tandis que, de la droite, il portait le verre à ses lèvres et buvait d'un trait.

L'alcool le fit tousser. Il en eut les paupières humides.

Alors il jeta quelques pièces sur le comptoir et sortit en quelques pas très longs, très rapides. On le vit, dehors, s'élancer dans la direction du quai de Bercy et se retourner.

— À toi ! fit Maigret à l'adresse de Lucas. Mais j'ai bien peur qu'il te sème...

Lucas se précipitait dehors. Le commissaire commandait à Chevrier :

— Appelle un taxi... Vite !...

Le quai de Bercy était long, tout droit, sans rues transversales. Peut-être aurait-il le temps, en voiture, de rejoindre l'homme avant qu'il eût échappé à Lucas.

5

À mesure que le rythme de la poursuite s'accélérait, Maigret avait davantage l'impression de vivre cette scène pour la seconde fois. Cela lui arrivait parfois en rêve – et c'étaient ces rêves-là que, encore enfant, il appréhendait le plus. Il s'avançait dans un décor généralement compliqué, et soudain il avait la sensation qu'il y était déjà venu, qu'il avait fait les mêmes gestes, prononcé les mêmes mots. Cela lui donnait une sorte de vertige, surtout à l'instant où il comprenait qu'il était en train de vivre des heures qu'il avait déjà vécues une fois.

Cette chasse à l'homme, commencée quai de Charenton, c'était de son bureau qu'il en avait suivi une première fois les péripéties, alors que la voix affolée du petit Albert lui apportait d'heure en heure l'écho d'une angoisse croissante.

Maintenant aussi, l'angoisse montait. Sur la longue perspective du quai de Bercy, presque désert, l'homme qui marchait à grands pas souples le long des grilles se retournait de temps en temps, puis il accélérait son allure en voyant invariablement derrière lui la courte silhouette de Lucas.

Maigret, dans son taxi, assis à côté du chauffeur, roulait derrière eux. Quelle différence entre les deux hommes ! Le premier avait quelque chose d'animal dans le regard, dans la démarche. Ses mouvements, même quand il se mit à courir, restaient harmonieux.

Sur ses talons, le bedonnant Lucas allait le ventre un peu en avant, comme toujours, faisant penser à un de ces chiens corniauds qui ont l'air de saucissons à pattes, mais qui tiennent mieux la piste du sanglier que les plus illustres chiens de meute.

Tout le monde aurait parié contre lui pour le rouquin. Maigret lui-même, quand il vit l'homme, profitant de ce que le quai était désert, s'élancer en avant, dit à son chauffeur d'accélérer. C'était inutile. Le plus étrange, c'est que Lucas n'avait pas l'air de courir. Il gardait son aspect convenable de bon petit bourgeois de Paris en promenade et continuait à se dandiner.

Quand l'inconnu entendit les pas sur ses talons, quand, en tournant à demi la tête, il aperçut Maigret dans le taxi qui arrivait à sa hauteur, il comprit qu'il ne servait à rien de s'essouffler ni d'attirer l'attention, et il reprit une allure plus normale.

Des milliers de gens, cette après-midi-là, devaient les croiser dans les rues et sur les places publiques, et, comme pour le petit Albert, personne ne se douta du drame qui se jouait.

Au pont d'Austerlitz, déjà, l'étranger – car dans l'esprit de Maigret, l'homme était un étranger – avait un regard plus inquiet. Il continua par le quai Henri-IV. Il se préparait à quelque chose, cela se sentait à son attitude. Et, en effet, quand ils atteignirent le quartier Saint-Paul, le taxi suivant toujours, il s'élança à nouveau, mais, cette fois, dans le réseau de rues étroites qui s'étend entre la rue Saint-Antoine et les quais.

Maigret faillit le perdre, parce qu'un camion bouchait une des ruelles.

Des enfants qui jouaient sur les trottoirs regardaient les deux hommes qui couraient, et Maigret retrouvait enfin ceux-ci deux rues plus loin, Lucas à peine essoufflé, parfaitement correct dans son pardessus boutonné. Il avait même la présence d'esprit d'adresser un clin d'œil au commissaire, comme pour dire :

— Ne vous en faites pas !

Il ne savait pas encore que cette chasse-là, à laquelle Maigret assistait du siège d'une voiture, sans se fatiguer, allait durer des heures. Ni qu'elle deviendrait plus cruelle à mesure que le temps passerait.

C'est à partir du coup de téléphone que l'homme commença à perdre son assurance. Il était entré dans un petit bar, rue Saint-Antoine. Lucas y avait pénétré derrière lui.

— Il va l'arrêter ? questionna le chauffeur, qui connaissait Maigret.

— Non.

— Pourquoi ?

Pour lui, en effet, un homme qu'on suit à la piste est un homme qu'on finira par arrêter. À quoi bon cette poursuite, cette cruauté inutile ? Il réagissait comme les non-initiés au passage d'une chasse à courre.

Sans s'occuper de l'inspecteur, l'étranger avait pris un jeton de téléphone et s'était enfermé dans la cabine. On voyait, à travers les vitres du bistrot, Lucas qui en profitait pour avaler un grand verre de bière, ce qui donna soif à Maigret.

La communication dura longtemps : près de cinq minutes. Deux ou trois fois, Lucas, inquiet, alla regarder par le judas de la cabine pour s'assurer qu'il n'était rien arrivé à son client.

Après, ils furent côte à côte devant le zinc, sans rien se dire, comme sans se connaître. La physionomie de l'homme s'était modifiée. Il regardait autour de lui avec une sorte d'égarement, semblait guetter un moment propice, mais sans doute avait-il compris qu'il n'y en aurait plus pour lui.

Il finit par payer, par sortir. Il se dirigea vers la Bastille, fit le tour presque complet de la place, s'engagea un moment sur le boulevard Richard-Lenoir, à trois minutes de chez Maigret, mais tourna, à droite, dans la rue de la Roquette.

Quelques minutes plus tard, il était perdu. Il ne connaissait pas le quartier, c'était visible. À deux ou trois reprises, encore, il eut des velléités de fuite, mais il y avait trop de monde dans les rues, ou bien il apercevait au prochain carrefour le képi d'un sergent de ville.

C'est alors qu'il se mit à boire. Il entrait dans les bars, non plus pour téléphoner, mais pour avaler d'un trait un verre de mauvais cognac, et Lucas avait pris le parti de ne plus le suivre à l'intérieur.

Dans un de ces bars, quelqu'un lui adressa la parole, et il le regarda sans répondre, en homme à qui on parle une langue inconnue.

Maigret comprit soudain pourquoi il avait tout de suite pensé à un étranger dès son entrée au *Petit Albert*. Ce n'était pas tant la coupe de son costume, les traits de son visage qui n'étaient pas français. C'était bien plus cette prudence d'un homme qui n'est pas chez lui, qui ne comprend pas, qui ne peut pas se faire entendre.

Il y avait du soleil dans les rues. Il faisait très doux. Du côté de Picpus, des concierges avaient placé une chaise devant leur seuil, comme dans une petite ville de province.

Que de détours avant d'atteindre le boulevard Voltaire, puis la place de la République, que l'homme reconnut enfin !

Il descendit dans le métro. Espérait-il encore semer Lucas ? En tout cas, il s'aperçut que sa ruse était inutile, car Maigret vit les deux hommes remonter par la sortie.

Rue Réaumur... Un détour encore... Rue de Turbigo... Puis, par la rue Chapon, la rue Beaubourg.

« C'est son quartier », pensait le commissaire.

Cela se sentait. On devinait aux regards de l'étranger qu'il reconnaissait les moindres boutiques. Il était chez lui. Peut-être habitait-il dans un des nombreux petits hôtels miteux ?

Il hésitait. Maintes fois, il s'arrêta au coin d'une rue. Quelque chose l'empêchait de faire ce qu'il avait envie de faire. Et ainsi il atteignait la rue de Rivoli, qui était comme la frontière de ce quartier pouilleux.

Il ne la franchit pas. Par la rue des Archives, il pénétrait à nouveau dans le ghetto, suivait un peu plus tard la rue des Rosiers.

— Il ne veut pas que nous connaissions son adresse.

Mais pourquoi, mais à qui avait-il téléphoné ? Avait-il demandé de l'aide à des complices ? Quelle aide pouvait-il en espérer ?

— Ce pauvre bougre me fait pitié, soupira le chauffeur. Vous êtes sûr que c'est un malfaiteur ?

Non ! Même pas ! Force était pourtant de le traquer. C'était la seule chance d'apprendre du nouveau sur la mort du petit Albert.

Il transpirait. Son nez coulait. De temps en temps, il tirait de sa poche un large mouchoir vert. Et il buvait encore et toujours, s'éloignait d'une sorte de noyau constitué par la rue du Roi-de-Sicile, la rue des Écouffes, la rue de la Verrerie, noyau autour duquel il tournait sans jamais y pénétrer.

Il s'écartait et, irrésistiblement attiré, revenait. Son pas, alors, devenait plus lent, hésitant. Il se retournait sur Lucas. Puis c'était l'auto qu'il cherchait des yeux, qu'il suivait d'un mauvais regard. Qui sait ? Si le taxi n'avait pas été sur ses talons, peut-être aurait-il tenté de se débarrasser de Lucas en l'attirant dans un coin pour lui faire son affaire.

À mesure que le crépuscule approchait, les rues devenaient plus animées. Il y avait beaucoup de flâneurs sur les trottoirs, dans les rues aux maisons basses et sombres. Les gens de ce quartier, dès que commence le printemps, vivent dehors. Les portes des boutiques, les fenêtres étaient ouvertes. Une odeur de crasse et de pauvreté prenait à la gorge, et parfois on voyait une femme lancer ses eaux sales à travers la rue.

Lucas devait être à bout, bien qu'il n'en laissât rien voir. Maigret pensait à saisir la première occasion propice pour le relayer. Il avait un peu honte de suivre en taxi, comme les invités qui suivent une chasse à courre en voiture.

Il y avait des carrefours où l'on était déjà passé quatre ou cinq fois. L'homme, alors, s'avisa d'une nouvelle ruse. Il entra dans le sombre passage d'une maison, et Lucas s'arrêta à la porte. Maigret lui fit signe de suivre.

— Attention ! lui cria-t-il de son siège.

Quelques instants plus tard, les deux hommes ressortaient. Il était évident que l'étranger était entré dans la première maison venue avec l'espoir de dérouter les policiers.

Il le fit encore deux fois. La seconde fois, Lucas le trouva assis tout en haut de l'escalier.

Un peu avant six heures, ils étaient à nouveau au coin de la rue du Roi-de-Sicile et de la rue Vieille-du-Temple, dans un décor de Cour des Miracles. L'étranger hésita une fois de plus. Puis il s'enfonça dans la rue, qui grouillait d'une foule misérable. On voyait les globes dépolis de plusieurs hôtels. Les boutiques étaient étroites, des couloirs aboutissaient à des cours mystérieuses.

Il n'alla pas loin. Il parcourut dix mètres environ, et un coup de feu claqua, tout sec, pas plus fort qu'un pneu qui éclate. Le mouvement de la rue, comme à cause de la force acquise, fut quelques instants avant de s'arrêter. On eût dit que le taxi stoppait de lui-même, étonné.

Puis il y eut le bruit d'une course. Lucas s'élançait en avant. Un second coup de feu éclata.

On ne pouvait rien voir, à cause des remous de la foule. Maigret ne savait pas si l'inspecteur était atteint. Il était descendu de voiture, s'était précipité vers l'inconnu.

Celui-ci était assis sur le trottoir. Il n'était pas mort. Il se soutenait d'une main, tenant sa poitrine de l'autre.

Ses yeux bleus se tournaient vers le commissaire avec une expression de reproche.

Puis un voile passa. Une femme dit :

— Si ce n'est pas malheureux !

Le buste oscillait, tombait en biais sur le trottoir.

L'homme était mort.

Lucas revint bredouille, mais indemne. La seconde balle ne l'avait pas atteint. Le fuyard avait essayé d'en tirer une troisième, mais son arme avait dû s'enrayer.

C'est à peine si l'inspecteur l'avait entrevu et il disait :

— Je serai incapable de le reconnaître. Il me semble pourtant qu'il est brun.

La foule, sans en avoir l'air, avait aidé à la fuite de l'assassin. Comme par hasard. Lucas n'avait à aucun moment trouvé le passage libre devant lui.

Et maintenant on les entourait d'un cercle réprobateur, presque menaçant. Il ne leur fallait pas longtemps, dans le quartier, pour flairer la police en civil.

Un sergent de ville ne tarda pas à les rejoindre, écarta les curieux.

— L'ambulance municipale, grommela Maigret. Sifflez d'abord pour alerter deux ou trois de vos collègues.

Soucieux, il donna à voix basse des instructions à Lucas, qu'il laissa sur les lieux avec les agents. Puis il regarda encore le mort. Il avait envie de fouiller ses poches tout de suite, mais une étrange pudeur l'empêcha de le faire en présence de curieux. C'était un geste trop précis, trop professionnel qui prendrait ici les allures d'une profanation, voire d'une provocation.

— Fais attention, recommanda le commissaire à voix basse. Il y en a sûrement d'autres.

Il n'était qu'à deux pas du quai des Orfèvres, où le taxi le déposa. Il monta rapidement vers le bureau du chef, frappa sans se faire annoncer.

— Un nouveau mort, dit-il. Celui-ci a été tiré sous nos yeux, comme un lapin, en pleine rue.

— Il est identifié ?

— Lucas sera ici dans quelques minutes, dès que le corps aura été emporté. Je peux disposer d'une vingtaine d'hommes ? Il y a tout un quartier à mettre en état de siège.

— Quel quartier ?

— Roi-de-Sicile.

Et le directeur de la P.J., lui aussi, fit la grimace. Maigret gagna le bureau des inspecteurs, en choisit quelques-uns et leur donna ses instructions.

Puis il alla trouver le commissaire qui dirigeait la brigade des mœurs.

— Vous pourriez me prêter un inspecteur qui connaisse à fond la rue du Roi-de-Sicile, la rue des Rosiers et le quartier environnant ? Il doit y avoir par là un bon nombre de filles publiques.

— Trop.

— D'ici une demi-heure, on lui remettra une photographie.

— Encore un macchabée ?

— Malheureusement. Mais son visage n'est pas abîmé.

— Compris.

— Ils doivent être plusieurs à nicher dans les environs. Attention, car ils tuent.

Il descendit ensuite aux garnis, où il demanda à peu près le même service à son collègue.

Il était important de faire vite. Il s'assura que les inspecteurs étaient partis pour prendre leur faction autour du quartier. Puis il téléphona à l'Institut médico-légal.

— Les photos ?

— Vous pouvez les envoyer chercher dans quelques minutes. Le corps est arrivé. On y travaille.

Il lui semblait qu'il oubliait quelque chose. Il restait là, prêt à sortir, à se gratter le menton, et soudain l'image du juge Coméliau lui vint à l'esprit. Heureusement !

— Allô !... Bonsoir, monsieur le juge... Ici, Maigret.

— Alors, monsieur le commissaire, votre patron de petit café ?

— C'est bien un patron de petit café, monsieur le juge.

— Identifié ?

— Tout ce qu'il y a de plus identifié.

— L'enquête avance ?

— Nous avons déjà un mort.

Il croyait voir le magistrat sursauter au bout du fil.

— Vous dites ?

— Nous avons un nouveau mort. Mais, cette fois, il appartient au clan opposé.

— Vous voulez dire que c'est la police qui l'a tué ?

— Non. Ces messieurs s'en sont chargés.

— De quels messieurs parlez-vous ?

— Des complices probablement.

— Ils sont arrêtés ?

— Pas encore.

Il baissa la voix.

— Je crains, monsieur le juge, que ce soit long et difficile. C'est une très, très vilaine affaire. Ils tuent, vous comprenez ?

— Je suppose que, s'ils n'avaient pas tué, il n'y aurait pas d'affaire du tout ?

— Vous ne me comprenez pas. Ils tuent, froidement, pour se défendre. C'est assez rare, vous le savez, en dépit de ce que croit le public. Ils n'hésitent pas à abattre un des leurs.

— Pourquoi ?

— Probablement parce qu'il était brûlé et qu'il risquait de faire découvrir le gîte. Mauvais quartier aussi, un des plus mauvais de Paris. Un ramassis d'étrangers sans papiers, ou avec des papiers truqués.

— Qu'est-ce que vous comptez faire ?

— Je suivrai la routine, parce que j'y suis obligé, parce que ma responsabilité est en jeu. Une rafle cette nuit. Cela ne donnera rien.

— J'espère, en tout cas, que cela ne nous vaudra pas de nouvelles victimes.

— Je l'espère aussi.

— Vers quelle heure comptez-vous y procéder ?

— Comme d'habitude, vers deux heures du matin.

— J'ai un bridge, ce soir. Je le prolongerai aussi tard que possible. Téléphonez-moi aussitôt après la rafle.

— Bien, monsieur le juge.

— Quand m'enverrez-vous votre rapport ?

— Dès que j'en aurai le temps. Probablement pas avant demain soir.

— Votre bronchite ?

— Quelle bronchite ?

Il l'avait oubliée. Lucas entrait dans le bureau, tenant une carte rouge à la main. Maigret savait déjà ce que c'était. C'était une carte syndicale, au nom de Victor Poliensky, de nationalité tchèque, manœuvre aux usines Citroën.

— Quelle adresse, Lucas ?
— 132, quai de Javel.
— Attends donc. Cette adresse ne m'est pas inconnue. Cela doit être un meublé malpropre au coin du quai et de je ne sais plus quelle rue. Nous y avons fait une descente il y a environ deux ans. Assure-toi qu'ils ont le téléphone.

C'était là-bas, le long de la Seine, près de la masse sombre des usines, un meublé miteux bourré d'étrangers fraîchement débarqués qui couchaient souvent à trois ou quatre dans une chambre, en dépit des règlements de police. Le plus surprenant, c'est que la maison était dirigée par une femme et que celle-ci parvenait à tenir tête à tout son monde. Elle leur faisait même à manger.

— Allô ! le 132, quai de Javel ?

Une voix de femme enrouée.

— Poliensky est-il chez vous en ce moment ?

Elle se taisait, prenant son temps avant de répondre.

— Je parle de Victor...
— Eh bien... ?
— Est-il chez vous ?
— Cela vous regarde ?
— Je suis un de ses amis.
— Vous êtes un flic, oui.

— Mettons que ce soit la police. Poliensky habite-t-il toujours chez vous ? Inutile d'ajouter que vos déclarations sont vérifiées.

— On connaît vos manières.

— Alors.

— Il y a plus de six mois qu'il n'est plus ici.

— Où travaillait-il ?

— Citroën.

— Il y avait longtemps qu'il était en France ?

— Je n'en sais rien.

— Il parlait français.

— Non.

— Il est resté longtemps chez vous ?

— Environ trois mois.

— Il avait des amis ? Il recevait des visites ?

— Non.

— Ses papiers étaient en règle ?

— Probablement, puisque votre brigade des garnis ne m'a rien dit.

— Encore une question. Il prenait ses repas chez vous ?

— Le plus souvent.

— Il fréquentait les femmes ?

— Dites donc, espèce de cochon, est-ce que vous croyez que je m'occupe de ces histoires-là ?

Il raccrocha, s'adressa à Lucas :

— Téléphone au service des étrangers.

La Préfecture de police n'avait pas de trace de l'homme dans ses dossiers. Autrement dit, le Tchèque était entré en fraude, comme tant d'autres, comme des milliers et des milliers qui hantent les quartiers louches de Paris. Sans doute, comme la plupart d'entre eux, s'était-il fait faire une fausse carte d'identité. Certaines officines, aux environs du faubourg Saint-Antoine, les fabriquent en série, à prix fixe.

— Demande Citroën !

Les photographies du mort arrivaient, et il les distribuait aux inspecteurs des mœurs et des garnis.

Il montait lui-même aux sommiers avec les empreintes digitales.

Aucune fiche ne correspondait.

— Moers n'est pas ici ? questionna-t-il en entrouvrant la porte du laboratoire.

Moers n'aurait pas dû s'y trouver, car il avait travaillé toute la nuit et toute la journée. Mais il avait besoin de peu de sommeil. Il n'avait pas de famille, pas de liaison connue, pas d'autre passion que son laboratoire.

— Je suis ici, patron.

— Encore un mort pour toi. Passe d'abord par mon bureau.

Ils y descendirent ensemble. Lucas avait eu la comptabilité de Citroën à l'appareil.

— La vieille n'a pas menti. Il a travaillé aux usines comme manœuvre pendant trois mois. Il y a près de six mois qu'il n'est plus inscrit sur les feuilles de paye.

— Bon ouvrier ?

— Peu d'absences. Mais ils en ont tellement qu'ils ne les connaissent pas individuellement. J'ai demandé si, en voyant demain le contremaître sous lequel il a travaillé, on aurait des renseignements plus détaillés. C'est impossible. Pour les spécialistes, oui. Les manœuvres, qui sont presque tous étrangers, vont et viennent, et on ne les connaît pas. Il y en a toujours quelques centaines qui attendent de l'embauche devant les grilles. Ils travaillent trois jours, trois semaines ou trois mois, et on ne les revoit plus. On les change d'atelier selon les besoins.

— Les poches ?

Sur le bureau, il y avait un portefeuille usé, dont le cuir avait dû être vert et qui, outre la carte syndicale, contenait une photographie de jeune fille. C'était un visage rond, très frais, au front couronné de lourdes tresses. Une Tchèque, sans doute, de la campagne.

Deux billets de mille francs et trois billets de cent francs.

— C'est beaucoup, grogna Maigret.

Un long couteau à cran d'arrêt, à la lame effilée, au tranchant affûté comme un rasoir.

— Tu ne crois pas, Moers, que ce couteau aurait fort bien pu tuer le petit Albert ?

— Possible, patron.

Le mouchoir, verdâtre, lui aussi. Victor Poliensky devait aimer le vert.

— Pour toi ! Ce n'est pas ragoûtant, mais on ne sait jamais ce que donneront tes analyses.

Un paquet de cigarettes Caporal et un briquet de marque allemande. De la menue monnaie. Pas de clef.

— Tu es sûr, Lucas, qu'il n'y avait pas de clef ?

— J'en suis certain, patron.

— On l'a déshabillé ?

— Pas encore. On attend Moers.

— Vas-y, vieux ! Cette fois-ci, je n'ai pas le temps de t'accompagner. Tu devras encore passer une partie de la nuit et tu seras crevé.

— Je peux fort bien tenir le coup deux nuits de suite. Ce ne sera pas la première fois.

Maigret demanda le *Petit Albert* au bout du fil.

— Rien de nouveau, Émile ?

— Rien, patron. Ça boulotte.

— Beaucoup de monde ?

— Moins que ce matin. Quelques-uns pour l'apéritif, mais il n'y a presque personne pour le dîner.

— Ta femme s'amuse toujours à jouer à la bistrote ?

— Elle est ravie. Elle a nettoyé la chambre à fond, changé les draps, et nous y serons très bien. Votre rouquin ?

— Mort.

— Hein ?

— Un de ses petits camarades a préféré l'abattre d'une balle alors qu'il avait envie de rentrer chez lui.

Encore un coup d'œil dans le bureau des inspecteurs. Il fallait penser à tout.

— La Citroën jaune ?

— Rien de nouveau. Pourtant, des gens nous la signalent dans le quartier Barbès-Rochechouart.

— Pas si bête ! Il faut suivre cette piste-là.

Pour des raisons géographiques, une fois encore. Le quartier Barbès touche à celui de la gare du Nord. Et Albert avait travaillé longtemps comme garçon dans une brasserie de ce quartier.

— Tu as faim, Lucas ? demanda le commissaire.

— Pas spécialement. Je peux attendre.

— Ta femme ?

— Je n'ai qu'à lui téléphoner.

— Bon. Je téléphone à la mienne aussi et je te garde.

Il était un peu fatigué quand même et il aimait autant ne pas travailler seul, surtout que la nuit promettait d'être éreintante.

Ils s'arrêtèrent tous les deux à la *Brasserie Dauphine* pour l'apéritif, et c'était toujours un étonnement assez naïf, quand ils étaient ainsi plongés dans une enquête, de voir que la vie continuait normalement autour d'eux, que les gens s'occupaient de leurs petites affaires, plaisantaient. Qu'est-ce que cela pouvait leur faire qu'un Tchèque eût été abattu sur le trottoir de la rue du Roi-de-Sicile ? Quelques lignes dans les journaux.

Puis, un beau jour, ils apprendraient de même qu'on avait arrêté l'assassin.

Personne non plus, sauf les initiés, ne savait qu'une rafle se préparait pour la nuit dans un des quartiers les plus denses et les plus inquiétants de Paris. Remarquait-on les inspecteurs postés à tous les coins de rue, l'air aussi indifférent que possible ?

Quelques filles, peut-être, tapies dans des encoignures d'où elles sortaient de temps en temps pour agripper le bras d'un passant, sourcillaient en reconnaissant la silhouette caractéristique d'un agent des mœurs. Celles-là s'attendaient à aller passer une partie de la nuit au Dépôt. Elles en avaient l'habitude. Cela leur arrivait au moins une fois par mois. Si elles n'étaient pas malades, on les relâcherait vers dix heures du matin. Et après ?

Les tenanciers de meublés n'aiment pas non plus qu'on vienne à une heure inhabituelle relever leur registre. Oh ! ils étaient en règle. Ils étaient toujours en règle.

On leur mettait une photographie sous le nez. Ils faisaient semblant de la regarder attentivement, allaient parfois chercher leurs lunettes.

— Vous connaissez ce type-là ?

— Jamais vu.

— Vous avez des Tchèques chez vous ?

— J'ai des Polonais, des Italiens, un Arménien, mais pas de Tchèques.

— Ça va.

La routine. Un des inspecteurs là-haut, à Barbès, qui, lui, ne s'occupait que de la voiture jaune, interrogeait les garagistes, les mécaniciens, les sergents de ville, les commerçants, les concierges.

La routine.

Chevrier et sa femme jouaient aux tenanciers de bar, quai de Charenton, et, tout à l'heure, après avoir accroché les volets, deviseraient devant le gros poêle avant d'aller se coucher paisiblement dans le lit du petit Albert et de la Nine aux yeux croches.

Encore une qu'il faudrait retrouver. On ne la connaissait pas aux mœurs. Qu'est-ce qu'elle pouvait être devenue ? Savait-elle que son mari était mort ? Si elle le savait, pourquoi n'était-elle pas venue reconnaître le corps quand on avait publié la photographie dans les journaux ? Les autres avaient pu ne pas la reconnaître. Mais elle ?

Fallait-il croire que les assassins l'avaient emmenée ? Elle ne se trouvait pas dans l'auto jaune alors que celle-ci déposait le cadavre place de la Concorde.

— Je parie, dit Maigret qui suivait son idée, que nous la retrouverons un jour à la campagne.

— C'est inouï le nombre de gens qui, quand il y a du vilain, éprouvent le besoin d'aller respirer l'air de la campagne, le plus souvent dans une auberge bien tranquille où la table est bonne et le vin clairet.

— On prend un taxi ?

Cela ferait encore des histoires avec le caissier, qui mettait une obstination désagréable à éplucher les notes de frais et qui s'écriait volontiers :

— Est-ce que je me promène en taxi, moi ?

Ils en arrêtèrent un plutôt que d'aller attendre l'autobus de l'autre côté du Pont-Neuf.

— Au *Cadran*, rue de Maubeuge.

Une belle brasserie, comme Maigret les aimait, pas encore modernisée, avec sa classique ceinture de glaces sur les murs, sa banquette de molesquine rouge sombre, ses tables de marbre blanc et, par-ci par-là, une boule de nickel pour les torchons. Cela sentait bon la bière et la choucroute. Il y avait seulement un peu trop de monde, des gens trop pressés, chargés de bagages, qui buvaient ou mangeaient trop vite, appelaient les garçons avec impatience, le regard fixé sur la grosse horloge lumineuse de la gare.

Le patron aussi, qui se tenait près de la caisse, digne et attentif à tout ce qui se passait, était dans la tradition, petit, grassouillet, le crâne chauve, le complet ample et les souliers fins sans un grain de poussière.

— Deux choucroutes, deux demis et le patron, s'il vous plaît.

— Vous voulez parler à M. Jean ?

— Oui.

Un ancien garçon ou un ancien maître d'hôtel qui avait fini par se mettre à son compte ?

— Messieurs...

— Je voudrais un renseignement, monsieur Jean. Vous avez eu ici un garçon nommé Albert Rochain, qu'on appelait, je crois, le petit Albert.

— J'en ai entendu parler.

— Vous ne l'avez pas connu ?

— Il y a seulement trois ans que j'ai racheté le fonds. La caissière, à ce moment-là, avait connu Albert.

— Vous voulez dire qu'elle n'est plus ici ?

— Elle est morte l'année dernière. Elle a vécu pendant plus de quarante ans à cette place.

Il désignait la caisse en bois verni derrière laquelle trônait une personne blonde d'une trentaine d'années.

— Et les garçons ?

— Il y en avait un vieux aussi, Ernest, mais, depuis, il a pris sa retraite ; et il est retourné dans son pays, quelque part en Dordogne, si je ne me trompe.

Le patron restait debout devant les deux hommes qui mangeaient leur choucroute, mais il ne perdait rien de ce qui se passait autour de lui.

— Jules !... Le 24...

Il souriait de loin à un client qui sortait.

— François ! Les bagages de Madame...

— L'ancien propriétaire vit-il encore ?

— Il se porte mieux que vous et moi.

— Vous savez où je pourrais le rencontrer ?

— Chez lui, bien entendu. Il vient me voir de temps en temps. Il s'ennuie, parle de se remettre dans le commerce.

— Voulez-vous me donner son adresse ?

— Police ? questionna simplement le patron.

— Commissaire Maigret.

— Pardon ! J'ignore son numéro, mais je peux vous renseigner, car il m'a invité deux ou trois fois à déjeuner. Vous connaissez Joinville ? Vous voyez l'île d'Amour, un peu plus loin que le pont ? Il n'habite pas dans l'île, mais une villa située juste en face de la pointe.

Il y a un garage à bateaux devant. Vous la reconnaîtrez facilement.

Il était huit heures et demie quand le taxi s'arrêta en face de la villa. On lisait sur une plaque de marbre blanc, en lettres moulées : *Le Nid*, et on voyait un oiseau des îles, ou ce qui voulait être un oiseau des îles, se poser au bord d'un nid.

— Il a dû se fatiguer pour trouver ça ! remarqua Maigret en sonnant.

L'ancien patron du *Cadran*, en effet, s'appelait Loiseau, Désiré Loiseau.

— Tu verras qu'il est du Nord et qu'il va nous offrir un vieux genièvre.

Cela ne rata pas. Ils virent d'abord une petite femme boulotte, toute blonde, toute rose, qu'il fallait regarder de près avant de distinguer les fines rides sous l'épaisse couche de poudre.

— Monsieur Loiseau !... appela-t-elle. Quelqu'un pour vous !...

C'était Mme Loiseau, pourtant. Elle les fit entrer dans le salon qui sentait le vernis.

Loiseau était gras aussi, mais grand et large, plus grand et plus large que Maigret, ce qui ne l'empêchait pas de se mouvoir avec une légèreté de danseur.

— Asseyez-vous, monsieur le commissaire. Vous aussi, monsieur ?...

— L'inspecteur Lucas.

— Tiens ! J'ai connu quelqu'un, à l'école, qui s'appelait Lucas aussi. Vous n'êtes pas Belge, inspecteur ? Moi, je le suis. Cela s'entend, n'est-ce pas ? Mais si ! Je n'en suis pas honteux, allez ! Il n'y a pas de déshonneur. Bobonne, tu nous serviras à boire...

Et ce fut le petit verre de genièvre.

— Albert ? Je crois bien que je m'en souviens. Un garçon du Nord. Je crois d'ailleurs que sa mère était Belge aussi. Je l'ai bien regretté. Voyez-vous, ce qui compte le plus, dans notre commerce, c'est la gaieté. Les gens qui vont au café aiment voir des visages souriants. Je me souviens d'un garçon, par exemple, un bien brave homme et qui avait je ne sais combien d'enfants, qui se penchait sur les clients commandant un soda, ou un quart de Vichy, ou n'importe quoi de non alcoolisé, pour leur souffler confidentiellement : « Vous avez un ulcère aussi ? » Il vivait avec son ulcère. Il ne parlait que de son ulcère, et j'ai dû me débarrasser de lui parce que les gens changeaient de place quand ils le voyaient s'approcher de leur table.

» Albert, c'était le contraire. Un rigoleur. Il fredonnait. Il portait son chapeau avec l'air de jongler, de s'amuser, il avait une façon à lui de lancer : « Beau temps, aujourd'hui ! »

— Il vous a quitté pour se mettre à son compte ?

— Quelque part du côté de Charenton, oui.

— Il avait fait un héritage ?

— Je ne crois pas. Il m'en a parlé. Je crois seulement qu'il s'est marié.

— Au moment de vous quitter ?

— Oui. Un peu avant.

— Vous n'avez pas été invité au mariage ?

— Je l'aurais sûrement été si cela s'était passé à Paris, car, chez moi, les employés étaient comme de la famille. Mais ils sont allés faire ça en province, je ne sais plus où.

— Vous ne pouvez pas vous souvenir ?

— Non. Je vous avoue que, pour moi, tout ce qui est en dessous de la Loire, c'est le Midi.

— Vous n'avez pas connu sa femme ?

— Il est venu me la présenter un jour. Une brune, pas très jolie...

— Elle louchait ?

— Elle avait les yeux un peu de travers, oui. Mais cela n'était pas déplaisant. Il y a des gens chez qui ça choque, d'autres à qui cela ne va pas trop mal.

— Vous ne connaissiez pas son nom de jeune fille ?

— Non. Je crois me souvenir que c'était une parente, une cousine, ou quelque chose comme cela. Ils se connaissaient depuis toujours. Albert disait : « Puisqu'il faut bien finir par là un jour ou l'autre autant que ce soit avec quelqu'un qu'on connaît. » Il ne pouvait pas se passer de plaisanter. Il paraît qu'il n'avait pas son pareil pour la chansonnette, et des clients m'ont dit sérieusement qu'il pourrait gagner sa vie dans les music-halls.

» Encore un petit verre ? Vous voyez, ici, c'est calme, trop calme même, et il se pourrait qu'un jour ou l'autre je reprenne le métier. Malheureusement, on ne trouve plus beaucoup d'employés comme Albert. Vous le connaissez ? Son affaire marche ? »

Maigret préféra ne pas leur apprendre qu'Albert était mort, car il prévoyait une bonne heure de lamentations et de soupirs.

— Vous lui connaissiez des amis intimes ?

— Il était l'ami de tout le monde.

— Personne ne venait, par exemple, le chercher après son travail ?

— Non. Il fréquentait les hippodromes. Il s'arrangeait pour être libre assez souvent l'après-midi. Mais il n'était pas imprudent. Il n'a jamais essayé de m'emprunter de l'argent. Il jouait selon ses moyens. Si vous le voyez, dites-lui de ma part que...

Et Mme Loiseau, qui n'avait pas ouvert la bouche depuis l'arrivée de son mari, souriait toujours, du sourire d'une figure de cire à la vitrine d'un coiffeur.

Encore un petit verre ? Oui. Surtout que le genièvre était bon. Puis en route pour la rafle dans une rue où on ne leur sourirait plus.

6

Deux cars de la police s'étaient arrêtés rue de Rivoli, au coin de la rue Vieille-du-Temple, et pendant un moment on avait vu luire sous les réverbères les boutons argentés des agents. Ceux-ci étaient allés prendre leur poste, barrant un certain nombre de rues où se trouvaient déjà des inspecteurs de la P.J.

Puis, derrière les cars, vinrent se ranger les voitures cellulaires. Juste à l'angle de la rue du Roi-de-Sicile, un officier de paix tenait les yeux fixés sur sa montre.

Rue Saint-Antoine, des passants, inquiets, se retournaient et hâtaient le pas. Dans le quartier cerné, on voyait encore quelques fenêtres éclairées, un peu de lumière à la porte des hôtels meublés, le fanal de la maison de prostitution de la rue des Rosiers.

L'officier de paix, l'œil toujours fixé à son chronomètre, comptait les dernières secondes et, à côté de lui, un Maigret indifférent, ou un peu gêné, enfonçait les mains dans les poches de son pardessus et regardait ailleurs.

Quarante... Cinquante... Soixante... Deux coups de sifflets stridents auxquels, aussitôt, d'autres sifflets répondirent. Les agents en uniforme s'avançaient dans les rues en tirailleurs, tandis que les inspecteurs entraient dans les hôtels borgnes.

Comme toujours dans ces cas-là, des fenêtres s'ouvrirent un peu partout ; on vit dans le noir des silhouettes blanches qui se penchaient, inquiètes ou hargneuses. Déjà on entendait des voix. Déjà on voyait passer un agent qui poussait devant lui une fille, pêchée dans une encoignure, et qui lui lançait des phrases ordurières.

Il y avait aussi des pas précipités, des hommes qui essayaient de fuir, fonçaient dans l'obscurité des ruelles : en vain, car c'était pour aller se buter à d'autres cordons de police.

— Papiers !

Les lampes de poche s'allumaient, éclairaient des visages suspects, des passeports crasseux, des cartes d'identité. Il y avait, aux fenêtres, des habitués qui savaient qu'ils ne pourraient se rendormir de longtemps et qui assistaient à la rafle comme à un spectacle.

Le plus gros gibier était déjà au Dépôt. Ceux-là n'avaient pas attendu la rafle. Du moment qu'un homme avait été abattu dans le quartier en fin de l'après-midi, ils l'avaient flairée. Et, dès la nuit, des ombres s'étaient glissées le long des murs, des hommes portant de vieilles valises ou d'étranges baluchons étaient allés se heurter aux inspecteurs de Maigret.

On trouvait de tout parmi eux : un interdit de séjour, des souteneurs, de fausses cartes d'identité, comme toujours, des Polonais, des Italiens qui n'étaient pas en règle.

À tous, qui prenaient un air dégagé, la même question brutale :

— Où vas-tu ?
— Je déménage.
— Pourquoi ?

Ces yeux anxieux, ou féroces, dans l'obscurité.

— J'ai trouvé du travail.
— Où ?

Certains parlaient de rejoindre leur sœur qui habitait le Nord ou les environs de Toulouse.

— Monte toujours là-dedans !

Panier à salade. Une nuit au Dépôt, pour vérification d'identité. C'étaient de pauvres bougres, pour la plupart, mais peu d'entre eux avaient la conscience tranquille.

— Pas un Tchèque, jusqu'ici, patron ! avait-on annoncé à Maigret.

Maintenant le commissaire restait à son poste, fumant sa pipe d'un air maussade, à regarder des ombres s'agiter, à entendre des cris, des pas précipités, parfois le bruit mat d'un poing sur un visage.

C'était dans les meublés que cela remuait le plus. Les patrons passaient en hâte un pantalon, restaient, renfrognés, dans le bureau, où ils couchaient presque tous sur un lit de camp. Quelques-uns tentaient d'offrir à boire aux agents qui montaient la garde dans le corridor pendant que des inspecteurs grimpaient aux étages à pas lourds.

Dès lors, toutes les cellules puantes de la maison se mettaient à vivre d'une vie grouillante. Des coups étaient frappés à une première porte.

— Police !

Des gens en chemises, des hommes, des femmes, mal réveillés, le teint blême, avec tous, ce même air anxieux, parfois hagard.

— Vos papiers !

Pieds nus, ils allaient les chercher sous l'oreiller ou dans un tiroir, devaient parfois fouiller de vieilles malles démodées qui venaient de l'autre extrémité de l'Europe.

À l'*Hôtel du Lion d'Or*, un homme tout nu restait assis sur son lit, les jambes pendantes, pendant que sa compagne montrait une carte de prostituée.

— Et toi ?

Il regardait l'inspecteur sans comprendre.

— Ton passeport ?

Il ne bougeait toujours pas. Son corps paraissait d'autant plus blême qu'il était couvert de poils très noirs, très longs. Des voisins, du palier, le regardaient en riant.

— Qui est-ce ? demandait l'inspecteur à la fille.

— Je ne sais pas.

— Il ne t'a rien dit ?

— Il ne parle pas un mot de français.

— Où l'as-tu rencontré ?

— Dans la rue.

Au Dépôt ! On lui fourrait ses vêtements dans la main. On lui faisait signe de se rhabiller, et il était longtemps sans comprendre, protestait, se tournait vers sa compagne, à qui il semblait réclamer quelque chose. Son argent, sans doute ? Peut-être était-il arrivé en France le soir même, et il finirait sa première nuit quai de l'Horloge.

— Papiers...

Les portes s'entrouvraient sur des chambres délabrées, dont chacune, en plus de l'odeur de la maison, exhalait l'odeur de ses hôtes d'une semaine ou d'une nuit.

Quinze, vingt personnes se massaient devant les paniers à salade. On les poussait une à une à l'intérieur, et certaines des filles, qui avaient l'habitude, plaisantaient avec les agents. Il y en avait qui, pour s'amuser, leur adressaient des gestes obscènes.

Certains pleuraient. Des hommes serraient les poings, entre autres un adolescent très blond, le crâne rasé, qui n'avait aucun papier et sur qui on avait trouvé un revolver.

Que ce soit dans les hôtels ou dans la rue, on n'effectuait qu'un tri élémentaire. Le vrai travail se ferait au Dépôt, soit au cours de la nuit, soit le lendemain matin.

— Papiers...

Les tenanciers étaient les plus nerveux, parce qu'ils risquaient leur patente. Or, aucun n'était en règle. Chez tous on trouvait des voyageurs non inscrits.

— Vous savez, monsieur l'inspecteur, que j'ai toujours été régulier, mais, quand un client se présente à minuit et qu'on est tout endormi...

Une fenêtre s'ouvrit à l'*Hôtel du Lion d'Or* dont la boule laiteuse était la plus proche de Maigret. Un coup de sifflet éclata. Le commissaire s'avança, leva la tête.

— Qu'est-ce que c'est ?

Comme par hasard, un tout jeune inspecteur se trouvait là-haut et balbutiait :

— Je crois que vous devriez monter.

Maigret s'engagea dans l'escalier étroit, avec Lucas sur ses talons. Il touchait à la fois la rampe et le mur. Les marches craquaient. Il y avait des lustres, pour ne pas dire des siècles, que toutes ces maisons auraient dû être rasées, ou plutôt brûlées avec leurs nids de puces et de poux de tous les pays du monde.

C'était au second étage. Une porte était ouverte, une lampe électrique sans abat-jour, de faible voltage, avec des filaments jaunes, brûlait au bout de son fil. La chambre était déserte. Elle contenait deux lits de fer dont un seul était défait. Il y avait aussi un matelas par terre, des couvertures en mauvaise laine grise, un veston sur une chaise, un réchaud à alcool et de la mangeaille, des litres vides sur une table.

— Par ici, patron...

La porte de communication avec la chambre voisine était ouverte, et Maigret aperçut une femme couchée, un visage sur l'oreiller, deux yeux bruns, ardents, magnifiques, qui le fixaient farouchement.

— Qu'est-ce que c'est ? questionna-t-il.

Rarement il avait vu un visage aussi expressif. Jamais il n'en avait vu de plus sauvage.

— Regardez-la bien, balbutia l'inspecteur. J'ai voulu la faire lever. Je lui ai parlé, mais elle ne s'est pas donné la peine de me répondre. Alors je me suis approché du lit. J'ai tenté de lui secouer les épaules. Voyez ma main. Elle m'a mordu jusqu'au sang.

La femme ne souriait pas en voyant l'inspecteur montrer son pouce endolori. Ses traits, au contraire, se crispaient, comme sous le coup d'une souffrance violente.

Et Maigret, qui observait le lit, fronçait les sourcils, grognait :

— Mais elle est en train d'accoucher !

Il se tourna vers Lucas.

— Téléphone pour l'ambulance. Emmène-la à la maternité. Dis au patron de monter tout de suite.

Le jeune inspecteur, à présent, rougissait, n'osait plus regarder le lit. La chasse continuait aux autres étages de la maison, et les planchers frémissaient.

— Tu ne veux pas parler ? demandait Maigret à la femme. Tu ne comprends pas le français ?

Elle le fixait toujours, et il était impossible de deviner ce qu'elle pensait. Le seul sentiment qu'exprimait son visage était une haine farouche.

Elle était jeune. Elle n'avait pas vingt-cinq ans, sans doute, et ses joues pleines étaient encadrées de cheveux longs, d'un noir soyeux. On butait dans l'escalier. Le tenancier s'arrêtait, hésitant, dans l'encadrement de la porte.

— Qui est-ce ?

— On l'appelle Maria.

— Maria qui ?

— Je ne crois pas qu'elle ait un autre nom.

Soudain Maigret fut pris d'une colère dont il eut aussitôt honte. Il ramassa un soulier d'homme, au pied du lit.

— Et ça... ? cria-t-il en le jetant dans les jambes du patron. Cela n'a pas de nom non plus ?... Et ça ?... Et ça ?...

Il attrapait un veston, une chemise sale au fond du placard, un autre soulier, une casquette.

— Et ça.

Il passait dans la pièce voisine, désignait deux valises dans un coin.

— Et ça ?

Du fromage sur un papier gras, des verres, quatre verres, des assiettes, avec encore des restes de charcuterie.

— Ils étaient inscrits sur ton livre, tous ceux qui habitaient ici ? Hein ? Réponds ! Et, d'abord, combien étaient-ils ?

— Je ne sais pas.

— Est-ce que cette femme parle le français ?

— Je ne sais pas... Non !... Elle comprend quelques mots...

— Depuis combien de temps est-elle ici ?

— Je ne sais pas.

Il avait un vilain furoncle bleuâtre dans le cou, l'air malsain, le cheveu rare. Son pantalon, dont il n'avait pas passé les bretelles, lui glissait sur les hanches, et il le retenait à deux mains.

— Quand est-ce que ça a commencé ?

Maigret désignait la femme.

— On ne m'avait pas prévenu...

— Tu mens !... Et les autres ? Où sont-ils ?

— Sans doute qu'ils sont partis...

— Quand ?

Maigret marchait vers lui, dur, les poings serrés. Il était capable, à ce moment, de frapper.

— Ils ont filé tout de suite après que le type a été descendu dans la rue, avoue-le ! Ils ont été plus malins que les autres. Ils n'ont pas attendu que les barrages de police soient en place.

Le patron ne répondait pas.

— Regarde ceci, avoue que tu le connais !

Il lui fourrait sous le nez la photographie de Victor Poliensky.

— Tu le connais ?

— Oui.

— Il vivait dans cette chambre ?

— À côté.

— Avec les autres ?... Et qui couchait avec cette femme ?

— Je vous jure que je n'en sais rien. Peut-être qu'ils étaient plusieurs...

Lucas remontait. Presque aussitôt on entendait dehors la sirène de l'ambulance. La femme eut un cri arraché par la douleur, mais aussitôt elle se mordit les lèvres et regarda les hommes avec défi.

— Écoute, Lucas, j'ai encore pour un bon moment ici. Tu iras avec elle. Tu ne la quitteras pas. Je veux dire que tu ne quitteras pas le couloir de l'hôpital. J'essayerai tout à l'heure de dénicher un traducteur tchèque.

D'autres locataires qu'on emmenait descendaient pesamment l'escalier, se heurtaient aux infirmiers qui montaient avec la civière. Tout cela, dans la mauvaise lumière, avait un air fantomatique. Cela ressemblait à un cauchemar, mais un cauchemar qui aurait senti la crasse et la sueur.

Maigret préféra passer à côté pendant que les infirmiers s'occupaient de la jeune femme.

— Où la conduis-tu ? demanda-t-il à Lucas.

— À Laennec. J'ai téléphoné à trois hôpitaux avant de trouver de la place.

Le patron de l'hôtel n'osait pas bouger et regardait le plancher d'un œil lugubre.

— Reste ici. Ferme la porte ! lui commanda Maigret quand le terrain fut libre. Et, maintenant, raconte.

— Je ne sais pas grand-chose, je vous jure.

— Ce soir, un inspecteur est venu et t'a montré la photo. Est-ce exact ?

— C'est exact.

— Tu as déclaré que tu ne connaissais pas le type.

— Pardon ! J'ai dit qu'il n'était pas client de l'hôtel.

— Comment ça ?

— Il n'est pas inscrit, ni la femme. C'est un autre qui est inscrit pour les deux chambres.

— Depuis combien de temps ?

— Environ cinq mois.

— Comment s'appelle-t-il ?

— Serge Madok.

— C'est le chef ?

— Le chef de quoi ?

— Je vais te donner un bon conseil : ne fais pas l'idiot ! Sinon, nous irons poursuivre cette conversation ailleurs, et demain matin la boîte sera bouclée.

» Compris ?

— J'ai toujours été régulier.

— Sauf ce soir. Parle-moi de ton Serge Madok. Un Tchèque ?

— C'est ce qui est inscrit sur ses papiers. Ils parlent tous la même langue. Ce n'est pas du polonais, car j'ai l'habitude des Polonais.

— Quel âge ?

— Une trentaine d'années. Au début, il m'a dit qu'il travaillait en usine.

— Il travaillait réellement ?

— Non.

— Comment le sais-tu ?

— Parce qu'il restait ici toute la journée.

— Et les autres ?

— Les autres aussi. Il n'y en avait jamais qu'un à la fois qui sortait. Le plus souvent, c'était la femme, qui allait faire le marché rue Saint-Antoine.

— Qu'est-ce qu'ils fabriquaient du matin au soir ?

— Rien. Ils dormaient, mangeaient, buvaient, jouaient aux cartes. Ils étaient assez tranquilles. De temps en temps, ils se mettaient à chanter, mais jamais la nuit, de sorte que je n'avais rien à dire.

— Combien étaient-ils ?

— Quatre hommes et Maria.

— Et les quatre hommes... avec Maria ?

— Je ne sais pas.

— Tu mens ! Parle.

— Il se passait quelque chose, mais je ne sais pas au juste quoi. Il leur arrivait de se disputer, et j'ai cru comprendre que c'était à cause d'elle. Plusieurs fois, je suis entré dans la chambre de derrière, et ce n'était pas toujours le même qui manquait.

— Celui de la photo, Victor Poliensky ?

— Je crois. Cela a dû lui arriver. En tout cas, il était amoureux.

— Qui était le plus important ?

— Je crois que c'est celui qu'ils appelaient Carl. J'ai entendu son autre nom, mais c'est si compliqué que je n'ai jamais pu le prononcer et que je ne l'ai pas retenu.

— Un instant.

Maigret tirait de sa poche son calepin de blanchisseuse, mouillait son crayon comme un écolier.

— D'abord la femme, que tu appelles Maria. Puis Carl. Puis Serge Madok, au nom de qui étaient les deux chambres. Victor Poliensky, celui qui est mort. C'est tout ?

— Il y a encore le gamin.

— Quel gamin ?

— Je suppose que c'est le frère de Maria. En tout cas, il lui ressemble. Je l'ai toujours entendu désigner sous le nom de Pietr. Il doit avoir seize ou dix-sept ans.

— Il ne travaille pas non plus ?

Le patron hocha la tête. Comme Maigret avait ouvert la fenêtre pour aérer les chambres – mais l'air de la rue empestait presque autant que celui de l'hôtel – il avait froid, sans veston, et commençait à grelotter.

— Aucun ne travaille.

— Pourtant, ils dépensaient beaucoup d'argent ?

Maigret désignait un tas de bouteilles vides dans un coin, parmi lesquelles il y avait des bouteilles à champagne.

— Pour le quartier, ils dépensaient beaucoup. Cela dépendait des moments. Il y eut des périodes pendant lesquelles ils devaient se serrer la ceinture. C'était facile à voir. Quand le gamin faisait plusieurs voyages avec les bouteilles vides qu'il allait revendre, c'est que les fonds étaient bas.

— Personne ne venait les voir ?

— Peut-être est-ce arrivé.

— Tu tiens à venir continuer cette conversation quai des Orfèvres ?

— Non. Je vous dirai tout ce que je sais. Deux ou trois fois, on est venu pour eux.

— Oui ?

— Un monsieur. Quelqu'un de bien habillé.

— Il est monté dans la chambre ? Qu'est-ce qu'il t'a dit en passant au bureau ?

— Il n'a rien demandé. Il devait savoir quel étage ils habitaient. Il est monté directement.

— C'est tout ?

Le mouvement, dehors, s'était calmé peu à peu. Des lumières s'étaient éteintes aux fenêtres. On entendait encore les pas de quelques agents qui faisaient une dernière ronde, sonnaient à quelques portes.

L'officier de police monta l'escalier.

— J'attends vos ordres, monsieur le commissaire. C'est fini. Les deux voitures sont pleines.

— Elles peuvent partir. Voulez-vous dire à deux de mes inspecteurs de monter ?

Le tôlier geignit :

— J'ai froid.

— Et, moi, j'ai trop chaud.

Seulement, il n'aurait voulu poser son pardessus nulle part dans cette maison poisseuse.

— Tu n'as jamais rencontré ailleurs l'homme qui est venu les voir ? Tu n'as jamais vu non plus sa photo dans les journaux ? Ce n'était pas celui-ci ?

Il montra la photographie du petit Albert, qu'il avait toujours en poche.

— Il ne lui ressemble pas. C'est un bel homme, très élégant, avec des petites moustaches brunes.

— Quel âge ?

— Peut-être trente-cinq ans ? J'ai remarqué qu'il portait une grosse chevalière en or.

— Français ? Tchèque ?

— Sûrement pas Français. Il leur parlait leur langue.

— Tu as écouté à la porte ?

— Cela m'arrive. J'aime savoir ce qui se passe chez moi, vous comprenez ?

— Surtout que tu n'as pas dû être long, toi, à comprendre.

— À comprendre quoi ?

— Tu me prends pour un idiot, oui ? Qu'est-ce qu'ils font, les types qui s'embusquent dans une taule comme celle-ci et qui ne cherchent pas de travail ? De quoi vivent-ils ? Réponds !

— Cela ne me regarde pas.

— Combien de fois se sont-ils absentés tous ensemble ?

L'homme rougit, hésita, mais le regard de Maigret l'inclina à un peu de sincérité.

— Quatre ou cinq fois.

— Pour combien de temps ? Une nuit ?

— Comment savez-vous que c'était la nuit ?
D'habitude, c'était une nuit. Une fois, pourtant, ils sont restés dehors deux jours et deux nuits, et j'ai même pensé qu'ils ne reviendraient pas.

— Tu as pensé qu'ils s'étaient fait prendre, n'est-ce pas ?

— Peut-être.

— Qu'est-ce qu'ils te donnaient en rentrant ?

— Ils me payaient le loyer.

— Le loyer d'une seule personne ? Car, en somme, il n'y avait qu'une seule personne inscrite.

— Ils me donnaient un peu plus.

— Combien ? Attention, mon bonhomme. N'oublie pas que je peux te boucler pour complicité.

— Une fois ils m'ont donné cinq cents francs. Une autre fois deux mille.

— Et ils se mettaient à faire la bombe.

— Oui. Ils allaient chercher des tas de provisions.

— Qui est-ce qui montait la garde ?

Cette fois, le trouble du tenancier fut plus violent, et il jeta machinalement un coup d'œil vers la porte.

— Ta boîte a deux issues, n'est-ce pas ?

— C'est-à-dire que, par les cours, en sautant deux murs, on arrive rue Vieille-du-Temple.

— Qui montait la garde ?

— Dans la rue ?

— Dans la rue, oui. Et je suppose qu'il y en avait toujours un à la fenêtre ? Quand Madok a loué, il a dû demander une chambre donnant sur la rue ?

— C'est vrai. C'est vrai aussi qu'il y en avait toujours un à traîner sur le trottoir. Ils se relayaient.

— Encore un petit renseignement : lequel d'entre eux t'a menacé de te faire ton affaire si tu parlais ?

— Carl.

— Quand ?

— La première fois qu'ils sont revenus après une absence d'une nuit.

— Comment as-tu su que la menace était sérieuse, que c'étaient des gens capables de tuer ?

— Je suis entré dans la chambre. Cela m'arrive souvent de faire ma ronde, sous prétexte de voir si l'électricité marche ou si on a changé les draps.

— On les change souvent ?

— Chaque mois. J'ai surpris la femme en train de laver une chemise dans la cuvette, et j'ai tout de suite vu que c'était du sang.

— La chemise de qui ?

— D'un des hommes, j'ignore lequel.

Deux inspecteurs attendaient le bon plaisir de Maigret sur le palier.

— Il faudrait qu'un d'entre vous aille téléphoner à Moers. Il doit dormir, à l'heure qu'il est, à moins qu'il soit à terminer son travail. S'il n'est pas au Quai, qu'on l'appelle chez lui. Qu'il vienne ici avec son attirail.

Indifférent au tenancier, il allait et venait maintenant dans les deux chambres, ouvrant une armoire, un tiroir, donnant un coup de pied dans un tas de linge sale. Sur les murs, le papier peint n'avait plus de couleur et se décollait par endroits. Les lits de fer étaient noirs, lugubres, les couvertures d'un vilain gris de caserne. Tout était en désordre. Au moment de leur fuite, les locataires avaient dû ramasser en hâte le plus précieux, mais ils n'avaient rien osé emporter d'encombrant par crainte d'attirer l'attention.

— Ils sont partis tout de suite après le coup de feu ? questionna Maigret.

— Tout de suite.

— Par devant ?

— Par les cours.

— Qui était dehors à ce moment-là ?

— Victor, bien entendu. Puis Serge Madok.

— Lequel est descendu au téléphone ?

— Comment savez-vous qu'on a téléphoné ?

— Réponds !

— On les a appelés vers quatre heures et demie, c'est exact. Je n'ai pas reconnu la voix, mais c'était quelqu'un qui parlait leur langue et qui a simplement dit le nom de Carl. J'ai prévenu celui-ci. Il est descendu. Je le revois dans mon bureau, furieux, faisant des gestes rageurs. Il criait très fort dans l'appareil. Quand il est remonté, il s'est remis à jurer et à tempêter, puis, presque tout de suite après, Madok est descendu.

— C'est donc Madok qui a tué son camarade.

— C'est fort possible.

— Ils n'ont pas essayé d'emmener la femme ?

— Je leur en ai parlé quand ils sont passés dans le corridor. Je me suis douté que tout cela m'amènerait du vilain. J'aimais autant qu'ils disparaissent tous. J'ignorais qu'elle allait accoucher si vite. Je suis monté et je lui ai dit de s'en aller comme les autres. Elle était couchée. Elle me regardait tranquillement. Vous savez, elle comprend beaucoup plus de français qu'elle ne veut en avoir l'air. Elle ne s'est pas donné la peine de répondre, mais, à un moment donné, elle a été prise de douleurs, et j'ai compris.

— Toi, mon petit, dit Maigret à l'inspecteur qui était resté, tu vas attendre l'arrivée de Moers. Ne laisse personne entrer dans les deux pièces, surtout ce singe-ci. Tu es armé ?

Le policier montra le revolver qui gonflait la poche de son veston.

— Que Moers s'occupe d'abord des empreintes. Puis qu'il emporte tout ce qui pourrait nous fournir une indication. Ils n'ont laissé aucun papier derrière eux, évidemment. Je m'en suis assuré.

De vieilles chaussettes, des caleçons, un harmonica, une boîte avec du fil et des aiguilles, des vêtements, plusieurs paquets de cartes à jouer, de petits personnages taillés au couteau dans un bois tendre...

Il descendait l'escalier sur les talons du patron, qu'il faisait marcher devant lui. Ce qu'on appelait le bureau était une pièce minuscule, mal éclairée, pas aérée du tout, où il y avait un lit de camp et une table avec un réchaud et des restes de repas.

— Je suppose que tu n'as pas noté les dates auxquelles les lascars se sont absentés ?

Très vite l'homme répondit par la négative.

— Je m'en doutais. Cela ne fait rien. Tu as jusqu'à demain matin pour te souvenir. Tu entends ? Demain matin, je viendrai ici ou je te ferai chercher pour venir me voir à mon bureau. À ce moment-là, il me faudra les dates, *les dates exactes*, pèse bien ces mots. Faute de quoi, je serai au regret de te boucler.

L'hôtelier avait encore quelque chose à dire, mais il hésitait.

— Si par hasard on venait... est-ce que... est-ce que vous m'autorisez à me servir de mon revolver ?

— Tu t'aperçois que tu en sais trop long, n'est-ce pas, et qu'ils pourraient avoir l'idée de te faire subir le même sort qu'à Victor ?

— J'ai peur.

— Un agent restera dans la rue.

— On peut venir par les cours.

— J'y pensais. J'en mettrai un autre en faction rue Vieille-du-Temple aussi.

Les rues étaient désertes, et le silence surprenait après l'agitation des dernières heures. Il n'y avait plus aucune trace de la rafle. Les lumières s'étaient éteintes aux fenêtres. Tout le monde dormait, sauf ceux qu'on avait emmenés au Dépôt, sauf Maria qui devait être en train d'accoucher à l'hôpital, tandis que Lucas faisait les cent pas devant sa porte.

Il posta deux hommes comme il l'avait promis, leur donna des instructions détaillées, fut un bon moment à attendre un taxi rue de Rivoli. La nuit était claire et fraîche.

Il hésita en montant dans la voiture. Est-ce qu'il n'avait pas dormi la nuit précédente ? N'avait-il pas eu trois jours et trois nuits pour se reposer pendant sa fameuse bronchite ? Moers avait-il le temps de dormir ?

— Où est-ce que nous trouverons quelque chose d'ouvert ? questionna-t-il.

Il avait faim, tout à coup. Faim et soif. L'image d'un verre de bière bien fraîche, à la mousse argentée, lui faisait monter l'eau à la bouche.

— En dehors des boîtes de nuit, je ne vois guère que *La Coupole*, ou les petits bistrots des Halles.

Il le savait. Pourquoi avait-il posé la question ?

— À *La Coupole*.

La grande salle était fermée, mais le bar restait ouvert, avec quelques habitués somnolents. Il se fit servir deux magnifiques sandwiches au jambon, but trois demis presque coup sur coup. Il avait gardé son taxi. Il était quatre heures du matin.

— Quai des Orfèvres.

En route, il se ravisa.

— Allez plutôt au Dépôt, quai de l'Horloge.

Tout son monde était là, et l'odeur rappelait celle de la rue du Roi-de-Sicile. On avait parqué les hommes d'un côté, les femmes de l'autre, avec tous les clochards, tous les ivrognes, toutes les filles soumises ramassées pendant la nuit dans Paris.

Les uns dormaient, couchés sur les planches. Des habitués avaient retiré leurs souliers et massaient leurs pieds douloureux. Des femmes, à travers les grilles, plaisantaient avec les gardiens, et parfois l'une d'elles, par défi, se troussait jusqu'à la ceinture.

Les agents jouaient aux cartes près d'un poêle sur lequel chauffait du café. Des inspecteurs attendaient les ordres de Maigret.

Ce n'est qu'à huit heures, théoriquement, qu'on éplucherait les papiers de tout le monde, qu'on les enverrait là-haut, où on les mettrait nus comme des vers pour la visite médicale et l'anthropométrie.

— Commencez toujours, mes enfants. Vous laisserez le soin des papiers au commissaire de jour. Je voudrais que vous preniez un à un ceux de la rue du

Roi-de-Sicile, surtout les femmes... Plus particulièrement ceux et celles qui habitent l'*Hôtel du Lion d'Or*, s'il y en a...

— Une femme et deux hommes.

— Bon. Faites-leur sortir tout ce qu'ils savent au sujet des Tchèques et de Maria.

Il leur donna une brève description des membres de la bande, et ils allèrent s'installer chacun à une table.

L'interrogatoire commença, qui allait durer le reste de la nuit, tandis que Maigret, par des couloirs obscurs où il tâtonnait pour trouver le commutateur, traversait le Palais de Justice et gagnait son bureau.

Joseph, le garçon de nuit, l'accueillait, et cela faisait plaisir de retrouver sa bonne tête. Il y avait de la lumière dans le bureau des inspecteurs où, justement, on entendait la sonnerie du téléphone.

Maigret entra. Bodin était à l'appareil et disait :

— Je vous le passe... Il rentre à l'instant...

C'était Lucas, qui annonçait au commissaire que Maria venait d'accoucher d'un garçon de neuf livres. Elle avait tenté de se précipiter hors de son lit quand l'infirmière avait voulu quitter la chambre avec le bébé pour lui faire sa toilette.

7

Quand il descendit de taxi rue de Sèvres, en face de l'hôpital Laennec, Maigret vit une grosse voiture portant le matricule du corps diplomatique. Sous le portail, un homme long et maigre attendait, vêtu avec une correction décourageante, les gestes si impeccablement étudiés, les expressions de physionomie si parfaites qu'on n'avait pas envie d'écouter les syllabes qu'il prononçait avec lenteur, mais bien de le regarder comme un spectacle.

Pourtant, ce n'était même pas le dernier secrétaire de l'ambassade de Tchécoslovaquie, mais un simple employé de la chancellerie.

— Son Excellence m'a dit... commença-t-il.

Et Maigret, pour qui les dernières heures écoulées comptaient parmi les plus occupées de sa vie, se contenta de grommeler en prenant les devants :

— Ça va !

Il est vrai que, dans l'escalier de l'hôpital, il se retourna pour poser une question qui fit sursauter son compagnon.

— Vous parlez le tchèque, au moins ?

Lucas était dans le couloir, accoudé à une fenêtre, à regarder mélancoliquement dans le jardin. Il faisait gris, ce matin-là, pluvieux. Une infirmière était venue le prier de ne pas fumer, et il soupira en désignant du doigt la pipe de Maigret.

— On va vous la faire éteindre, patron.

Ils durent attendre que l'infirmière de garde vînt les chercher. C'était une femme entre deux âges, qui se montrait insensible à la célébrité de Maigret et qui ne devait pas aimer la police.

— Il ne faudra pas la fatiguer. Quand je vous ferai signe de sortir, je vous prierai de ne pas insister.

Maigret haussa les épaules et pénétra le premier dans la petite chambre blanche où Maria semblait sommeiller, tandis que son bébé dormait dans un berceau à côté de son lit. Pourtant un regard filtrait entre les cils mi-clos de la femme, attentif aux faits et gestes des deux hommes.

Elle était aussi belle que la nuit rue du Roi-de-Sicile. Son teint était plus pâle. On avait tressé ses cheveux en deux grosses nattes qui faisaient le tour de sa tête.

Maigret, après avoir déposé son chapeau sur une chaise, dit au Tchèque :

— Voulez-vous lui demander son nom ?

Il attendit, sans beaucoup d'espoir. En effet, la jeune femme se contenta de regarder d'un œil haineux l'homme qui lui parlait sa langue.

— Elle ne répond pas, fit le traducteur. Autant que je puisse en juger, elle n'est pas Tchèque, mais Slovaque. Je lui ai parlé les deux langues, et c'est quand j'ai employé la seconde qu'elle a tressailli.

— Veuillez lui expliquer que je lui conseille vivement de répondre à mes questions, faute de quoi, aujourd'hui même, en dépit de son état, elle pourrait être transférée à l'infirmerie de la Santé.

Le Tchèque eut un haut-le-corps de gentleman offusqué, et l'infirmière qui rôdait dans la chambre murmura comme pour elle-même :

— Je voudrais bien voir ça !

Puis elle s'adressa à Maigret.

— Vous n'avez pas lu au bas de l'escalier qu'il est interdit de fumer ?

Avec une docilité inattendue, le commissaire retira sa pipe de sa bouche et la laissa éteindre entre ses doigts.

Maria avait enfin prononcé quelques mots.

— Voulez-vous traduire ?

— Elle répond que cela lui est égal et qu'elle nous hait tous. Je ne m'étais pas trompé. C'est une Slovaque, probablement une Slovaque du Sud, une fille de la campagne.

Il en était comme soulagé. Son honneur à lui, pur Tchèque de Prague, n'était plus en jeu, puisqu'il s'agissait d'une paysanne slovaque.

Maigret avait tiré son calepin noir de sa poche.

— Demandez-lui où elle se trouvait la nuit du 12 au 13 octobre dernier.

Cette fois, elle marqua le coup, son regard devint plus sombre et se posa sur le commissaire avec insistance. Aucun son ne sortit néanmoins de ses lèvres.

— Même question pour la nuit du 8 au 9 décembre.

Elle s'agita. On voyait sa poitrine se soulever. Elle avait eu malgré elle un mouvement vers le berceau, comme pour s'emparer de son enfant et le protéger.

C'était une magnifique femelle. Il n'y avait que l'infirmière à ne pas s'apercevoir qu'elle était d'une autre race qu'eux tous et à la traiter comme une femme ordinaire, comme une accouchée.

— Vous n'aurez pas bientôt fini de lui poser des questions stupides ?

— Dans ce cas, on va lui en poser une autre qui vous fera peut-être changer d'avis, madame ou mademoiselle.

— Mademoiselle, s'il vous plaît.

— Je m'en doutais. Veuillez traduire, monsieur. Au cours de cette nuit du 8 au 9 décembre, dans une ferme de Picardie, à Saint-Gilles-les-Vaudreuves, une famille entière a été sauvagement massacrée à coups de hache. La nuit du 12 au 13 octobre, deux vieillards, deux fermiers, ont été tués de même dans leur ferme de Saint-Aubin, toujours en Picardie. Dans la nuit du 21 au 22 novembre, deux vieillards et leur valet, un pauvre idiot, avaient déjà été attaqués, eux aussi, à coups de hache.

— Je suppose que vous allez prétendre que c'est elle ?

— Un instant, mademoiselle. Laissez traduire, voulez-vous ?

Le Tchèque traduisait d'un air dégoûté, comme si de parler de ces massacres lui avait sali les mains. Dès les premiers mots, la femme s'était à moitié dressée sur son lit et avait découvert un sein qu'elle ne songeait pas à cacher.

— Jusqu'au 8 décembre, on ne savait rien des assassins, parce qu'ils ne laissaient pas de survivants derrière eux. Vous comprenez, mademoiselle ?

— Je crois que le docteur ne vous a permis qu'une visite de quelques minutes.

— Ne craignez rien. Elle est solide. Regardez-la.

Elle était toujours belle, près de son petit, comme une louve, comme une lionne, comme elle devait être belle à la tête de ses mâles.

— Traduisez mot à mot, je vous en prie. Le 8 décembre, il y a eu un oubli. Une petite fille de neuf ans, pieds nus, en chemise, est parvenue à se glisser hors de son lit avant qu'on pensât à elle et s'est cachée dans un coin où personne n'a songé à la chercher. Elle a vu, celle-là. Elle a entendu. Elle a vu une jeune femme brune, une femme magnifique et sauvage qui approchait la flamme d'une bougie des pieds de sa mère pendant qu'un des hommes fendait le crâne du grand-père, et qu'un autre versait à boire à ses camarades. La fermière criait, suppliait, se tordait de douleur pendant que celle-ci...

Il désignait le lit de l'accouchée.

— ... pendant que celle-ci, souriante, raffinait le supplice en lui mettant le bout brûlant d'une cigarette sur les seins.

— Je vous en prie ! protesta l'infirmière.

— Traduisez.

Pendant ce temps, il observait Maria qui ne le quittait pas des yeux, repliée sur elle-même, les prunelles brillantes.

— Demandez-lui si elle a quelque chose à répondre.

Mais ils n'obtenaient qu'un sourire méprisant.

— La petite fille, qui a échappé au carnage, qui est maintenant orpheline et qu'on a recueillie dans une famille d'Amiens, a été mise ce matin en face d'une photographie de cette femme, transmise par bélinogramme. Elle l'a formellement reconnue. On ne l'avait pas prévenue. On a simplement placé la photo sous ses yeux, et l'émotion a été si violente qu'elle a été prise d'une crise nerveuse. Traduisez, monsieur le Tchèque.

— Elle est Slovaque, répéta celui-ci.

Et voilà que le bébé pleurait, que l'infirmière, après avoir consulté sa montre, le sortait de son berceau, tandis que la mère, pendant qu'on le changeait, le suivait du regard.

— Je vous ferais remarquer qu'il est l'heure, monsieur le commissaire.

— Est-ce qu'il était l'heure aussi pour les gens dont je parle ?

— Le bébé doit prendre le sein.

— Qu'il le prenne.

Et c'était bien la première fois que Maigret poursuivait un pareil interrogatoire, tandis qu'un nouveau-né soudait ses lèvres au sein blanc d'une meurtrière.

— Elle ne répond toujours pas, n'est-ce pas ? Je suppose qu'elle ne dira rien non plus quand vous lui parlerez de la veuve Rival, assassinée comme les autres, dans sa ferme, le 19 janvier. C'est la dernière en date. Sa fille, âgée de quarante ans, y a passé, elle aussi. Je suppose que Maria était présente. On a, comme toujours, relevé sur le corps des traces de brûlures. Traduisez.

Il sentait un profond malaise autour de lui, une hostilité sourde, mais il n'en avait cure. Il était harassé. S'il était resté cinq minutes seulement dans un fauteuil, il se serait endormi.

— Parlez-lui maintenant de ses compagnons, de ses mâles, de Victor Poliensky, sorte d'idiot de village à la force de gorille, de Serge Madok au cou épais et à la peau grasse, de Carl et du gamin qu'ils appellent Pietr.

Elle cueillait les noms sur les lèvres de Maigret et, à chacun d'eux, elle tressaillait.

— Est-ce que le petit était son amant, lui aussi ?
— Je dois traduire ?
— Je vous en prie. Ce n'est pas vous qui la ferez rougir.

Acculée, elle parvenait à sourire à l'évocation de l'adolescent.

— Demandez-lui si c'était vraiment son frère.

Chose curieuse, il y avait des moments où une chaude tendresse passait dans les yeux de la femme, et pas seulement quand elle rapprochait de son sein le visage de l'enfant.

— Maintenant, monsieur le Tchèque...
— On m'appelle Franz Lehel.
— Cela m'est égal. Je vous prie de traduire très exactement, mot pour mot, ce que je vais dire. Il est possible que la tête de votre compatriote en dépende. Dites-lui d'abord ça : que sa tête dépend de l'attitude qu'elle va prendre.

— Je dois vraiment ?

Et l'infirmière de murmurer :

— C'est répugnant !

Mais Maria, elle, ne broncha pas. Elle devint seulement un peu plus pâle, puis elle parvint à sourire.

— Il y a un autre individu que nous ne connaissons pas et qui était leur chef.
— Je traduis ?
— Je vous en prie.

Cette fois, ce fut un sourire ironique que l'on obtint de l'accouchée.

— Elle ne parlera pas, je le sais. Je m'y attendais en arrivant. Ce n'est pas une femme qu'on intimide. Il y a cependant un détail que je veux savoir, parce que des vies humaines sont en jeu.

— Je traduis ?

— Pourquoi vous ai-je fait venir ?

— Pour traduire. Je vous demande pardon.

Et, très raide, il semblait réciter une leçon.

— Entre le 12 octobre et le 21 novembre, il y a à peu près un mois et demi. Entre le 21 novembre et le 8 décembre, il y a un peu plus de quinze jours. Cinq semaines encore avant le 19 janvier. Vous ne comprenez pas ? C'est le temps qu'il fallait à peu près à la bande pour dépenser l'argent. Or, nous sommes à la fin février. Je ne peux rien promettre. D'autres, quand le procès viendra aux Assises, décideront de son sort. Traduisez.

— Vous voulez me répéter les dates ?

Il récita à nouveau, puis attendit.

— Ajoutez à présent que si, en répondant à mes dernières questions, elle évite de nouveaux massacres, il en sera tenu compte.

Elle ne broncha pas, mais sa moue redevint méprisante.

— Je ne lui demande pas où se trouvent en ce moment ses amis. Je ne lui demande même pas le nom du chef. Je veux savoir si les fonds sont bas, si un coup est en préparation pour des prochains jours.

Cela n'eut pour résultat que de faire briller les yeux de Maria.

— Bien. Elle ne répondra pas. Je crois que j'ai compris. Reste à savoir si Victor Poliensky était le tueur.

Elle écouta la traduction avec beaucoup d'attention, attendit, et Maigret s'énervait de devoir passer ainsi par le canal de l'employé de chancellerie.

— Ils ne devaient pas être plusieurs à manier la hache, et, si ce n'était pas le rôle de Victor, je ne vois pas l'utilité pour la bande de traîner un simple d'esprit avec elle. C'est lui, en définitive, qui a fait prendre Maria et qui les fera prendre tous.

Traduction, toujours. Maintenant, elle semblait triompher. Ils ne savaient rien. Elle était seule à savoir. Elle était dans son lit, affaiblie, avec un nouveau-né accroché à son sein, mais elle s'était tue, elle continuerait à se taire.

Un coup d'œil involontaire à la fenêtre trahissait le fond de sa pensée. Au moment où on l'avait abandonnée rue du Roi-de-Sicile – c'était elle, probablement, qui avait exigé qu'on l'abandonnât – on avait dû lui faire des promesses.

Elle connaissait ses mâles. Elle avait confiance en eux. Tant qu'ils seraient libres, elle ne risquait rien. Ils viendraient. Tôt ou tard, ils la tireraient d'ici, ou plus tard de l'infirmerie même de la Santé.

Elle était splendide. Ses narines frémissaient. Ses lèvres pleines avaient une moue intraduisible. Elle n'était pas de la même race que ceux qui l'entouraient, ni ses hommes. Ils avaient choisi une fois pour toutes de vivre en marge. Ils étaient de grands fauves, et les bêlements des moutons ne touchaient en eux aucune corde sensible.

Où, dans quels bas-fonds, dans quelle atmosphère de misère leur association s'était-elle formée ? Ils avaient eu faim, tous. C'était si vrai que, leur coup fait, ils ne pensaient qu'à manger, à manger à longueur de journée, manger et boire, dormir, faire l'amour, manger encore, sans souci du décor miteux de la rue du Roi-de-Sicile ni de leurs vêtements usés qui ressemblaient à des haillons.

Ils ne tuaient pas pour l'argent. L'argent n'était pour eux que le moyen de manger et de dormir en paix, dans leur coin, dans leur tanière, indifférents au reste de l'humanité.

Elle n'était même pas coquette. Les robes trouvées dans la chambre étaient des robes bon marché, comme elle en avait porté dans son village. Elle ne se mettait ni poudre ni rouge à lèvres. Elle n'avait pas de linge fin. Tous autant qu'ils étaient auraient pu, à d'autres âges ou sous d'autres latitudes, vivre de même, nus, dans la forêt ou dans la jungle.

— Dites-lui que je reviendrai, que je lui demande de réfléchir. Elle a maintenant un enfant.

Il baissa la voix malgré lui pour prononcer ces derniers mots.

— À présent, nous vous laissons, dit-il à l'infirmière. Je vous enverrai tout à l'heure un second inspecteur. Je téléphonerai au docteur Boucard. C'est bien lui qui la soigne, n'est-ce pas ?

— C'est le chef du service.

— Si elle est transportable, on la transférera sans doute ce soir ou demain matin à la Santé.

Malgré ce qu'il lui avait révélé de sa patiente, elle le regardait toujours avec rancune.

— Au revoir, mademoiselle. Venez, monsieur.

Dans le couloir, il dit quelques mots à Lucas, qui n'était au courant de rien. L'infirmière qui les avait accompagnés depuis le rez-de-chaussée les attendait un peu plus loin. Devant une porte, il y avait cinq ou six vases pleins de fleurs fraîches.

— À qui est-ce ? demanda-t-il.

L'infirmière était jeune et blonde, potelée sous sa blouse.

— Ce n'est plus à personne. La dame qui occupait cette chambre est rentrée chez elle voilà quelques minutes. Elle a laissé les fleurs. Elle avait beaucoup d'amis.

Il lui parla à voix basse. Elle dit oui. Elle paraissait étonnée. Mais le Tchèque l'aurait été davantage encore s'il avait deviné ce que Maigret venait de faire.

Il avait dit simplement, un peu gêné :

— Mettez-en donc quelques-unes au 217.

Parce que la chambre était nue et froide, parce qu'il y avait quand même là une femme et un nouveau petit d'homme.

Il était onze heures et demie. Dans le long couloir mal éclairé où s'alignent les portes des juges d'instruction, quelques hommes, menottes aux mains, sans cravate, encadrés de gendarmes, attendaient encore leur tour, assis sur les bancs sans dossier. Il y avait aussi des femmes, des témoins qui s'impatientaient.

Le juge Coméliau, plus grave que jamais, soucieux, avait dû faire chercher des chaises chez un de ses collègues et avait envoyé son greffier déjeuner.

Sur la demande de Maigret, le directeur de la P.J. était présent, assis dans un fauteuil, tandis que, sur la chaise généralement réservée aux gens qu'on interroge, se tenait le commissaire Colombani, de la Sûreté nationale.

Comme la Police Judiciaire, en principe, ne s'occupe que de Paris et de la région parisienne, c'était lui qui, depuis cinq mois, en contact avec les brigades mobiles, dirigeait l'enquête au sujet des « Tueurs de Picardie », comme les journalistes, après le premier crime, avaient baptisé la bande.

De bonne heure, le matin, il avait eu une entrevue avec Maigret et lui avait confié son dossier.

De bonne heure aussi, un peu avant neuf heures, un des inspecteurs postés rue du Roi-de-Sicile avait frappé à la porte du commissaire.

— Il est ici, avait-il annoncé.

Il s'agissait du patron de l'*Hôtel du Lion d'Or*. La nuit, ou plutôt la fin de la nuit, lui avait porté conseil. Hâve, mal rasé, les vêtements fripés, il avait interpellé l'inspecteur qui faisait les cent pas devant la maison.

— Je voudrais aller au quai des Orfèvres, avait-il annoncé.

— Allez-y.

— J'ai peur.

— Je vous accompagnerai.

Mais Victor n'avait-il pas été abattu en pleine rue, au milieu de la foule ?

— J'aimerais mieux que nous prenions un taxi. Je payerai.

Quand il entra dans le bureau, Maigret avait son dossier devant lui, car l'homme comptait trois condamnations à son actif.

— Tu as les dates ?

— J'ai réfléchi, oui. On verra bien ce qui arrivera. Du moment que vous promettez de me protéger…

Il puait la lâcheté et la maladie. Tout son être faisait penser à un mal blanc. C'est cet homme-là, pourtant, qui avait été appréhendé à deux reprises pour attentat à la pudeur.

— La première fois qu'ils se sont absentés, je n'ai pas fait trop attention, mais la seconde cela m'a frappé.

— La seconde ? Donc, le 21 novembre.

— Comment le savez-vous ?

— Parce que j'y ai pensé, moi aussi, et que j'ai lu les journaux.

— Je me suis douté que c'était eux, mais je n'ai rien laissé voir.

— Ils ont deviné quand même, hein ?

— Je ne sais pas. Ils m'ont donné un billet de mille.

— Hier, tu as dit cinq cents.

— Je me suis trompé. C'est la fois suivante, quand ils sont rentrés, que Carl m'a menacé.

— Ils partaient en voiture ?

— Je ne sais pas. En tout cas, ils quittaient la maison à pied.

— Les visites de l'autre, de celui que tu ne connais pas, avaient lieu quelques jours avant ?

— Maintenant que j'y réfléchis, je crois que oui.

— Il couchait avec Maria aussi ?

— Non.

— Maintenant, tu vas gentiment m'avouer quelque chose. Souviens-toi de tes deux premières condamnations.

— J'étais jeune.

— C'était encore plus dégoûtant. Comme je te connais, la Maria devait t'exciter.

— Je ne l'ai jamais touchée.

— Parbleu ! Tu avais peur des autres.

— D'elle aussi.

— Bon ! Cette fois au moins tu es franc. Seulement, tu ne t'es pas contenté d'aller ouvrir leur porte de temps en temps. Avoue !

— J'ai fait un trou dans la cloison, c'est vrai. Je m'arrangeais pour que la chambre voisine soit occupée le plus rarement possible.

— Qui couchait avec elle ?

— Tous.

— Y compris le gamin ?

— Surtout le gamin.

— Tu m'as dit hier que c'était probablement son frère.

— Parce qu'il lui ressemble. C'est le plus amoureux. Je l'ai vu pleurer plusieurs fois. Quand il était avec elle, il la suppliait.

— De quoi ?

— Je ne sais pas. Ils ne parlaient pas français. Lorsque c'était un autre qui était dans la chambre, il lui arrivait de descendre et d'aller se soûler tout seul dans un petit bistrot de la rue des Rosiers.

— Ils se disputaient ?

— Les hommes ne s'aimaient pas.

— Tu ne sais vraiment pas à qui appartient la chemise maculée de sang que tu as vu laver dans la cuvette ?

— Je n'en suis pas sûr. Je l'ai vue sur le dos de Victor, mais il leur arrivait d'échanger leurs affaires.

— À ton avis, de ceux qui habitaient chez toi, qui était le chef ?

— Il n'y avait pas de chef. Quand il y avait bagarre, Maria les engueulait, et ils se taisaient.

Le tenancier du meublé était retourné dans son taudis, toujours flanqué d'un inspecteur, contre qui, dans la rue, il se collait peureusement, la peau moite d'une sueur d'angoisse. Il devait sentir encore plus mauvais que d'habitude, car la peur sent mauvais.

À présent, le juge Coméliau, au faux col roide, à la cravate sombre, au complet impeccable, regardait Maigret qui s'était assis sur le rebord de la fenêtre, le dos à la cour.

— La femme n'a rien dit et ne parlera pas, dit le commissaire en fumant sa pipe à petites bouffées. Depuis hier au soir, nous avons trois fauves en liberté dans Paris, Serge Madok, Carl et le petit Pietr, qui, malgré son âge, ne doit pas avoir une âme d'enfant de chœur. Je ne parle pas de celui qui venait leur rendre visite et qui est probablement leur chef à tous.

— Je suppose, interrompit le juge, que vous avez fait le nécessaire ?

Il aurait bien voulu prendre Maigret en faute. Celui-ci avait trop appris, en trop peu de temps, comme en se jouant. Avec l'air de s'occuper uniquement de son mort, du petit Albert, voilà qu'il avait déniché une bande dont la police s'occupait en vain depuis cinq mois.

— Les gares sont alertées, rassurez-vous. Cela ne servira de rien, mais c'est la routine. On surveille les routes, les frontières. Toujours la routine. Beaucoup de circulaires, de télégrammes, de coups de téléphone, des milliers de gens en mouvement, mais...

— C'est indispensable.

— Aussi c'est fait. On surveille aussi les meublés, surtout ceux dans le genre de l'*Hôtel du Lion d'Or*. Il faudra bien que ces gens-là couchent quelque part.

— Un directeur de journal, qui est de mes amis, m'a téléphoné tout à l'heure pour se plaindre de vous. Il paraît que vous refusez de donner le moindre renseignement aux reporters.

— C'est exact. Je pense qu'il est inutile d'alerter la population parisienne en lui annonçant que quelques tueurs traqués errent dans les rues de la ville.

— Je suis de l'avis de Maigret, appuya le directeur de la P.J.

— Je ne critique pas, messieurs. J'essaie de me faire une opinion. Vous avez vos méthodes. Le commissaire Maigret, en particulier, a les siennes, qui sont parfois assez particulières. Il ne se montre pas toujours empressé à me mettre au courant, et pourtant, en dernier ressort, c'est moi seul qui suis responsable. Le procureur vient, à ma demande, de joindre l'affaire de la bande de Picardie à celle du petit Albert. J'aimerais pouvoir faire le point.

— Nous savons déjà, récita Maigret d'une voix volontairement monotone, comment les victimes ont été choisies.

— Vous avez reçu des témoignages du Nord ?

— Ils n'ont pas été nécessaires. Moers a relevé, dans les deux chambres de la rue du Roi-de-Sicile, de nombreuses empreintes digitales. Si ces messieurs, quand ils travaillaient dans les fermes, portaient des gants de caoutchouc et ne laissaient rien derrière eux, si les assassins du petit Albert avaient des gants eux aussi, les hôtes du *Lion d'Or* vivaient chez eux les mains nues. Au service des fiches, on a reconnu les empreintes de l'un d'entre eux seulement.

— Lequel ?

— Carl. Son nom est Carl Lipschitz. Il est né en Bohême et est entré en France régulièrement, voilà cinq ans, avec un passeport en bonne forme. Il faisait partie d'un groupe de travailleurs agricoles qui a été dirigé sur les grosses fermes de Picardie et de l'Artois.

— À quel titre sa fiche figure-t-elle aux sommiers ?

— Il y a deux ans, il a été accusé de meurtre, accompagné de viol sur une gamine de Saint-Aubin. Il travaillait à ce moment-là dans une ferme du village. Arrêté, sur la foi de la rumeur publique, il a été relaxé un mois plus tard, faute de preuves. Depuis, on perd sa trace. Sans doute est-il venu à Paris ? On vérifiera dans les grandes usines de la banlieue, et je ne serais pas étonné qu'il ait travaillé chez Citroën, lui aussi. Un inspecteur est déjà en route.

— Cela nous en fait donc un d'identifié.

— Ce n'est pas beaucoup, mais vous remarquerez qu'il est à la base de toute l'affaire. Colombani a bien voulu me confier son dossier, que j'ai examiné attentivement. Voici une carte qu'il a dressée avec beaucoup d'à-propos. Je lis aussi dans un de ses rapports que, dans les villages où les crimes ont été commis, ne *résidait* aucun Tchèque. Comme on y comptait quelques Polonais, certains ont parlé d'une « bande des Polonais », mettant les massacres de fermiers à leur compte.

— Où voulez-vous en venir ?

— Quand le groupe auquel Carl appartenait est arrivé en France, les hommes ont été dispersés. Nous ne trouvons que lui, à cette époque, dans la région qui se situe un peu au sud d'Amiens. C'est là que les trois premiers crimes ont été commis, toujours dans des fermes riches et isolées, toujours aussi chez des vieillards.

— Et les deux fermiers ?

— Un peu plus à l'est, vers Saint-Quentin. Nous apprendrons certainement que Carl a eu une liaison ou un ami dans ces parages. Il pouvait s'y rendre à bicyclette. Trois ans plus tard, quand la bande s'est constituée…

— Où croyez-vous qu'elle se soit constituée ?

— Je l'ignore, mais vous verrez que nous retrouverons la plupart des personnages dans les environs du quai de Javel. Victor Poliensky travaillait encore chez Citroën peu de semaines avant le premier coup de main.

— Vous avez parlé d'un chef.

— Permettez-moi de finir d'abord ma pensée. Avant la mort du petit Albert, ou plutôt avant la découverte du corps de celui-ci place de la Concorde – j'insiste sur la différence et vous verrez pourquoi –, la bande, qui en était à son quatrième massacre, jouissait d'une sécurité complète. Personne ne connaissait le signalement de ceux qui la composaient. Notre seul témoin était une fillette qui avait vu une femme torturer sa mère. Quant aux hommes, elle les avait à peine entrevus, et ils portaient tous des chiffons noirs sur le visage.

— Vous avez retrouvé ces chiffons rue du Roi-de-Sicile ?

— Non. La bande, donc, était en sûreté. Personne n'aurait pensé à aller chercher les tueurs de Picardie dans un taudis du ghetto. Est-ce exact, Colombani ?

— Tout à fait exact.

— Le petit Albert, soudain, se sentant menacé par des hommes qui le suivaient – n'oubliez pas que, dans ses coups de téléphone, il a dit qu'ils étaient plusieurs à se relayer – le petit Albert, dis-je, a été tué d'un coup de couteau dans son propre caboulot, après avoir fait appel à moi pour le protéger. Il avait eu l'intention de venir me voir. Il avait donc des révélations à me faire, et les autres le savaient. Une question se pose : pourquoi s'est-on donné la peine de transporter son cadavre place de la Concorde ?

Ils le regardaient en silence, cherchant en vain une solution à cette question que Maigret s'était posée tant de fois à lui-même.

— Je me réfère toujours au dossier de Colombani, qui est d'une précision remarquable. Pour chacun des attentats dans les fermes, la bande s'est servie de voitures, de préférence de camionnettes volées. Presque toutes ont été prises sur la voie publique dans les environs de la place Clichy, en tout cas dans le dix-huitième arrondissement, et c'est pourquoi c'est surtout dans ce secteur que les recherches ont été poussées. C'est dans le même quartier, mais un peu en dehors de la ville, qu'on retrouvait les autos le lendemain.

— Vous en concluez ?

— Que la bande ne possède pas d'auto. Une voiture doit se garer quelque part, et cela laisse des traces.

— Si bien que l'auto jaune... ?

— *L'auto jaune n'a pas été volée.* Nous le saurions, car le propriétaire aurait porté plainte, d'autant plus qu'il s'agit d'une voiture presque neuve.

— Je comprends, murmura le chef, tandis que le juge Coméliau, qui, lui, ne comprenait pas, fronçait les sourcils, vexé.

— J'aurais dû y penser plus tôt. J'ai un moment admis cette éventualité, puis je l'ai rejetée parce que cela me semblait trop compliqué et que je professe que la vérité est toujours simple. *Ce ne sont pas les assassins du petit Albert qui ont déposé son cadavre place de la Concorde.*

— Qui est-ce ?

— Je ne sais pas, mais nous l'apprendrons bientôt.

— Comment ?

— J'ai fait insérer une annonce dans les journaux. Rappelez-vous qu'Albert, vers cinq heures de l'après-midi, quand il a compris que nous étions impuissants à l'aider, a donné un coup de téléphone qui ne nous était pas destiné.

— Il a demandé du secours à ses amis, selon vous ?

— Peut-être. Il a en tout cas donné rendez-vous à quelqu'un. Et ce quelqu'un n'est pas arrivé à l'heure.

— Comment le savez-vous ?

— Vous oubliez que l'auto jaune a eu une panne quai Henri-IV, une panne assez longue.

— De sorte que les deux hommes qu'elle emmenait sont arrivés trop tard ?

— Justement.

— Un instant ! J'ai, moi aussi, le dossier sous les yeux. D'après votre cartomancienne, l'auto a stationné en face du *Petit Albert* de huit heures et demie à neuf heures environ. Or le corps n'a été déposé sur le trottoir de la place de la Concorde qu'à une heure du matin.

— Ils sont peut-être revenus, monsieur le juge.

— Pour chercher la victime d'un crime qu'ils n'avaient pas commis et pour la déposer ailleurs ?

— C'est possible. Je n'explique pas. Je constate.

— Et la femme d'Albert, pendant ce temps-là ?

— Supposez que, précisément, ils soient allés la mettre en lieu sûr ?

— Pourquoi ne l'aurait-on pas tuée en même temps que son mari, puisque, vraisemblablement, elle savait, elle aussi, puisqu'en tout cas elle doit avoir vu les meurtriers ?

— Qui nous dit qu'elle n'était pas sortie ? Certains hommes, quand ils ont à traiter une affaire sérieuse, éloignent leur femme.

— Vous ne pensez pas, monsieur le commissaire, que tout ceci nous écarte, nous aussi, de nos tueurs qui, comme vous dites, rôdent en ce moment dans Paris ?

— Qu'est-ce qui nous a mis sur leur piste, monsieur le juge ?

— Le cadavre de la place de la Concorde, évidemment.

— Pourquoi ne nous y ramènerait-il pas une fois encore ? Voyez-vous, je crois que, quand nous aurons compris, il ne nous sera pas difficile de mettre la main sur la bande. Seulement, il faut comprendre.

— Vous supposez qu'ils ont tué l'ancien garçon de café parce qu'il en savait trop ?

— C'est probable. Et je cherche à savoir comment il savait. Quand je l'aurai découvert, je saurai aussi *ce qu'il savait*.

Le chef approuvait de la tête, en souriant, car il sentait l'antagonisme entre les deux hommes. Quant à Colombani, il aurait bien voulu prendre la parole à son tour.

— Peut-être le train ? insinua-t-il.

Il connaissait son dossier à fond, et Maigret l'encouragea.

— De quel train parlez-vous ? s'informa Coméliau.

— Nous avons – c'était Colombani qui parlait, et son collègue l'y poussait du regard – nous avons, depuis la dernière affaire, un léger indice que nous avons évité de rendre public, afin de ne pas mettre la bande sur ses gardes. Veuillez examiner la carte numéro 5 qui est jointe au dossier. L'attentat du 19 janvier a été commis chez les époux Rival, morts tous les deux, malheureusement, ainsi que leur valet et une servante. Leur ferme s'appelle *Les Nonettes*, sans doute parce qu'elle est bâtie sur les ruines d'un ancien couvent et se trouve à près de cinq kilomètres du village. Ce village, Goderville, a une gare de chemin de fer où s'arrêtent les trains omnibus. C'est la grande ligne Paris-Bruxelles. Inutile de vous dire que les voyageurs venant de Paris sont rares, car il faut des heures pour accomplir le trajet en s'arrêtant aux moindres gares. Or, le 19 janvier, à huit heures dix-sept du soir, un homme est descendu du train, muni d'un billet aller et retour Paris-Goderville.

— On possède son signalement ?

— Vague. Un homme encore jeune, bien vêtu.

Le juge voulait découvrir quelque chose à son tour.

— L'accent étranger ?

— Il n'a pas parlé. Il a traversé le village sur la grand-route, et on ne l'y a pas revu. Par contre, le lendemain matin, à six heures et quelques minutes, il reprenait le train de Paris dans une autre petite gare, Moucher, située à vingt et un kilomètres plus au sud. Il n'a pas loué un taxi. Aucun paysan ne l'a emmené dans sa voiture. Il est difficile de croire qu'il a passé la nuit à marcher pour son plaisir. Il a dû fatalement passer à proximité des *Nonettes*.

Maigret fermait les yeux, envahi par une fatigue à laquelle il ne résistait plus qu'avec peine. Il lui arrivait même, debout, de s'endormir à moitié, et il avait laissé éteindre sa pipe.

— Quand nous avons été en possession de ces renseignements, poursuivait Colombani, nous avons fait rechercher le billet à la compagnie du Nord. Tous les billets que l'on récolte à l'arrivée des trains, en effet, sont conservés, pendant un certain temps.

— Et vous ne l'avez pas retrouvé ?

— Il n'a pas été présenté à la gare du Nord. Autrement dit, un voyageur est descendu à contre-voie ou encore s'est mêlé à la foule, dans une gare de banlieue, et a pu sortir sans être vu, ce qui n'est pas difficile.

— C'est de cela que vous vouliez parler, monsieur Maigret ?

— Oui, monsieur le juge.

— Pour en arriver à quelle conclusion ?

— Je ne sais pas. Le petit Albert aurait pu être dans le même train. Il aurait pu se trouver à la gare.

Il secoua la tête et reprit :

— Non. On aurait commencé plus tôt à le harceler.

— Alors ?

— Rien ! D'ailleurs, il était en possession d'une preuve matérielle, puisqu'on s'est donné la peine de fouiller sa maison de fond en comble après l'avoir assassiné. C'est compliqué. Et Victor est revenu rôder autour du bistrot.

— Sans doute n'avaient-ils pas trouvé ce qu'ils cherchaient ?

— Dans ce cas, ce n'est pas le simple d'esprit qu'ils auraient envoyé. Victor a agi de son propre chef, à l'insu des autres, j'en jurerais. La preuve, c'est qu'ils l'ont abattu froidement quand ils ont su que la police était sur ses talons et qu'il risquait de les faire prendre tous. Excusez-moi, messieurs. Excusez-moi, chef. Je tombe de fatigue.

Il se tourna vers Colombani.

— Je te vois vers cinq heures ?

— Si tu veux.

Il paraissait si mou, si las, si flottant, que le juge Coméliau eut des remords et murmura :

— Vous avez quand même obtenu de jolis résultats.

Puis, quand Maigret fut sorti :

— Il n'a plus l'âge de passer des nuits sans sommeil. Pourquoi aussi vouloir tout faire par lui-même ?

Il aurait été bien étonné s'il avait vu Maigret, au moment de monter en taxi, hésiter sur l'adresse à donner et prononcer enfin :

— Quai de Charenton ! Je vous arrêterai.

Cette visite de Victor au *Petit Albert* le tarabustait. Tout le long du chemin, il revoyait le grand garçon roux marcher de son pas félin, avec Lucas sur les talons.

— Qu'est-ce que vous prenez, patron ?

— Ce que tu voudras.

Chevrier était entré tout à fait dans la peau de son rôle, et sa femme devait faire de la bonne cuisine, car on comptait une vingtaine de clients dans la salle.

— Je monte ! Tu ne veux pas m'envoyer Irma ?

Elle le suivit dans l'escalier, s'essuyant les mains à son tablier. Il regarda autour de lui, dans la chambre qui, fenêtres larges ouvertes, sentait bon le propre.

— Où avez-vous mis les objets qui traînaient un peu partout ?

Il en avait fait l'inventaire avec Moers. Mais, à ce moment-là, il cherchait ce que les assassins avaient pu laisser derrière eux. Maintenant, il se demandait autre chose, de plus précis : ce que Victor, personnellement, avait eu l'intention de venir chercher.

— J'ai tout fourré dans le tiroir du haut de la commode.

Des peignes, une boîte qui contenait des épingles à cheveux, des coquillages avec le nom d'une plage normande, un coupe-papier réclame, un porte-mine qui ne fonctionnait plus, de ces petits riens dont s'encombrent les maisons.

— Tout est là dedans ?

— Même un reste de paquet de cigarettes et une vieille pipe cassée. Nous allons encore rester longtemps ici ?

— Je n'en sais rien, mon petit. Vous vous ennuyez ?

— Moi, non. Mais il y a des clients qui deviennent trop familiers, et mon mari commence à s'impatienter. D'ici à ce qu'il leur cogne sur la figure...

Il fouillait toujours le tiroir et il en retira un petit harmonica de marque allemande qui avait beaucoup servi. Il le mit dans sa poche, à la grande surprise d'Irma.

— C'est tout ? questionna-t-elle.

— C'est tout.

Quelques minutes plus tard, d'en bas, il téléphonait à M. Loiseau, que sa question ahurit :

— Dites-moi, cher monsieur, est-ce qu'Albert jouait de l'harmonica ?

— Pas à ma connaissance. Il chantait, mais je n'ai jamais entendu dire qu'il jouait d'un instrument.

Maigret se souvenait de l'harmonica trouvé rue du Roi-de-Sicile. L'instant d'après, il appelait le tenancier du *Lion d'Or* à l'appareil.

— Est-ce que Victor jouait de l'harmonica ?

— Certainement. Il en jouait même dans la rue en marchant.

— Était-il le seul à en jouer ?

— Serge Madok en jouait aussi.

— Ils avaient chacun leur harmonica ?

— Je crois. Oui. C'est même certain, car il leur arrivait de faire des duos.

Or, il n'y avait qu'un harmonica dans la chambre du *Lion d'Or* quand Maigret l'avait fouillée.

Ce que Victor le simple était venu chercher quai de Charenton à l'insu de ses complices, ce pour quoi, en fin de compte, il était mort, c'était son harmonica.

8

Ce qui advint cet après-midi allait s'ajouter aux quelques histoires que Mme Maigret racontait en souriant lors des réunions familiales.

Que Maigret rentrât à deux heures et se couchât en refusant de déjeuner, ce n'était pas trop extraordinaire, encore que son premier soin, à n'importe quelle heure, quand il pénétrait dans l'appartement, fût d'aller dans la cuisine soulever le couvercle des casseroles. Il prétendit, il est vrai, qu'il avait mangé. Puis, un peu plus tard, alors qu'elle le poussait un peu pendant qu'il se déshabillait, il avoua qu'il avait chipé une tranche de jambon dans la cuisine du quai de Charenton.

Elle ferma les stores, s'assura que son mari ne manquait de rien et sortit sur la pointe des pieds. La porte n'était pas refermée qu'il dormait profondément.

Sa vaisselle finie, la cuisine mise en ordre, elle hésita un bon moment à rentrer dans la chambre pour aller prendre son tricot qu'elle avait oublié. Elle écouta d'abord, entendit un souffle régulier, tourna le bouton avec précaution et s'avança sur la pointe des pieds sans faire plus de bruit qu'une bonne sœur. C'est à ce moment-là que, tout en continuant à respirer comme un homme endormi, il prononça d'une voix un peu pâteuse :

— Dis donc ! Deux millions et demi en cinq mois...

Il avait les yeux fermés, le teint très coloré. Elle crut qu'il parlait dans son sommeil, s'immobilisa néanmoins pour ne pas le réveiller.

— Comment t'y prendrais-tu pour dépenser ça, toi ?

Elle n'osait pas répondre, persuadée qu'il rêvait ; toujours sans remuer les paupières, il s'impatienta :

— Réponds, madame Maigret.

— Je ne sais pas, moi, chuchota-t-elle. Combien as-tu dit ?

— Deux millions et demi. Probablement beaucoup plus. C'est le minimum qu'ils ont ramassé dans les fermes et une bonne partie en pièces d'or. Il y a les chevaux, évidemment...

Il se retourna pesamment, et un de ses yeux s'entrouvrit un instant pour se fixer sur sa femme.

— On en revient toujours aux courses, tu comprends ?

Elle savait qu'il ne parlait pas pour elle, mais pour lui. Elle attendait qu'il fût rendormi pour se retirer comme elle était venue, même sans son tricot. Il se tut un bon moment, et elle put croire qu'il était rendormi.

— Écoute, madame Maigret. Il y a un détail que je voudrais connaître tout de suite. Où y avait-il des courses mardi dernier ? Dans la région parisienne, bien entendu. Téléphone !

— À qui veux-tu que je téléphone ?

— Au Pari-Mutuel. Tu trouveras le numéro dans l'annuaire.

L'appareil se trouvait dans la salle à manger, et le fil était trop court pour qu'on pût l'apporter dans la chambre. Mme Maigret se sentait toujours mal à l'aise quand elle devait parler devant le petit disque de métal, surtout à quelqu'un qu'elle ne connaissait pas. Elle questionna, résignée :

— Je dis que c'est de ta part ?

— Si tu veux.

— Et si on me demande qui je suis ?

— On ne te le demandera pas.

À ce moment-là, il avait les deux yeux ouverts. Il était donc complètement réveillé. Elle passa dans la pièce voisine, laissa la porte ouverte pendant le temps qu'elle téléphonait. Ce fut très court. On aurait dit que l'employé qui lui répondait avait l'habitude de ces questions-là, et il devait connaître son calendrier des courses par cœur, car il lui donna le renseignement sans hésiter.

Or, quand Mme Maigret revint dans la chambre pour répéter à Maigret ce qu'on venait de lui dire, celui-ci dormait à poings fermés, la respiration assez sonore pour s'appeler ronflement.

Elle hésita à l'éveiller, décida qu'il valait mieux le laisser reposer. À tout hasard, elle laissa la porte de communication entrouverte et, de temps en temps, elle regardait l'heure avec étonnement, car les siestes de son mari étaient rarement longues.

À quatre heures, elle alla dans la cuisine pour mettre sa soupe au feu. À quatre heures et demie, elle jeta un coup d'œil dans la chambre, et son mari dormait toujours ; il devait rêver qu'il réfléchissait, car il avait les sourcils froncés, le front tout plissé et une drôle de moue aux lèvres.

Or voilà qu'un peu plus tard, alors qu'elle s'était rassise dans la salle à manger, à sa place, près de la fenêtre, elle entendait une voix qui prononçait avec impatience :

— Eh bien ! Cette communication ?

Elle se précipita, le regarda, étonnée, assis sur son séant.

— La ligne est occupée ? questionna-t-il le plus sérieusement du monde.

Cela fit un curieux effet à Mme Maigret. Elle eut presque peur, comme si son mari avait déliré.

— Bien sûr que j'ai eu la communication. Il y a près de trois heures de ça.

Il l'observait, incrédule.

— Qu'est-ce que tu racontes ? Voyons, quelle heure est-il ?

— Cinq heures moins le quart.

Il ne s'était même pas aperçu qu'il s'était endormi. Il avait cru fermer les yeux le temps d'un coup de téléphone.

— Où était-ce ?

— À Vincennes.

— Qu'est-ce que j'avais dit ! triompha-t-il.

Il n'en avait parlé à personne, mais il l'avait suffisamment pensé pour que ce fût tout comme.

— Appelle-moi la rue des Saussaies... 00-90... Demande le bureau de Colombani...

— Qu'est-ce que je dois lui dire ?

— Rien. Je lui parlerai, pour autant qu'il ne soit pas encore en route.

Colombani était encore à son bureau. Il avait d'ailleurs l'habitude d'arriver en retard à ses rendez-vous. Il fut bien gentil et consentit à venir voir son collègue chez lui au lieu de le rencontrer à la P.J.

Elle lui avait préparé, sur sa demande, une tasse de café fort, mais cela n'avait pas suffi à le réveiller tout à fait. Il avait un tel arriéré de sommeil que ses paupières restaient roses, picotantes. Il lui semblait que sa peau était trop tendue. Il n'avait pas eu le courage de s'habiller et il avait passé un pantalon, des pantoufles, une robe de chambre sur sa chemise de nuit au col orné de petites croix rouges.

Ils étaient bien, dans la salle à manger, assis en face l'un de l'autre, avec la carafe de calvados entre eux deux et, en face, sur le mur blanc, de l'autre côté du boulevard, en lettres noires, les noms de *Lhoste* et *Pépin*.

Ils se connaissaient depuis assez longtemps pour ne pas se mettre en frais. Colombani, qui était de petite taille, comme la plupart des Corses, portait des souliers à hauts talons, des cravates de couleurs vives et une bague avec un diamant vrai ou faux à l'annulaire. À cause de cela, on l'avait parfois pris pour un de ceux qu'il recherchait plutôt que pour un policier.

— J'ai envoyé Janvier sur les hippodromes, disait Maigret en fumant sa pipe. Où y a-t-il des courses aujourd'hui ?

— Vincennes.

— Comme mardi dernier. Je me demande si ce n'est pas à Vincennes que les aventures du petit Albert ont commencé. On a mené une première enquête sur les champs de courses, mais sans résultats appréciables. À ce moment-là, seul l'ancien garçon de café nous préoccupait. Aujourd'hui, c'est différent. Il s'agit de demander aux divers guichets, surtout aux guichets chers, à cinq cents ou mille francs, s'ils ont pour client régulier un homme encore jeune, à l'accent étranger.

— Les inspecteurs des courses l'ont peut-être repéré ?

— En outre, je suppose qu'il n'y va pas seul. Deux millions et demi en cinq mois, c'est gros.

— Et il doit y avoir beaucoup plus que ça, affirma Colombani. Dans mon rapport, je n'ai cité que les chiffres sûrs. Ces sommes sont celles sur lesquelles la bande a certainement mis la main. Les fermiers assassinés avaient vraisemblablement d'autres cachettes dont la torture leur a arraché le secret. Le total serait de quatre millions et davantage que cela ne m'étonnerait pas.

Qu'est-ce qu'ils pouvaient dépenser, les pouilleux de la rue du Roi-de-Sicile ? Rien pour s'habiller. Ils ne sortaient pas. Ils se contentaient de manger et de boire. Avant de manger et de boire pour un million, même à cinq, il faut un certain temps.

Néanmoins, les expéditions se succédaient à un rythme rapide.

— Le chef devait se réserver la grosse part.

— Je me demande pourquoi les autres se laissaient faire.

Il y avait bien d'autres questions que Maigret se posait, au point qu'à certains moments il en avait assez de penser et que, passant la main sur le front, il fixait un point quelconque, le géranium de la lointaine fenêtre, par exemple.

Il avait beau faire, même ici, chez lui, il restait comme englué dans son enquête, anxieux de tout ce qui se passait au même moment dans Paris et à l'entour.

Il n'avait pas encore fait transférer Maria à l'infirmerie de la Santé. Il s'était arrangé pour que les journaux publient, dès midi, le nom de l'hôpital où elle avait été transportée.

— Je suppose que tu as planqué quelques inspecteurs ?

— Il y en a quatre, sans compter les sergents de ville. L'hôpital a plusieurs issues. C'est aujourd'hui jour de visite.

— Tu crois qu'ils tenteront quelque chose ?

— Je ne sais pas. Enragés pour elle comme ils le sont tous, cela ne m'étonnerait pas qu'il y en ait un au moins pour risquer le tout pour le tout. Sans compter que chacun d'eux doit se croire le père, tu comprends ? De là à vouloir les voir, elle et l'enfant... C'est un jeu dangereux. Pas tant à cause de moi qu'à cause des autres.

— Je ne comprends pas.

— Ils ont tué Victor Poliensky, n'est-ce pas ? Pourquoi ? Parce qu'il risquait de les faire prendre. Si un autre des leurs est sur le point de nous tomber entre les pattes, cela me surprendrait qu'on nous le laisse vivant.

Maigret tirait sur sa pipe, rêveur. Colombani disait en allumant une cigarette à bout doré :

— Ils doivent essayer avant tout de rejoindre le chef, surtout s'ils sont au bout de leur argent.

Maigret le regardait mollement, puis son regard se fit plus dur, il se leva, donna un coup de poing sur la table et s'écria :

— Idiot ! Triple essence d'idiot ! Et moi qui n'ai pas pensé à ça !

— Mais puisque tu ne connais pas son domicile...

— Justement ! Je parierais qu'ils ne le connaissent pas non plus. Le type qui a monté cette affaire-là et qui commande à ces brutes a dû prendre ses précautions. Qu'est-ce que le tôlier m'a dit ? Qu'il venait *leur donner des instructions rue du Roi-de-Sicile avant chaque expédition.* Bon ! Tu commences à comprendre, à présent ?

— Pas tout à fait.

— Qu'est-ce que nous savons ou qu'est-ce que nous devinons de lui ? Nous le cherchons sur les champs de courses. Et, eux, tu crois qu'ils sont plus bêtes que nous ? Tu as parfaitement raison ! En ce moment, ils doivent fatalement tenter de le rejoindre. Peut-être pour lui réclamer de l'argent. En tout cas, pour le mettre au courant, pour lui demander des conseils ou des instructions. Je parie qu'aucun d'eux n'a passé la nuit dernière dans un lit. Où veux-tu qu'ils aillent ?

— À Vincennes ?

— C'est plus que probable. S'ils ne se sont pas séparés, ils y auront envoyé au moins l'un d'entre eux. S'ils se sont séparés sans se donner de mot d'ordre, cela ne m'étonnerait pas qu'ils s'y retrouvent tous les trois. Nous avions la plus jolie occasion de leur mettre la main dessus, même sans les connaître. Il est facile, dans la foule, de repérer des gars de cette trempe-là. Dire que Janvier est là-bas et que je ne lui ai pas donné d'instruction dans ce sens ! Une trentaine d'inspecteurs à la pelouse et au pesage, et nous leur mettions la main au collet. Quelle heure est-il ?

— Trop tard. La sixième est finie depuis une demi-heure.

— Tu vois ! On croit penser à tout. Quand je me suis couché, à deux heures, j'étais persuadé que j'avais fait le maximum. Des hommes étudient les feuilles de paye de Citroën et fouillent le quartier de Javel. On cerne l'hôpital Laennec. On passe au crible tous les quartiers où des gens comme nos Tchèques pourraient se réfugier. On interpelle les vagabonds, les clochards. On fouille les meublés. Moers, là-haut, dans son laboratoire, examine jusqu'au moindre cheveu trouvé rue du Roi-de-Sicile.

» Pendant ce temps-là, nos gaillards ont sans doute eu l'occasion, à Vincennes, de prendre langue avec leur patron.

Colombani devait être un habitué des courses, lui aussi, car il ne s'était pas trompé de beaucoup. La sonnerie du téléphone résonnait. C'était la voix de Janvier.

— Je suis toujours à Vincennes, patron. J'ai essayé de vous toucher au Quai.

— Les courses sont finies ?

— Depuis une demi-heure. Je suis resté avec les employés. C'était difficile de leur parler pendant les courses, car ils ont un travail de tous les diables. Je me demande comment ils ne commettent pas d'erreurs. Je les ai questionnés au sujet des paris, vous savez ? Celui qui tient un des guichets à mille francs a tout de suite été frappé par ma question. C'est un garçon qui a voyagé en Europe centrale et il sait reconnaître les différentes langues. « Un Tchèque ? m'a-t-il dit. J'en ai un qui joue assidûment la forte somme, presque toujours sur des outsiders. Je l'ai pris un moment pour quelqu'un de l'ambassade. »

— Pourquoi ? questionna Maigret.

— Il paraît que c'est un type très bien, très racé, toujours vêtu avec raffinement. Il perd à peu près régulièrement, sans broncher, avec seulement un mince sourire en coin. Si l'employé l'a remarqué, ce n'est pas tant à cause de ça qu'à cause de la femme qui l'accompagne d'habitude.

Maigret poussa un soupir de soulagement et son regard joyeux se posa sur Colombani avec l'air de dire :

« On les tient ! »

— Une femme, enfin ! s'exclamait-il dans l'appareil. Une étrangère ?

— Une Parisienne. Attendez ! C'est justement pour cela que je n'ai pas quitté le champ de courses.

Si j'avais pu parler plus tôt à l'employé, il m'aurait désigné le couple, car il était ici cet après-midi.

— La femme ?

— Voilà ! Elle est toute jeune, très belle, paraît-il, habillée par les grands couturiers. Ce n'est pas tout, patron. L'employé m'affirme que c'est une actrice de cinéma. Il ne va pas souvent au cinéma. Il ne connaît pas le nom des vedettes. Il prétend d'ailleurs que ce ne doit pas être une star, mais quelqu'un qui joue les seconds rôles. Je lui ai cité en vain des tas de noms.

— Quelle heure est-il ?

— Six heures moins le quart.

— Puisque tu es à Vincennes, tu vas filer à Joinville. Ce n'est pas loin. Demande à ton comptable de t'accompagner.

— Il dit qu'il est à ma disposition.

— Il y a des studios tout de suite après le pont. D'habitude, chez les producteurs de films, on conserve les photographies de tous les artistes, y compris des petits rôles, et on consulte cette collection au moment de distribuer un nouveau film. Tu comprends ?

— J'ai compris. Où puis-je vous appeler ?

— Chez moi.

Il était détendu quand il se rassit dans son fauteuil.

— Peut-être que cela va marcher, dit-il.

— À condition que ce soit notre Tchèque, évidemment.

Il remplit les petits verres à bord doré, vida sa pipe, en bourra une autre.

— J'ai l'impression que nous allons avoir une nuit agitée. Tu as fait venir la gamine ?

— Elle est en route depuis trois heures. J'irai moi-même la chercher tout à l'heure à la gare du Nord.

La fillette de la ferme Manceau, la seule qui eût échappé par miracle au carnage et qui eût vu un des assaillants : la femme, Maria, couchée aujourd'hui sur son lit d'hôpital avec son bébé à côté d'elle.

Téléphone à nouveau. C'était presque angoissant, désormais, de décrocher le récepteur.

— Allô !...

Une fois encore le regard de Maigret se fixait sur son collègue, mais, cette fois, avec ennui. Il parlait d'une voix feutrée. Pendant tout un temps, il ne fit que répondre à intervalles presque réguliers :

— Oui... oui... oui...

Colombani essayait de comprendre. C'était d'autant plus vexant de ne rien deviner qu'il entendait un bourdonnement dans l'appareil, avec parfois une syllabe détachée des autres.

— Dans dix minutes ? Mais oui. Exactement comme je l'ai promis.

Pourquoi Maigret avait-il l'air de se contenir ? Il venait à nouveau de changer complètement d'attitude. Un enfant qui attend son Noël n'est pas plus impatient, plus frémissant que lui, mais il s'efforçait de se montrer calme, voire de donner à son visage une expression bougonne.

Quand il raccrocha, au lieu de s'adresser à Colombani, il ouvrit la porte qui communiquait avec la cuisine.

— Ta tante arrive avec son mari, annonça-t-il.

— Comment ? Qu'est-ce que tu racontes ? Mais...

Il lui faisait en vain des clins d'œil.

— Je sais. Cela m'étonne aussi. Il doit y avoir quelque chose de grave, d'imprévu. Elle demande à nous parler tout de suite.

Il avançait la tête derrière la porte pour adresser de nouvelles grimaces à sa femme, et elle ne savait plus que comprendre.

— Par exemple ! Voilà qui m'étonne. Pourvu qu'il ne soit rien arrivé de mauvais.

— À moins que ce soit au sujet de la succession ?

— Quelle succession ?

— Celle de son oncle.

Quand il revint vers Colombani, celui-ci avait un fin sourire.

— Excuse-moi, vieux. La tante de ma femme arrive dans un moment. J'ai juste le temps de m'habiller. Je ne te mets pas à la porte, mais tu dois comprendre.

Le commissaire de la Sûreté vidait son verre d'un trait, se levait, s'essuyait la bouche.

— Je t'en prie. Je sais ce que c'est. Tu me téléphones si tu as du nouveau ?

— Promis.

— J'ai l'impression que tu me téléphoneras bientôt. Je me demande même si je vais rentrer rue des Saussaies. Non ! Si cela ne t'ennuie pas, je vais faire un tour jusqu'au quai des Orfèvres.

— Entendu ! À tout à l'heure.

Maigret le poussait presque vers le palier. Puis, la porte refermée, il traversait vivement la pièce, allait regarder à la fenêtre. À gauche, plus loin que chez *Lhoste et Pépin*, il y avait un marchand de vin et de charbon, une boutique d'Auvergnat peinte en jaune, dont il épia la porte flanquée d'une plante verte.

— C'était de la blague ! questionnait Mme Maigret.

— Bien sûr ! Je ne tenais pas à ce que Colombani rencontrât les gens qui vont monter dans un instant.

Tandis qu'il disait cela, sa main se posait machinalement sur l'appui de fenêtre, à la place où Colombani se tenait un peu plus tôt. Elle rencontrait du papier, un journal. Il y jetait un coup d'œil et s'apercevait qu'il était plié à la page des « Petites Annonces ». Une de celles-ci était encadrée de bleu.

— Canaille ! gronda-t-il entre ses dents.

Car il existe une vieille rivalité entre la Sûreté nationale et la P.J., et c'est un plaisir, pour quelqu'un de la rue des Saussaies, de jouer un tour à un collègue du quai des Orfèvres.

Colombani ne s'était d'ailleurs pas vengé méchamment du mensonge de Maigret et de l'histoire de la tante. Il avait seulement laissé derrière lui la preuve qu'il avait compris.

L'annonce, parue le matin dans tous les journaux et à midi dans les journaux de courses, disait, avec les abréviations classiques :

Amis d'Albert, indispensable pour sécurité voir urgence Maigret domicile, 132, bd Richard-Lenoir. Promesse d'honneur discrétion absolue.

C'étaient eux qui venaient de téléphoner, de chez le bougnat d'en face, pour s'assurer que l'annonce n'était ni une plaisanterie ni un piège, pour entendre

Maigret répéter sa promesse et pour s'assurer enfin que la voie était libre.

— Tu vas aller faire un petit tour dans le quartier, madame Maigret. Ne te presse pas trop. Mets ton chapeau à plume verte.

— Pourquoi mon chapeau à plume verte ?

— Parce que c'est bientôt le printemps.

Pendant qu'ils traversaient la rue, avec l'air de deux hommes qui entreprennent une importante démarche, Maigret les observait par la fenêtre, mais il ne parvint, de loin, à reconnaître que l'un des deux.

Quelques instants plus tôt, il ne savait absolument rien de ceux qui allaient se présenter, pas même à quel milieu ils appartenaient. Il aurait seulement parié qu'ils fréquentaient les champs de courses eux aussi.

— Colombani est sans doute quelque part à les observer, grommela-t-il.

Et Colombani, une fois sur la piste, était capable de le brûler. Ce sont des petits tours en vache qu'on se joue volontiers entre collègues.

Surtout que Colombani connaissait sans doute, mieux que lui encore, Jo le Boxeur.

Il était petit, costaud, le nez cassé, les paupières écrasées sur des yeux bleu clair, avec toujours des complets à carreaux et des cravates voyantes. On était sûr de le trouver, à l'heure de l'apéritif, dans un des petits bars de l'avenue Wagram.

Dix fois au moins, Maigret l'avait eu dans son bureau, toujours pour des affaires différentes, et toutes les fois il s'en était tiré.

Était-il vraiment dangereux ? Il aurait bien voulu le faire croire et prenait volontiers des airs de « terreur ». Il mettait sa coquetterie à passer pour un homme du milieu, mais les gens du milieu le regardaient avec méfiance, sinon avec un certain mépris.

Maigret alla leur ouvrir la porte et posa de nouveaux verres sur la table. Ils s'avançaient avec gêne, méfiants malgré tout, jetaient un coup d'œil dans les coins, s'inquiétant des portes fermées.

— N'ayez pas peur, mes enfants. Il n'y a pas de sténographe cachée, pas de dictaphone. Tenez ! Ici, c'est ma chambre.

Il leur montrait le lit défait.

— Ici, la salle de bains. Là, le placard aux vêtements. Et voici la cuisine que Mme Maigret vient de quitter en votre honneur.

Cela sentait bon la soupe qui mijotait, et il y avait un poulet déjà bardé de lard sur la table.

— Cette porte-ci ? C'est la dernière. La chambre d'amis. Elle n'est pas très aérée. Elle sent le renfermé, pour la bonne raison que les amis n'y couchent jamais et qu'elle ne sert qu'à ma belle-sœur deux ou trois nuits chaque année.

» Maintenant, au boulot !

Il tendit son verre pour trinquer avec eux. En même temps, il regardait le compagnon de Jo d'un air interrogateur.

— C'est Ferdinand, expliqua l'ancien boxeur.

Le commissaire cherchait en vain dans sa mémoire. Cette silhouette longue et maigre, ce visage au nez immense, aux petits yeux vifs de souris, ne lui rappelait rien, pas plus que le nom.

— Il tient un garage pas loin de la porte Maillot. Un tout petit garage, bien sûr.

C'était drôle de les voir debout tous les deux, hésitant à s'asseoir, non parce qu'ils étaient intimidés, mais par une sorte de prudence. Ces gens-là n'aiment pas se trouver trop loin d'une porte.

— Vous avez eu l'air de parler d'un danger.

— Et même de deux dangers : d'abord, que les Tchèques vous repèrent, auquel cas je ne donnerais pas cher de vos deux peaux.

Jo et Ferdinand se regardèrent avec étonnement, crurent à une méprise.

— Quels Tchèques ?

Car on n'avait jamais parlé des Tchèques dans les journaux.

— La bande de Picardie.

Cette fois-ci, ils comprenaient et devenaient soudain plus graves.

— Nous ne leur avons rien fait.

— Hum ! Nous discuterons de cela tout à l'heure. Ce serait tellement plus facile de parler si vous étiez assis gentiment.

Jo fit le brave et s'installa dans un fauteuil, mais Ferdinand, qui ne connaissait pas Maigret, ne posa qu'une demi-fesse sur le bord de sa chaise.

— Second danger, prononçait le commissaire en allumant sa pipe et en les observant. Vous n'avez rien remarqué aujourd'hui ?

— C'est bourré de flics un peu partout. Pardon !...

— Il n'y a pas d'offense. Non seulement c'est bourré de flics, comme vous dites, mais la plupart des inspecteurs sont en chasse et recherchent un certain nombre de personnes, entre autres deux messieurs qui possèdent une certaine auto jaune.

Ferdinand sourit.

— Je me doute bien qu'elle n'est plus jaune et qu'elle a changé de matricule. Passons ! Si des inspecteurs de la P.J. vous avaient mis la main dessus les premiers, j'aurais peut-être encore pu vous tirer d'affaire. Mais vous avez vu le monsieur qui sort d'ici ?

— Colombani, grogna Jo.

— Il vous a aperçus ?

— On a attendu qu'il soit dans l'autobus.

— Cela signifie que la rue des Saussaies est en chasse aussi. Avec ces gens-là, vous n'y auriez pas coupé du juge Coméliau.

C'était un nom magique, car les deux hommes connaissaient tout au moins de réputation l'implacabilité du magistrat.

— Tandis qu'en venant me voir gentiment, comme vous l'avez fait, nous pouvons causer en famille.

— On ne sait à peu près rien.

— Ce que vous savez suffira. Vous étiez des amis d'Albert ?

— C'était un chic type.

— Un rigolo, n'est-il pas vrai ?

— On l'avait connu aux courses.

— Je m'en doutais.

Cela situait les deux hommes. Le garage de Ferdinand ne devait pas être souvent ouvert au public. Peut-être ne revendait-il pas de voitures volées, car cela demande un outillage compliqué pour les maquiller et toute une organisation. En outre, les deux hommes étaient de ceux qui n'aiment pas trop se mouiller.

Plus probablement rachetait-il à bas prix de vieilles bagnoles qu'il retapait de façon à leur donner assez d'allure pour tromper les gogos.

Dans les bars, sur les champs de courses, dans le hall des hôtels, on rencontre des bourgeois naïfs à qui il ne déplaît pas de faire une occasion sensationnelle. Parfois même on les décide en leur chuchotant à l'oreille que l'auto a été volée à une vedette de cinéma.

— Étiez-vous tous les deux à Vincennes mardi dernier ?

Ils durent encore se regarder, non pour se concerter, mais pour se souvenir.

— Attendez ! Dis donc, Ferdinand, ce n'est pas mardi que tu as touché Sémiramis ?

— Oui.

— Alors, on y était.

— Et Albert ?

— Bon ! Maintenant, je me souviens. C'est le jour où il a plu à torrent à la troisième. Albert y était, je l'ai aperçu de loin.

— Vous ne lui avez pas parlé ?

— Parce qu'il n'était pas à la pelouse, mais au pesage. Nous, on est des pelousards. Lui aussi, d'habitude. Ce mardi-là, il sortait sa femme. C'était leur anniversaire de mariage, ou quelque chose comme cela. Il m'en avait parlé quelques jours plus tôt. Il comptait même s'acheter une voiture pas trop chère, et Ferdinand avait promis de lui en dégoter une. Du sérieux, n'ayez pas peur.

— Après ?

— Après quoi ?

— Que s'est-il passé le lendemain ?

Ils se concertèrent une fois de plus, et Maigret dut les mettre sur la voie.

— C'est au garage qu'il vous a téléphoné le mercredi vers cinq heures ?

— Non, *Au Pélican*, avenue de Wagram. On y est presque toujours à cette heure-là.

— Maintenant, messieurs, je voudrais savoir exactement, mot pour mot, si possible, ce qu'il a dit. Qui lui a répondu ?

— C'est moi, dit Jo.

— Réfléchis. Prends ton temps.

— Il avait l'air pressé, ou l'air ému.

— Je sais.

— Au début, je n'ai pas bien compris de quoi il s'agissait, parce qu'il embrouillait tout, à force de vouloir aller vite, comme s'il avait peur que la communication soit coupée.

— Je sais cela aussi. Il m'a donné quatre ou cinq coups de téléphone le même jour...

— Ah !

Jo et Ferdinand renonçaient à comprendre.

— Alors, s'il vous a téléphoné, vous devez savoir.

— Va toujours.

— Il m'a dit qu'il y avait des types derrière lui et qu'il avait peur, mais qu'il avait peut-être trouvé un moyen de s'en débarrasser.

— Il a précisé le moyen ?

— Non, mais il paraissait content de son idée.

— Ensuite ?

— Il a dit, ou à peu près : *C'est une histoire terrible, mais on pourrait peut-être en tirer quelque chose.* N'oubliez pas, commissaire, que vous avez promis...

— Je réitère ma promesse. Vous sortirez d'ici aussi librement que vous y êtes entrés tous les deux, et vous ne serez pas inquiétés, quoi que vous me racontiez, à condition que vous me disiez toute la vérité.

— Avouez que vous la connaissez aussi bien que nous ?

— À peu près.

— Bon ! Tant pis ! Albert a ajouté : *Venez me voir à huit heures ce soir chez moi. On causera.*

— Qu'est-ce que vous avez compris ?

— Attendez. Il a encore eu le temps de dire avant de raccrocher : *J'enverrai Nine au cinéma.* Vous saisissez ? Cela signifiait qu'il y avait quelque chose de sérieux.

— Un instant. Est-ce qu'Albert avait déjà travaillé avec vous deux ?

— Jamais. Qu'est-ce qu'il aurait fait ? Vous connaissez notre boulot. Ce n'est peut-être pas tout à fait régulier. Albert était un bourgeois.

— N'empêche qu'il a eu idée de tirer parti de ce qu'il avait découvert.

— Peut-être que oui. Je ne sais pas. Attendez ! Je cherche la phrase, mais je ne la retrouve pas. Il a parlé de la bande du Nord.

— Et vous avez décidé d'aller au rendez-vous.

— Est-ce qu'on pouvait faire autrement ?

— Écoute, Jo. Fais pas l'imbécile. Pour une fois que tu ne risques rien, tu peux être franc. Tu as pensé que ton copain Albert avait découvert les types de la bande de Picardie. Tu n'ignorais pas, grâce aux journaux, qu'ils ont raflé plusieurs millions. Et tu t'es demandé s'il n'y avait pas moyen d'en avoir une part. C'est cela ?

— J'ai cru que c'était cela qu'Albert avait pensé.

— Bon. Nous sommes d'accord. Ensuite ?

— On y est allés tous les deux.

— Et vous avez eu une panne boulevard Henri-IV, ce qui me fait supposer que la Citroën jaune était moins neuve qu'elle n'en avait l'air.

— On l'avait retapée pour la vendre. On ne comptait pas s'en servir nous-mêmes.

— Vous êtes arrivés quai de Charenton avec une bonne demi-heure de retard. Les volets étaient fermés. Vous avez ouvert la porte qui n'était pas fermée à clef.

Ils se regardèrent encore, lugubres.

— Et vous avez trouvé votre ami Albert tué d'un coup de couteau.

— C'est exact.

— Qu'est-ce que vous avez fait ?

— On a d'abord cru qu'il n'était pas tout à fait *passé*, car le corps était encore chaud.

— Ensuite ?

— On a bien vu que la maison avait été fouillée. On a pensé à Nine qui allait rentrer du cinéma. Il n'y a qu'un ciné à proximité, à Charenton, près du canal. Nous y sommes allés.

— Qu'est-ce que vous comptiez faire ?

— On ne savait pas trop, parole d'honneur. On n'était pas fiers, tous les deux. D'abord ce n'est pas rigolo d'annoncer une nouvelle comme celle-là à une femme. Puis on se demandait si des types de la bande ne nous avaient pas repérés. On a discuté, Ferdinand et moi.

— Et vous avez décidé d'aller mettre Nine à la campagne ?

— Oui.

— Elle est loin ?

— Tout près de Corbeil, dans une auberge des bords de la Seine où nous allons pêcher de temps en temps et où Ferdinand a un bateau.

— Elle n'a pas voulu revoir Albert ?

— On l'en a empêchée. Quand on est repassés sur le quai, pendant la nuit, il n'y avait personne autour de la maison. Il y avait toujours de la lumière sous la porte, car on n'avait pas pensé à éteindre.

— Pourquoi avez-vous changé le corps de place ?

— C'est une idée de Ferdinand.

Maigret se tourna vers celui-ci, qui baissait la tête, et répéta :

— Pourquoi ?

— Je ne pourrais pas vous expliquer. J'étais assez excité. À l'auberge, on avait bu pour se remonter. Je me suis dit que des voisins avaient sans doute vu la voiture, qu'ils nous avaient peut-être aperçus. Puis que, si on savait que c'était Albert qui était mort, on chercherait Nine, et que celle-ci serait incapable de se taire.

— Vous avez créé une fausse piste.

— Si vous voulez. La police s'occupe moins activement d'une affaire quand il s'agit d'un crime crapuleux, d'une affaire qui paraît toute simple, d'un homme qu'on tue d'un coup de couteau dans la rue, par exemple, pour lui prendre son argent.

— C'est vous aussi qui avez pensé à trouver l'imperméable ?

— Il fallait bien. Toujours pour qu'il ait l'air d'avoir été descendu dans la rue.

— Et de le défigurer ?

— C'était nécessaire. Il ne pouvait rien sentir. On s'est dit que comme ça l'affaire serait vite classée et qu'on ne risquait rien.

— C'est tout ?

— C'est tout, je le jure. Pas vrai, Jo ? Dès le lendemain, j'ai peint l'auto en bleu et j'ai changé la plaque. On voyait qu'ils s'apprêtaient à se lever.

— Un instant. Depuis, vous n'avez rien reçu ?

— Reçu quoi ?

— Une enveloppe, sans doute avec quelque chose dedans.

— Non.

Ils étaient sincères, c'était visible. La question les surprenait vraiment. D'ailleurs, Maigret, en même temps qu'il la posait, découvrait une solution possible au problème qui l'avait le plus préoccupé pendant les derniers jours.

Cette solution, Jo la lui avait fournie, tout à l'heure, sans le savoir. Albert ne lui avait-il pas dit, au téléphone, qu'il venait de trouver un moyen de se débarrasser de la bande qui était à ses trousses ?

N'avait-il pas réclamé une enveloppe à la dernière brasserie où on l'avait aperçu, justement après son coup de téléphone à ses amis ?

Il avait sur lui, dans sa poche, quelque chose de compromettant pour les Tchèques. L'un de ceux-ci ne le quittait pas des yeux. N'était-ce pas un moyen de l'écarter que de jeter ostensiblement une enveloppe dans une boîte aux lettres ?

Glisser le document dans l'enveloppe n'était qu'un jeu.

Mais quelle adresse avait-il écrite ?

Il décrocha le téléphone, appela la P.J.

— Allô ! Qui est à l'appareil ? Bodin ? Du boulot, mon petit. Urgent ! Combien d'inspecteurs y a-t-il au bureau ? Hein ? Seulement quatre ? en faut un de garde, oui. Prends les trois autres. Partagez-vous tous les bureaux de poste de Paris. Attends ! Y compris celui de Charenton, par lequel tu commenceras personnellement. Questionnez les employés de la poste restante. Il doit y avoir quelque part, au nom d'Albert Rochain, une lettre qui attend depuis plusieurs jours. La prendre, oui. Me l'apporter. Non. Pas chez moi. Je serai au bureau dans une demi-heure.

Il regarda les deux hommes en souriant.

— Un autre petit verre ?

Ils ne devaient pas aimer le calvados, qu'ils acceptèrent par politesse.

— On peut aller ?

Ils n'avaient pas encore tout à fait confiance, et ils se levaient comme des écoliers à qui le maître annonce la récréation.

— On ne nous mettra pas dans le bain ?

— Il ne sera pas question de vous deux. Je vous demande seulement de ne pas avertir Nine.

— Elle n'aura pas d'ennuis non plus ?

— Pourquoi en aurait-elle ?

— Allez-y doucement avec elle, hein ! Si vous saviez comme elle aimait son Albert !

La porte refermée, Maigret alla éteindre le gaz, car la soupe débordait et commençait à se répandre sur le réchaud.

Ses gaillards avaient un peu menti, il s'en doutait. À en croire le docteur Paul, ils n'avaient pas attendu de mettre Nine en sûreté pour défigurer leur camarade. Mais cela ne changeait rien à l'affaire, et ils s'étaient montrés assez dociles, en définitive, pour que le commissaire ne leur fasse pas de peine. Car, au fond, ces gens-là ont leurs pudeurs, comme tout le monde.

9

Le bureau était bleu de fumée. Colombani était assis dans un coin, les jambes étendues. Quelques instants plus tôt, le directeur de la P.J. était là aussi. Des inspecteurs entraient et sortaient. Le juge Coméliau venait de téléphoner. Maigret décrochait une fois de plus le récepteur.

— Allô ! Marchand ? Ici, Maigret. Le vrai, oui. Comment ? Il y en a un autre qui est aussi de vos amis ? Un comte ? Il n'est pas de la famille, non.

Il était sept heures. C'était le secrétaire général des Folies-Bergère qu'il avait au bout du fil.

— Qu'est-ce que vous me voulez, mon bon ? grasseyait celui-ci. Sapristi, ce n'est pas facile ! J'ai juste le temps de casser la croûte sur le pouce dans le quartier avant l'ouverture des portes. À moins que vous mangiez un morceau avec moi ? À la *Chope Montmartre*, par exemple ? Dans dix minutes ? À tout de suite, mon bon.

Janvier était dans le bureau, très excité. C'était lui qui venait d'apporter de Joinville une belle photographie grand format, comme on en trouve, dédicacées, dans les loges d'artistes. Elle était d'ailleurs signée, d'une haute écriture qui ne doutait de rien : Francine Latour.

La femme était jolie, toute jeune encore. Son adresse figurait au dos : 121, rue de Longchamp, à Passy.

— Il paraît qu'elle joue en ce moment aux Folies-Bergère, avait annoncé Janvier.

— L'employé du Mutuel l'a reconnue ?

— Formellement. Je vous l'aurais bien amené, mais il était déjà en retard et il a très peur de sa femme. Par contre, si nous avons besoin de lui, nous pouvons l'appeler chez lui à n'importe quelle heure. Il habite à deux pas, dans l'île Saint-Louis, et il a le téléphone.

Francine Latour aussi avait le téléphone. Maigret appela son appartement, bien décidé à se taire et à raccrocher aussitôt si on répondait. Mais, comme il s'en doutait, elle n'était pas chez elle.

— Tu veux aller là-bas, Janvier ? Prends quelqu'un de très adroit avec toi. Il ne faut à aucun prix attirer l'attention.

— On fait une visite discrète de l'appartement ?

— Pas tout de suite. Attendez que je téléphone. Que l'un de vous deux se tienne dans un bar, à proximité. Qu'il appelle ici pour donner son numéro.

Il fronçait les sourcils, cherchant à ne rien oublier. On était revenu de chez Citroën avec un résultat au moins : Serge Madok y avait travaillé pendant près de deux ans.

Il passa chez les inspecteurs :

— Écoutez, mes enfants, j'aurai sans doute besoin de beaucoup de monde ce soir ou cette nuit. Il vaudrait mieux que vous restiez tous sur le tapin. Allez manger à tour de rôle dans le quartier, ou bien faites monter des sandwiches et des demis. À tout à l'heure. Tu viens, Colombani ?

— Je croyais que tu dînais avec Marchand ?

— Tu le connais aussi, non ?

Marchand, qui avait débuté comme vendeur de contremarques à la porte des théâtres, était maintenant un des personnages les plus connus de Paris. Il avait conservé une allure vulgaire, un parler cru. Il était au restaurant, les coudes sur la table, un large menu à la main ; au moment où les deux hommes arrivaient, il disait au maître d'hôtel :

— Quelque chose de léger, mon petit Georges... Voyons... Tu as des perdrix ?...

— Au chou, monsieur Marchand.

— Asseyez-vous, mon bon. Tiens ? La Sûreté nationale est de la fête aussi. Un troisième couvert, Georges chéri. Qu'est-ce que vous dites de perdreaux au chou, vous deux ? Attendez ! Avant ça, des petites truites, au bleu. Elles sont vivantes, Georges ?

— Vous pouvez les voir dans le vivier, monsieur Marchand.

— Quelques hors-d'œuvre, pour nous faire patienter. C'est tout. Un soufflé pour finir, si tu y tiens.

C'était sa passion. Il faisait, même seul, des repas semblables midi et soir. Encore était-ce ce qu'il appelait manger légèrement, sur le pouce. Peut-être, après le théâtre, irait-il souper ?

— Alors, mon bon, qu'est-ce que je peux faire pour vous ? Il n'y a rien qui cloche dans ma boîte, j'espère ?

Il était trop tôt pour parler sérieusement. C'était au tour du sommelier de s'approcher, et Marchand mit quelques minutes à choisir les vins.

— Je vous écoute, mes enfants.

— Si je vous dis quelque chose, vous saurez vous taire ?

— Vous oubliez, mon gros, que je suis sans doute l'homme qui connaît le plus de secrets à Paris. Pensez que je tiens le sort de centaines, non, de milliers de ménages entre mes mains. Me taire ? Mais je ne fais que ça !

C'était drôle. En effet, il parlait du matin au soir, mais c'était exact qu'il ne disait jamais que ce qu'il voulait bien dire.

— Vous connaissez Francine Latour ?

— Elle passe dans deux de nos sketches avec Dréan.

— Qu'est-ce que vous en pensez ?

— Que voulez-vous que j'en pense ? C'est une poulette. Reparlez-m'en dans dix ans.

— Du talent ?

Marchand regarda le commissaire avec un étonnement comique.

— Pourquoi voudriez-vous qu'elle ait du talent ? Je ne connais pas son âge exact, mais cela ne dépasse guère vingt ans. Et elle est déjà habillée chez les couturiers, je crois même qu'elle commence à avoir des diamants. En tout cas, la semaine dernière, elle est arrivée avec un vison sur le dos. Qu'est-ce qu'il vous faut de plus ?

— Elle a des amants ?

— Elle a un ami, comme tout le monde.

— Vous le connaissez ?

— Je voudrais bien voir que je ne le connaisse pas.

— Un étranger, n'est-ce pas ?

— À l'heure qu'il est, ils sont tous plus ou moins étrangers, à croire que la France ne fournit plus que des maris fidèles.

— Écoutez-moi, Marchand. C'est infiniment plus grave que vous ne pouvez le penser.

— Quand est-ce que vous le bouclez ?

— Cette nuit, je l'espère. Ce n'est pas ce que vous croyez.

— En tout cas, il en a l'habitude. Si je me souviens bien, il a passé deux fois en correctionnelle pour chèques sans provision ou quelque chose dans ce goût-là. Pour le moment, il paraît à flot.

— Son nom ?

— Tout le monde, dans les coulisses, l'appelle M. Jean. Son vrai nom est Bronsky. C'est un Tchèque.

— Sans provision, acheva Colombani, tandis que Maigret haussait les épaules.

— Il a tripoté un certain temps dans le cinéma. Je crois qu'il s'en occupe encore, poursuivait Marchand, qui aurait pu réciter le *curriculum vitae* de toutes les personnalités parisiennes, y compris les plus faisandées. Un beau garçon, sympathique, généreux. Les femmes l'adorent, les hommes se méfient de sa séduction.

— Amoureux ?

— Je crois. En tout cas, il ne quitte guère la petite. On prétend qu'il en est jaloux.

— Où croyez-vous qu'il soit à cette heure-ci ?

— S'il y a eu des courses cet après-midi, il y a des chances pour qu'il y soit allé avec elle. Une femme qui, depuis quatre ou cinq mois, s'habille rue de la Paix et qui portait un nouveau vison ne se lasse pas des champs de courses. Pour le moment, ils doivent prendre l'apéritif dans quelque bar des Champs-Élysées. La petite ne passe qu'à neuf heures et demie. Elle arrive au théâtre vers neuf heures. Ils ont donc le temps d'aller dîner au *Fouquet's*, au *Maxim's* ou au *Ciro's*. Si vous tenez à les trouver...

— Pas maintenant. Bronsky l'accompagne au théâtre ?

— Presque toujours. Il la conduit dans sa loge, traîne un peu dans les coulisses, s'installe au bar, dans le grand hall, et bavarde avec Félix. Après le deuxième sketch, il la rejoint dans sa loge, et dès qu'elle est prête, il l'emmène. C'est rare qu'ils n'aient pas un « cocktail party » quelque part.

— Il habite avec elle ?

— Probable, mon bon. Ça, c'est plutôt à la concierge qu'il faudrait le demander.

— Vous l'avez vu ces derniers jours ?

— Lui ? Je l'ai encore vu hier.

— Il ne vous a pas paru plus nerveux que d'habitude ?

— Ces gens-là, vous savez, sont toujours un peu nerveux. Quand on marche sur la corde raide... Bon ! Si je comprends bien, la corde est en train de casser. Dommage pour la petite ! Il est vrai que, maintenant qu'elle est nippée, cela ira tout seul et qu'elle a des chances de trouver mieux.

Tout en parlant, Marchand mangeait, buvait, s'essuyait la bouche de sa serviette, saluait familièrement des gens qui entraient ou qui sortaient, trouvait encore le moyen d'interpeller le maître d'hôtel ou le sommelier.

— Vous ne savez pas comment il a commencé ?

Et Marchand, à qui les petits journaux de chantage rappelaient volontiers ses propres origines, de répliquer assez sèchement :

— Ça, mon gros, c'est une question qu'on ne pose pas à un gentleman.

Il voulut bien renchaîner quelques instants plus tard :

— Ce que je sais, c'est qu'il a tenu à un certain moment une agence de figurants.

— Il y a longtemps ?

— Quelques mois. Je pourrais m'informer.

— C'est inutile. Je voudrais même que vous ne fassiez, surtout ce soir, aucune allusion à notre conversation.

— Vous venez au théâtre ?

— Non.

— J'aime mieux ça. Je vous aurais prié de ne pas procéder à votre petite affaire chez moi.

— Je ne veux courir aucun risque, Marchand. Ma photo et celle de Colombani ont paru trop souvent dans les journaux. L'homme est assez fin, d'après ce que vous en dites et d'après ce que j'en sais, pour flairer n'importe lequel de mes inspecteurs.

— Dites donc, vieux, vous prenez cette histoire-là au sérieux, il me semble ? Servez-vous de perdrix.

— Il peut y avoir de la casse.

— Ah !

— Il y en a déjà eu. Beaucoup.

— Bon ! Ne me racontez rien. J'aime mieux lire tout cela demain ou après-demain dans le journal. Cela risque de me gêner s'il m'invite ce soir à prendre un verre avec lui. Mangez, mes amis. Que dites-vous de ce châteauneuf ?... Ils n'en ont plus que cinquante bouteilles, et je me les suis fait mettre de côté. Il en reste quarante-neuf. J'en demande une autre ?

— Merci. On aura du boulot toute la nuit.

Ils se séparaient un quart d'heure plus tard, un peu alourdis par un dîner trop copieux et trop bien arrosé.

— Pourvu qu'il se taise, grogna Colombani.

— Il se taira.

— À propos, Maigret, ta tante t'a apporté de bons tuyaux ?

— Excellents. À vrai dire, je connais à peu près toute l'histoire du petit Albert.

— Je m'en doutais. Il n'y a rien comme les femmes pour être renseignées. Surtout les tantes de province ! Je peux savoir ?

Ils avaient un peu de temps devant eux. Une détente était la bienvenue avant la nuit qui s'annonçait mouvementée, et ils marchèrent le long des trottoirs en devisant.

— Tu avais raison tout à l'heure. On aurait probablement pu les pincer tous à Vincennes. Pourvu que Jean Bronsky ne se doute pas qu'on le serre de près.

— On fera ce qu'on pourra, pas vrai ?

Ils arrivèrent à la P.J. vers neuf heures et demie, et une importante nouvelle les attendait. Un inspecteur était là, agité.

— Carl Lipschitz est mort, commissaire. Pour ainsi dire sous mes yeux. Je me tenais dans l'ombre, rue de Sèvres, à une centaine de mètres de l'hôpital. Il y avait un certain temps que j'entendais des bruits à ma droite, quelqu'un qui, dans l'obscurité, semblait hésiter à avancer. Puis il y a eu des pas précipités, et un coup de feu a claqué. C'était si près que ma première pensée a été qu'on tirait sur moi et que j'ai eu automatiquement mon revolver à la main. J'ai deviné plutôt que vu un corps qui tombait, une silhouette qui s'éloignait en courant. J'ai tiré.

— Tu l'as tué ?

— J'ai tiré dans les jambes et j'ai eu la chance, à la deuxième balle, de faire mouche. Le type qui se sauvait est tombé à son tour.

— Qui ?

— Le gamin, celui qu'ils appellent Pietr. On n'a pas eu à le transporter loin, puisque l'hôpital était en face.

— En somme, Pietr a tiré sur Carl ?

— Oui.

— Ils étaient ensemble ?

— Non. Je ne crois pas. Je pense plutôt que Pietr suivait Carl et l'a abattu.

— Qu'est-ce qu'il dit ?

— Le gamin ? Rien. Il ne desserre pas les dents. Il a les yeux brillants, fiévreux. Il paraissait tout heureux ou tout fier d'entrer à l'hôpital et, dans les couloirs, il jetait des regards avides autour de lui.

— À cause de Maria qui s'y trouve, parbleu ! La blessure est grave ?

— La balle lui est entrée dans le genou gauche. On doit être occupé à l'opérer, à l'heure qu'il est.

— Dans les poches ?

Il y avait deux petits tas distincts sur le bureau de Maigret, qu'on avait préparés avec soin.

— Le premier, ce sont les poches de Carl. L'autre, celles du petit.

— Moers est là-haut ?

— Il a annoncé qu'il passerait la nuit au laboratoire.

— Qu'on lui demande de descendre. Que quelqu'un monte aux sommiers. J'ai besoin de la fiche et du dossier d'un certain Jean Bronsky. Je n'ai pas ses empreintes, mais il a passé deux fois en correctionnelle et a dû tirer dix-huit mois de prison.

Il envoya aussi des hommes rue de Provence, en face des Folies-Bergère, avec mission de ne se faire voir en aucun cas.

— Attendez avant de partir de voir la photographie de Bronsky. Il n'y a qu'au cas où il essayerait de prendre le train ou l'avion qu'il faudrait lui mettre la main dessus. Je ne crois pas que cela lui arrive.

Le portefeuille de Carl Lipschitz contenait quarante-deux billets de mille francs, une carte d'identité à son nom et une autre carte qui portait un nom italien : Filipino. Celui-là ne fumait pas, car il n'avait sur lui ni cigarettes, ni pipe, ni briquet, mais une lampe électrique de poche, deux mouchoirs, dont un crasseux, un billet de cinéma qui portait la date du jour même, un canif et un revolver automatique.

— Tu vois ! fit remarquer Maigret à Colombani. Nous nous figurions avoir pensé à tout.

Il montrait le billet de cinéma.

— Eux, ils ont eu cette idée. Cela vaut mieux que de traîner dans les rues. On peut passer des heures dans l'obscurité. Dans un cinéma des boulevards, qui reste ouvert toute la nuit, on peut même faire un somme.

Dans les poches de Pietr, il y avait tout juste trente-huit francs de monnaie. Un portefeuille contenait deux photographies, une de Maria, une petite photographie de passeport qui avait dû être prise l'année précédente, alors qu'elle se coiffait d'une autre façon, et le portrait de deux paysans, un homme et une femme, assis sur leur seuil, en Europe Centrale, pour autant qu'on en pouvait juger d'après le style de la maison.

Pas de papiers d'identité. Des cigarettes. Un briquet. Un petit calepin bleu, dont un certain nombre de pages étaient couvertes d'une écriture serrée, au crayon.

— On dirait des vers.

— Je suis persuadé que ce sont, en effet, des vers.

Moers exulta en voyant les deux tas qu'il allait emporter dans son repaire, sous les toits. Un inspecteur déposait bientôt sur le bureau le dossier Bronsky.

La photographie, dure et cruelle comme toutes les photos anthropométriques, ne correspondait pas tout à fait à la description de Marchand, car l'homme, encore jeune, avait les traits tirés, une barbe de deux jours, la pomme d'Adam saillante.

— Janvier a téléphoné ?

— Il a dit que tout était calme et que vous pouviez l'appeler à Passy 62-41.

— Demande-moi le numéro.

Il lisait à mi-voix. D'après le dossier, Bronsky était né à Prague et avait actuellement trente-cinq ans. Il avait fait des études universitaires à Vienne, puis avait vécu quelques années à Berlin. Il s'y était marié à une certaine Hilda Braun, mais, quand il était entré en France, à vingt-huit ans, avec des papiers réguliers, il était seul. Déjà il donnait comme profession : cinéaste, et son premier domicile était un hôtel du boulevard Raspail.

— Janvier est à l'appareil, patron.

— C'est toi, mon petit ? Tu as dîné ? Écoute-moi bien. Je vais t'envoyer deux hommes en voiture.

— Nous sommes déjà deux ! protestait l'inspecteur, vexé.

— Peu importe. Écoute ce que je te dis. Quand ils seront là, tu les laisseras dehors. Il ne faut pas qu'ils se montrent. Il ne faut surtout pas que quelqu'un qui rentrerait à pied ou qui descendrait de taxi puisse soupçonner leur présence. Toi et ton copain, vous allez entrer dans la maison. Attendez qu'il n'y ait plus de lumière dans la loge de la concierge. Quel genre d'immeuble ?

— Neuf, moderne, assez chic. Une grande façade blanche et une porte en fer forgé doublée de verre.

— Bon. Vous monterez, après avoir bredouillé un nom quelconque.

— Comment trouverai-je l'appartement ?

— Tu as raison. Il y a bien, dans les environs, une crémerie qui livre le lait. Réveille le crémier s'il le faut. Raconte-lui une histoire, de préférence une histoire d'amour.

— Compris.

— Tu sais encore forcer une serrure ? Entrez. Ne faites pas de lumière. Planquez-vous dans un coin, de façon à être tous les deux prêts à intervenir s'il en est besoin.

— Entendu, patron, soupira le pauvre Janvier qui allait sans doute passer des heures, immobile dans l'obscurité d'un appartement inconnu.

— Surtout, ne fumez pas !

Il sourit lui-même de sa cruauté. Puis il choisit les deux hommes pour la faction dans la rue Longchamp.

— Prenez vos pétards. On ne peut pas prévoir comment les choses se passeront.

Un regard à Colombani. Les deux hommes se comprenaient. Ce n'était pas à un escroc qu'ils avaient affaire, mais au chef d'une bande de tueurs ; ils n'avaient pas le droit de courir des risques.

L'arrestation, au bar des Folies-Bergère, par exemple, aurait été plus facile. Mais on ne pouvait prévoir les réactions de Bronsky. Il y avait des chances pour qu'il fût armé, et c'était vraisemblablement l'homme à se défendre, peut-être à tirer dans la foule pour profiter de la panique.

— Qui se dévoue pour commander de la bière à la *Brasserie Dauphine* ? Et des sandwiches !

C'était signe qu'une des grandes nuits de la P.J. commençait. Il régnait dans les deux bureaux du secteur de Maigret une atmosphère de P.C. Tout le monde fumait, tout le monde s'agitait. Les téléphones restaient inoccupés.

— Les Folies-Bergère, s'il vous plaît.

Il fallut longtemps pour avoir Marchand à l'appareil. On avait dû aller le chercher sur le plateau, où il réglait un différend entre deux danseuses nues.

— Oui, mon bon... commença-t-il avant de savoir qui était à l'appareil.

— Maigret.

— Alors ?

— Il est là ?

— Je l'ai aperçu tout à l'heure.

— Ça va. Ne dites rien. Un coup de fil seulement s'il s'en allait seul.

— Compris. Ne l'amochez pas trop, hein ?

— C'est probablement un autre qui s'en chargera, répondit énigmatiquement Maigret.

Dans quelques instants, aux Folies, Francine Latour entrerait en scène en compagnie du comique Dréan et, sans doute à ce moment-là, son amant entrait-il un instant dans la salle chaude, se tenait-il au promenoir, en habitué, pour écouter d'une oreille distraite un dialogue qu'il savait par cœur, les rires qui fusaient des galeries.

Maria était toujours couchée dans sa chambre d'hôpital, anxieuse, furieuse, parce que, selon la règle, on lui avait enlevé son bébé pour la nuit, et deux inspecteurs montaient la garde dans le couloir ; il y en avait encore un, un seul, dans une autre aile de Laennec, où l'on venait de ramener Pietr après son passage à la salle d'opération.

Un Coméliau assez nerveux, qui se trouvait chez des amis, boulevard Saint-Germain, et qui s'était retiré un instant pour téléphoner, appelait Maigret.

— Toujours rien ?

— Quelques petites choses. Carl Lipschitz est mort.

— Un de vos hommes a tiré ?

— Non, un des siens. Le petit Pietr a reçu une balle dans la jambe d'un de mes inspecteurs.

— De sorte qu'il n'en reste qu'un ?

— Serge Madok, oui. Et le chef.

— Que vous ne connaissez toujours pas ?

— Qui s'appelle Jean Bronsky.

— Quel nom ?

— Bronsky.

— Il n'est pas producteur de cinéma ?

— Je ne sais pas s'il est producteur, mais il tripote dans le cinéma.

— Je l'ai fait condamner à dix-huit mois de prison voilà à peine trois ans.

— C'est lui.

— Vous êtes sur sa piste ?

— Il est en ce moment aux Folies-Bergère.

— Vous dites ?

— Je dis : aux Folies-Bergère.

— Et vous ne l'arrêtez pas ?

— Tout à l'heure. Nous avons le temps, maintenant. J'aime autant limiter les dégâts, vous comprenez ?

— Prenez note de mon numéro. Je serai chez mes amis jusqu'aux environs de minuit. Ensuite j'attendrai chez moi votre coup de téléphone.

— Vous aurez sans doute le temps de dormir un peu.

Maigret ne se trompait pas. Jean Bronsky et Francine Latour se firent d'abord conduire en taxi au *Maxim's*, où ils soupèrent en tête à tête. C'était toujours de son bureau du quai des Orfèvres que Maigret suivait les allées et venues, et c'était déjà la deuxième fois que le garçon de la *Brasserie Dauphine* venait avec son plateau. Il y avait des verres sales plein le bureau, des sandwiches entamés, et l'odeur de tabac prenait à la gorge. Pourtant, malgré la chaleur, Colombani n'avait pas retiré le pardessus en poil de chameau clair qui était pour lui une sorte d'uniforme et il portait toujours son chapeau en arrière.

— Tu ne fais pas venir la femme ?
— Quelle femme ?
— Nine, la femme d'Albert.

Maigret fit non de la tête, l'air mécontent. Est-ce que cela le regardait, oui ou non ? Il voulait bien collaborer avec les gens de la rue des Saussaies, à la condition qu'on lui laissât la paix.

Pour l'instant, à vrai dire, il était comme un homme qui se tâte. Ainsi que le juge Coméliau venait de le lui dire, il ne tenait qu'à lui d'arrêter Jean Bronsky au moment qu'il choisirait. Il se souvenait d'un mot qu'il avait prononcé au début de l'enquête, il ne savait plus devant qui, avec une gravité inaccoutumée : « Cette fois, nous avons affaire à des tueurs. »

Des tueurs qui savaient bien, les uns comme les autres, qu'ils n'avaient plus rien à perdre. Au point que, s'ils étaient arrêtés dans la foule, si on disait à celle-ci que c'étaient les hommes de la bande de

Picardie, la police serait incapable d'empêcher un lynchage.

Après ce qu'ils avaient fait dans les fermes, n'importe quel jury les condamnerait à la peine capitale, ils ne l'ignoraient pas, et c'est à peine si Maria pouvait, à cause de l'enfant, espérer la grâce du président de la République.

L'obtiendrait-elle ? C'était douteux. Il y avait le témoignage de la petite rescapée, il y avait les pieds, les seins brûlés. Il y avait son insolence de femelle et jusqu'à sa beauté sauvage qui joueraient contre elle dans l'esprit des jurés.

Les hommes civilisés ont peur des fauves, surtout des fauves de leur espèce, de ceux qui leur rappellent les époques révolues de la vie dans les forêts.

Jean Bronsky était un fauve plus dangereux encore, un fauve habillé par le meilleur tailleur de la place Vendôme, un fauve en chemise de soie, qui avait fait des études universitaires et que le coiffeur bichonnait chaque matin comme une coquette.

— Tu joues la prudence, remarqua à certain moment Colombani, comme Maigret attendait patiemment devant un des téléphones.

— Je joue la prudence.

— Et s'il te glissait entre les doigts ?

— J'aime encore mieux ça que de voir un de mes hommes abattu.

Au fait, à quoi bon laisser Chevrier et sa femme dans leur bistrot du quai de Charenton ? Il fallait leur téléphoner. Ils devaient être couchés. Maigret sourit, haussa les épaules. Qui sait ? Cette petite mascarade devait les exciter, et il n'y avait pas de raison qu'ils ne jouent pas encore quelques heures au bistrot et à la bistrote.

— Allô !... Patron ?... Ils viennent d'entrer chez *Florence*.

La boîte chic de Montmartre. Champagne obligatoire. Sans doute Francine Latour avait-elle une nouvelle robe ou un nouveau bijou à montrer. Elle était toute jeune, pas encore fatiguée de cette vie-là. N'en voit-on pas de vieilles, qui sont riches, qui sont titrées, qui ont un hôtel particulier avenue du Bois ou au faubourg Saint-Germain et qui fréquentent les mêmes boîtes pendant quarante ans ?

— Allons ! décida soudain Maigret.

Il prit son revolver dans le tiroir du bureau, s'assura qu'il était chargé, et Colombani le regardait faire avec un léger sourire.

— Tu me veux bien avec toi ?

C'était gentil de la part de Maigret. Les choses se passaient dans son secteur. C'est lui qui avait déniché la bande de Picardie. Il aurait pu garder la besogne pour lui et ses hommes, et ainsi le quai des Orfèvres marquerait une fois de plus un point contre la rue des Saussaies.

— Tu as ton pétard ?

— Je l'ai toujours en poche.

Maigret, non. C'était rare.

Comme ils traversaient la cour, Colombani désigna une des voitures de la police.

— Non ! Je préfère un taxi. C'est moins voyant.

Il en choisit un avec soin, avec un chauffeur qui le connaissait. Il est vrai que presque tous les chauffeurs de taxi le connaissaient.

— Rue de Longchamp. Vous ferez la rue au pas.

L'immeuble qu'habitait Francine Latour était assez haut dans la rue, non loin d'un restaurant fameux où le commissaire se souvenait d'avoir fait quelques bons déjeuners. Tout était fermé. Il était deux heures du matin. Il fallait choisir l'endroit où stationner, et Maigret était grave, grognon, silencieux.

— Refaites le tour. Vous vous arrêterez quand je vous le dirai. Vous ne garderez que vos lanternes allumées, comme si vous attendiez un client.

Ils étaient à moins de dix mètres de la maison. Ils devinaient un inspecteur tapi dans l'ombre d'une porte cochère. Il devait y en avoir un autre quelque part, et, là-haut, Janvier et son compagnon attendaient toujours dans le noir.

Maigret fumait à petites bouffées. Il sentait l'épaule de Colombani contre la sienne. Il s'était mis du côté du trottoir.

Ils restèrent ainsi quarante-cinq minutes, et de rares taxis passaient, des gens rentrèrent chez eux, quelques maisons plus loin ; enfin un taxi stoppa devant la porte, et un homme jeune et svelte sauta sur le trottoir, se pencha vers l'intérieur pour aider sa compagne à descendre.

— Gi !... prononça seulement Maigret.

Il calcula ses mouvements. Il y avait longtemps que sa portière était entrouverte, qu'il tenait la main crispée sur la poignée. Avec une légèreté qu'on n'eût pas attendue de lui, il bondit en avant, sauta sur l'homme au moment précis où celui-ci, une main dans la poche de son smoking pour prendre son portefeuille, se penchait afin de regarder le compteur de son taxi.

La jeune femme poussa un cri. Maigret tenait l'homme aux épaules, par-derrière, et son poids l'entraînait, ils roulèrent tous les deux sur le trottoir.

Le commissaire, qui avait reçu un coup de tête au menton, tentait d'immobiliser les mains de Bronsky, par crainte que celui-ci saisît son revolver. Colombani était déjà là et, froidement, tranquillement, donnait un coup de talon au visage du Tchèque.

Francine Latour appelait toujours au secours, atteignait la porte de la maison, sonnait éperdument. Les deux inspecteurs arrivaient à leur tour, et la mêlée dura quelques instants encore. Maigret fut le dernier à se redresser, car il était en dessous.

— Personne de blessé ?

Les lanternes de l'auto lui permirent de voir du sang sur sa main, et il regarda autour de lui, s'aperçut que c'était du nez de Bronsky que le sang coulait à flot. L'homme avait les deux mains réunies derrière le dos par les menottes, ce qui le faisait se courber un peu en avant. Son visage avait une expression féroce.

— Bande de vaches !... vomit-il.

Et, comme un inspecteur s'apprêtait à venger cette injure d'un coup de pied dans les tibias, Maigret dit en cherchant sa pipe dans sa poche :

— Laisse-le cracher le venin. C'est le seul droit qui lui reste désormais.

Ils faillirent oublier Janvier et son compagnon dans l'appartement où, sans doute, esclaves de la consigne, ils seraient restés tapis jusqu'au jour.

10

Le directeur de la P.J. d'abord, ce qui n'aurait sans doute pas enchanté Coméliau.

— Parfait, mon vieux. Maintenant, faites-moi le plaisir d'aller vous coucher. Nous nous occuperons du reste demain matin. On convoque les deux chefs de gare ?

Ceux de Goderville et de Moucher, qui auraient à reconnaître l'homme qu'ils avaient vu, l'un descendre du train le 19 janvier, l'autre y monter quelques heures plus tard.

— Colombani s'en est occupé. Ils sont en route.

Jean Bronsky était avec eux dans le bureau, assis sur une chaise. Jamais il n'y avait eu tant de demis et de sandwiches sur la table. Ce qui étonnait le plus le Tchèque, c'est qu'on ne se donnait pas la peine de le questionner.

Francine Latour était là aussi. C'était elle qui avait absolument tenu à venir, car elle croyait dur comme fer à une erreur de police. Alors, comme on donne un livre d'images à un enfant pour le faire rester tranquille, Maigret lui avait passé le dossier Bronsky, qu'elle était occupée à lire, non sans lancer parfois un regard effaré à son amant.

— Qu'est-ce que tu fais ? questionna Colombani.

— Je téléphone à monsieur le juge et je vais me coucher.

— Je te dépose ?

— Merci. Ce n'est pas la peine de te retarder.

Maigret trichait encore, Colombani le savait. Il donna à haute voix l'adresse du boulevard Richard-Lenoir au chauffeur, mais quelques instants plus tard, il frappait sur la vitre.

— Suivez la Seine. Direction de Corbeil.

Il vit ainsi poindre le jour. Il vit les premiers pêcheurs à la ligne s'installer sur les berges du fleuve, d'où montait une fine buée ; il vit les premiers chalands s'embouteiller devant les écluses et les fumées qui commençaient à monter des maisons dans un ciel couleur de nacre.

— Vous allez trouver une auberge quelque part un peu en amont, annonça-t-il après qu'ils eurent passé Corbeil.

Ils la trouvèrent. Sa terrasse ombragée donnait sur la Seine, et la maison était entourée de tonnelles où la foule devait se presser le dimanche. Le patron, un homme à longues moustaches rousses, était occupé à vider un bateau, et des filets de pêche étaient étendus sur le ponton.

C'était amusant, après la nuit qu'il venait de passer, de marcher dans l'herbe mouillée de rosée, de sentir l'odeur de la terre, celle des bûches qui flambaient dans la cheminée, de voir la bonne, pas encore coiffée, aller et venir dans la cuisine.

— Vous avez du café ?

— Dans quelques minutes. À vrai dire, ce n'est pas ouvert.

— Votre pensionnaire descend d'habitude de bonne heure ?

— Il y a un bon moment que je l'entends aller et venir dans sa chambre. Écoutez.

Ils entendaient en effet des pas au-dessus du plafond aux grosses poutres apparentes.

— C'est son café que je suis en train de faire.

— Vous êtes un de ses amis ?

— Vous mettrez le couvert pour deux.

— Sûrement. Le contraire m'étonnerait.

Et il le fut, en effet. Cela se passa fort simplement. Quand il se présenta, en donnant son titre, elle eut un petit peu peur, mais il lui dit gentiment :

— Vous permettez que je casse la croûte avec vous ?

Il y avait deux couverts de grosse faïence sur la nappe à carreaux rouges, devant la fenêtre. Le café fumait dans les bols. Le beurre avait un goût de noisette.

Elle louchait, bien sûr, elle louchait même terriblement. Elle le savait et, quand on fixait les yeux sur elle, elle se troublait, avait honte, expliquait :

— À dix-sept ans, ma mère m'a fait opérer, car mon œil gauche regardait en dedans. Après l'opération, il regardait en dehors. Le chirurgien a proposé de recommencer gratuitement, mais j'ai refusé.

Eh bien ! après quelques minutes, on le remarquait à peine. On comprenait même qu'il fût possible de la trouver presque jolie.

— Pauvre Albert ! Si vous l'aviez connu ! Un homme si gai, si bon, toujours anxieux de faire plaisir à tout le monde.

— C'était votre cousin, n'est-ce pas ?

— Un petit cousin assez éloigné.

Son accent aussi avait son charme. Ce qu'on sentait surtout chez elle, c'était un immense besoin de tendresse. Non pas de tendresse qu'elle réclamait pour elle, mais de tendresse qu'elle avait besoin de répandre.

— J'avais presque trente ans quand je suis devenue orpheline. J'étais une vieille fille. Mes parents avaient un peu de bien, et je n'avais jamais travaillé. Je suis venue à Paris, parce que je m'ennuyais toute seule dans notre grande maison. Je connaissais à peine Albert. J'en avais surtout entendu parler. Je suis allée le voir.

Mais oui. Il comprenait. Albert était seul, lui aussi. Elle avait dû l'entourer de petits soins auxquels il n'était pas habitué.

— Si vous saviez comme je l'ai aimé ! Je ne lui demandais pas qu'il m'aime, vous comprenez ? Je sais bien que cela aurait été impossible. Mais il me l'a fait croire. Et je faisais semblant de le croire, pour qu'il soit content. Nous étions heureux, monsieur le commissaire. Je suis sûre qu'il était heureux. Il n'avait pas de raison de ne pas l'être, n'est-ce pas ? Et nous venions justement de fêter l'anniversaire de notre mariage. Je ne sais pas ce qui s'est passé aux courses. Il me laissait dans la tribune pendant qu'il allait au guichet. Une fois, il est revenu préoccupé et, dès ce moment-là, il a commencé à regarder autour de lui comme s'il cherchait toujours quelqu'un. Il a voulu que nous rentrions en taxi et il se retournait sans cesse. Devant la maison, il a dit au chauffeur : « Continuez ! » Je ne comprends pas pourquoi. Il s'est fait conduire place de la Bastille. Il est descendu après m'avoir recommandé : « Rentre toute seule. Je serai là dans une heure ou deux. » C'est parce qu'on le suivait. Le soir, il n'est pas rentré. Il m'a téléphoné qu'il serait là le lendemain matin. Puis, le lendemain, il m'a appelée deux fois…

— Le mercredi ?

— Oui. La seconde fois, c'était pour me dire de ne pas l'attendre, d'aller au cinéma. Comme je ne voulais pas, il a insisté. Il s'est presque fâché. J'y suis allée. Vous les avez arrêtés ?

— Sauf un, qui ne tardera pas à se faire prendre. Tout seul, je ne crois pas qu'il soit dangereux, surtout que nous connaissons son identité et que nous possédons son signalement.

Maigret ne savait pas si bien dire. À la même heure, un inspecteur des mœurs mettait la main sur Serge Madok dans une maison de tolérance du boulevard de La Chapelle – une immonde maison à gros numéro fréquentée surtout par des Arabes – où il se terrait depuis la veille au soir et qu'il refusait obstinément de quitter.

Celui-là ne fit pas de résistance. Il était complètement abruti, ivre mort, et on dut le porter devant le car de la police.

— Qu'est-ce que vous allez faire maintenant ? questionnait doucement Maigret en bourrant sa pipe.

— Je ne sais pas. Je retournerai sans doute dans mon pays. Je ne peux pas tenir le restaurant toute seule. Et je n'ai plus personne.

Elle répéta ce dernier mot et elle regardait autour d'elle, comme si elle cherchait quelqu'un sur qui reporter sa tendresse.

— Je ne sais pas comment je vais faire pour vivre.

— Supposez que vous adoptiez un enfant ?

Elle leva la tête, incrédule d'abord, puis elle sourit :

— Vous croyez que je pourrais... qu'on me confierait... que... ?

Et l'idée prenait si vite corps dans son esprit, dans son cœur, que Maigret en était effrayé. S'il n'avait pas parlé tout à fait en l'air, il n'avait voulu que tâter le terrain. C'était une pensée qu'il avait eue dans le taxi, en venant, une de ces pensées baroques, audacieuses, qu'on caresse dans un demi-sommeil, ou dans un état de grande fatigue, et dont, le lendemain, on comprend la folie.

— Nous en reparlerons. Car je vous verrai encore, si vous le permettez... J'ai d'ailleurs des comptes à vous rendre, car nous nous sommes permis d'ouvrir votre restaurant.

— Vous connaissez un enfant que...

— Mon Dieu, madame, il y en a un qui, dans quelques semaines ou quelques mois, pourrait ne plus avoir de mère.

Elle rougit violemment, et il avait rougi aussi ; il s'en voulait maintenant d'avoir stupidement soulevé cette question.

— Un bébé, n'est-ce pas ? balbutia-t-elle.

— Un tout petit bébé, oui.

— Il n'en peut rien, lui.

— Il n'en peut rien.

— Et il ne sera pas nécessairement comme...

— Excusez-moi, madame. Il est temps que je rentre à Paris.

— Je vais y penser.

— N'y pensez pas trop. Je m'en veux maintenant de vous en avoir parlé.

— Non, vous avez bien fait. Est-ce que je pourrais le voir ? Dites, est-ce qu'on me le permettrait ?

— Permettez-moi encore une question. Albert m'a dit au téléphone que vous me connaissiez. Je ne me souviens pas vous avoir jamais vue.

— Mais moi, je vous ai vu, il y a longtemps, alors que j'avais à peine vingt ans. Ma mère vivait encore, et nous passions des vacances à Dieppe...

— L'*Hôtel Beauséjour* !... s'exclama-t-il.

Il y était resté quinze jours avec Mme Maigret.

— Tous les pensionnaires parlaient de vous, vous regardaient à la dérobée.

Il était tout drôle, dans le taxi qui le ramenait à Paris, à travers la campagne inondée d'un clair soleil. Il commençait à y avoir des bourgeons sur les haies.

« Ce ne serait pas désagréable de prendre des vacances », pensa-t-il, peut-être à cause des images de Dieppe qu'on venait d'évoquer.

Il savait qu'il n'en ferait rien, mais cela lui arrivait périodiquement. C'était comme un rhume dont il se débarrassait à coups de travail.

La banlieue... Le pont de Joinville...

— Passez par le quai de Charenton.

Le bistrot était ouvert. Chevrier avait l'air embarrassé.

— Je suis content que vous veniez, patron. On me téléphone que tout est fini, et ma femme se demande si elle doit faire le marché.

— Comme elle voudra.

— Cela ne sert plus à rien ?

— À rien du tout.

— On m'a demandé aussi si je vous avais vu. Il paraît qu'on a téléphoné chez vous et un peu partout. Voulez-vous appeler le Quai ?

Il hésita. Cette fois, il était vraiment à bout et il n'avait plus envie que d'une chose : son lit, un voluptueux glissement dans un sommeil profond et sans rêves.

— Je parie que je vais dormir vingt-quatre heures d'affilée.

Ce n'était pas vrai, hélas ! On le dérangerait avant cela. On avait trop l'habitude, quai des Orfèvres – et il l'avait laissé prendre – de dire pour un oui ou pour un non : « Téléphonez à Maigret ! »

— Qu'est-ce que je vous sers, patron ?

— Un calvados, si tu y tiens.

C'est avec des calvados qu'il avait commencé. Autant finir sur la même chose.

— Allô ! Qui est-ce qui me demande ?

C'était Bodin. Il l'avait oublié, celui-là. Il devait en avoir oublié quelques autres, qui montaient encore une faction inutile sur différents points de Paris.

— J'ai la lettre, patron.

— Quelle lettre ?

— Celle de la poste restante.

— Ah ! oui. Bon.

Pauvre Bodin. On ne faisait pas grand cas de sa trouvaille !

— Vous voulez que je l'ouvre et que je vous dise ce qu'il y a dans l'enveloppe ?

— Si cela te fait plaisir.

— Attendez. Voilà. Il n'y a rien d'écrit. Rien qu'un billet de chemin de fer.

— Ça va.

— Vous le saviez ?

— Je m'en doutais. Un retour première classe Goderville-Paris.

— C'est exact. Il y a des chefs de gare qui attendent.

— Cela regarde Colombani.

Et Maigret, en dégustant son calvados, eut un petit sourire. Encore un trait à ajouter au personnage du petit Albert, qu'il n'avait pas connu vivant, mais qu'il avait en quelque sorte reconstitué morceau par morceau.

Comme certains habitués des champs de courses, il ne pouvait pas s'empêcher de regarder par terre, sur le sol jonché de tickets perdants du Mutuel, où il arrive qu'on découvre, de temps en temps, un billet gagnant jeté par erreur.

Ce n'était pas un billet gagnant qu'il avait trouvé ce matin-là, mais un ticket de chemin de fer.

S'il n'avait pas eu cette manie... S'il n'avait pas vu l'homme qui le laissait tomber de sa poche... Si le nom de Goderville n'avait pas aussitôt évoqué pour lui les hécatombes de la bande de Picardie... Si son émotion ne s'était pas lue sur sa physionomie...

— Pauvre Albert ! soupira Maigret.

Il serait encore en vie. Par contre, quelques vieux fermiers et fermières auraient sans doute passé de vie à trépas après avoir, au préalable, eu la plante des pieds grillée par Maria.

— Ma femme préfère fermer tout de suite, annonça Chevrier.

— Fermez.

Puis il y eut des rues, un compteur qui marquait un chiffre astronomique, une Mme Maigret qui paraissait un peu moins douce quand on venait de connaître Nine et qui décida de son propre chef, alors qu'il avait le nez dans les draps :

— Cette fois, je décroche le téléphone et je n'ouvre à personne. Il entendit le début de la phrase, mais n'en connut jamais la fin.

FIN

Tucson, Arizona, décembre 1947.

Maigret et l'indicateur

1

Quand le téléphone sonna et que Maigret manifesta son déplaisir par un grognement, il n'avait pas la moindre idée de l'heure qu'il pouvait être. Il ne pensa pas à regarder le réveille-matin. Il sortait d'un sommeil lourd et ressentait encore un poids sur la poitrine.

Pieds nus, d'une démarche de somnambule, il se dirigea vers l'appareil.

— Allô...

Il ne se rendait pas compte que ce n'était pas lui mais sa femme qui avait allumé une des lampes de chevet.

— C'est vous, patron ?

Il ne reconnaissait pas tout de suite la voix.

— Ici, Lucas... Je suis de service de nuit... Je viens d'avoir un appel du XVIIIe arrondissement...

— Et alors ?

— On a retrouvé le corps d'un homme assassiné sur le trottoir de l'avenue Junot...

C'était tout en haut de la Butte, non loin de la place du Tertre.

— Si je vous appelle, c'est à cause de l'identité du mort… Il s'agit de Maurice Marcia, le propriétaire de *La Sardine*…

Un restaurant bien parisien, rue Fontaine.

— Que faisait-il avenue Junot ?

— Il ne paraît pas avoir été tué sur place. Au premier coup d'œil, on a l'impression qu'il a plutôt été déposé là alors qu'il était déjà mort…

— J'y vais…

— Voulez-vous que je vous envoie une voiture ?

— Oui…

Mme Maigret, toujours dans son lit, n'avait pas cessé de le regarder mais maintenant elle se levait et cherchait ses pantoufles du bout des pieds.

— Je vais te préparer une tasse de café…

Cela tombait un mauvais soir, ou plutôt un trop bon soir. C'était le tour des Maigret de recevoir les Pardon. Il existait entre eux un accord tacite, consolidé par les années.

Une fois par mois, le docteur Pardon et sa femme recevaient les Maigret à dîner dans leur appartement du boulevard Voltaire. Deux semaines plus tard, c'était leur tour de venir dîner boulevard Richard-Lenoir.

Les femmes en profitaient pour mettre les petits plats dans les grands, pour échanger des recettes tandis que les hommes bavardaient paresseusement en buvant de la prunelle d'Alsace ou de la framboise.

Le dîner avait été particulièrement réussi. Mme Maigret avait préparé des pintadeaux en croûte et le commissaire était allé chercher à la cave une des dernières bouteilles d'un vieux châteauneuf-du-pape dont il avait acheté une caisse aux enchères un jour qu'il passait rue Drouot.

Le vin était exceptionnel et les deux hommes n'en avaient pas laissé une goutte. Combien de petits verres de prunelle avaient-ils bus ensuite ? Toujours est-il qu'à deux heures du matin, réveillé en sursaut, Maigret ne se sentait pas dans son assiette.

Il connaissait bien Maurice Marcia. Tout Paris le connaissait. Il était arrivé à Maigret, alors qu'il n'était qu'inspecteur, de questionner dans son bureau celui qui n'était pas encore à l'époque un personnage respectable.

Plus tard, avec Mme Maigret, il était allé parfois dîner rue Fontaine où la cuisine était de premier ordre.

Elle lui apporta sa tasse de café alors qu'il était presque habillé.

— C'est important ?
— Cela risque de faire du bruit.
— Quelqu'un de connu ?
— M. Maurice, comme tout le monde l'appelle. Autrement dit Maurice Marcia.
— De *La Sardine* ?

Il fit oui de la tête.

— On l'a assassiné ?
— Il paraît... Il vaut mieux que j'aille jeter un coup d'œil...

Il but son café à petites gorgées, bourra une pipe. Puis il alla entrouvrir la fenêtre pour voir quel temps il faisait. La pluie tombait toujours, si fine, si lente, qu'elle était invisible sauf dans le halo des réverbères.

— Tu prends ton imperméable ?

— Ce n'est pas la peine... Il fait trop chaud...

On n'était qu'en mai, un mois de mai qui avait été merveilleux. Un orage était venu brouiller le temps et il en restait cette sorte de bruine qui durait depuis vingt-quatre heures.

— À tout à l'heure...

— Tu sais, tes pintadeaux étaient extraordinaires...

— Pas trop lourds ?...

À cette question-là, il préféra ne pas répondre, car il les avait encore sur l'estomac.

Une petite voiture noire l'attendait devant la porte.

— Avenue Junot...

— Quel numéro ?

— Vous verrez sans doute un rassemblement...

Les rues étaient comme laquées et paraissaient noires. Il n'y avait presque pas de circulation. Ils ne mirent que quelques minutes pour atteindre Montmartre, mais pas le Montmartre des boîtes de nuit et des touristes. L'avenue Junot était comme en marge de cette agitation, surtout bordée par les villas que des artistes, qui avaient débuté sur la Butte et qui lui étaient restés fidèles, y avaient fait construire après avoir réussi.

Sur le trottoir de droite, on apercevait un rassemblement et, malgré l'heure, on voyait des lumières aux fenêtres, des gens, en tenue de nuit, accoudés.

Le commissaire du quartier était déjà arrivé, un petit homme maigre et timide qui se précipita vers Maigret.

— Je suis content que vous soyez là, monsieur le divisionnaire... C'est une affaire qui risque de faire du bruit...

— Vous êtes sûr de son identité ?

— Voici son portefeuille...

Il lui tendait un portefeuille en crocodile noir qui ne contenait qu'une carte d'identité, un permis de conduire et une feuille de bloc-notes sur laquelle étaient inscrits quelques numéros de téléphone.

— Pas d'argent ?

— Toute une liasse de billets, trois ou quatre mille francs, je n'ai pas compté, dans la poche-revolver.

— Pas d'arme ?

— Un Smith et Wesson qui n'a pas servi récemment...

Maigret s'approcha du corps et cela lui faisait un drôle d'effet de voir ainsi M. Maurice de haut en bas. Il portait un smoking, comme tous les soirs, et une large tache de sang s'étalait sur le plastron de sa chemise.

— Aucune trace sur le trottoir ?

— Non.

— Qui a découvert le corps ?...

— Moi, fit une voix douce derrière lui.

C'était un vieillard dont les cheveux blancs formaient une auréole au-dessus de la tête. Maigret croyait bien reconnaître un peintre assez célèbre mais il ne retrouvait pas son nom dans sa mémoire.

— J'habite la villa juste en face... La nuit, il m'arrive de me réveiller et d'avoir de la peine à retrouver le sommeil...

Il portait un pyjama sur lequel il avait enfilé un vieil imperméable. Il était chaussé de pantoufles rouges.

— Dans ces cas-là, je me mets à la fenêtre et je regarde dehors. L'avenue Junot est calme, déserte. Il n'y passe pratiquement pas de voitures... J'ai été surpris de voir une forme noire et blanche sur le trottoir et je suis descendu voir... J'ai appelé le commissariat... Ces messieurs sont arrivés dans une voiture qui actionnait sa sirène et toutes les fenêtres se sont garnies de curieux...

Ils étaient une vingtaine à regarder le corps et le petit groupe d'officiels, des passants, des voisins en tenue de nuit. Un médecin du quartier expliquait :

— Moi, je n'ai plus rien à faire ici... Je vous jure qu'il est bien mort... Le reste, c'est l'affaire du médecin légiste...

— Je lui ai téléphoné, annonça le commissaire de police. J'ai également averti le Parquet...

Et, en effet, un substitut du procureur descendait de voiture, accompagné de son greffier. Il s'étonna de trouver Maigret sur les lieux.

— Vous croyez que c'est une affaire importante ?

— Je le crains... Vous connaissez Maurice Marcia ?

— Non.

— Vous n'êtes jamais allé dîner à *La Sardine* ?

— Non.

Il fallut lui expliquer qu'on y rencontrait aussi bien des gens du monde et des artistes que des truands de haut vol.

Le docteur Bourdet, le médecin légiste qui avait remplacé le docteur Paul, descendait de taxi en grommelant, serrait distraitement les mains, lançait à Maigret :

— Tiens ! Vous êtes là aussi, vous !...

Il alla se pencher sur le corps, examina la blessure à l'aide d'une torche électrique qu'il avait dans sa trousse.

— Une seule balle, si je ne me trompe, mais de fort calibre et tirée presque à bout portant...

— À quelle heure remonte la mort ?

— S'il a été amené ici tout de suite, le crime a dû être commis vers minuit... Mettons entre minuit et une heure du matin... Je vous en dirai davantage après l'autopsie...

Maigret s'approcha de Véliard, un inspecteur du XVIIIe arrondissement, qui se tenait modestement à l'écart.

— Vous connaissiez M. Maurice ?

— De réputation et de vue.

— Il habite le quartier ?

— Je crois savoir qu'il habite le IXe arrondissement... Du côté de la rue Ballu...

— Il n'avait pas de maîtresse dans le coin ?

C'était curieux, en effet, avec un mort sur les bras, de venir d'un autre quartier pour le déposer dans la paisible avenue Junot.

— Je pense que j'en aurais entendu parler... Quelqu'un qui doit être au courant, c'est l'inspecteur Louis, du IXe, qui connaît comme ses poches les environs de Pigalle.

Maigret serra des mains autour de lui et pénétra dans la petite voiture noire au moment où arrivait un journaliste, un grand roux, aux cheveux en bataille.

— Monsieur Maigret...

— Pas maintenant... Adressez-vous à l'inspecteur ou au commissaire de police...

Et il lança à son chauffeur :

— Rue Ballu...

Il avait gardé machinalement la carte d'identité du mort et il ajouta après l'avoir consultée :

— 21 *bis*...

C'était un hôtel particulier assez vaste, comme il y en avait plusieurs dans la rue, et qui avait été transformé en immeuble locatif. On voyait entre autres, à droite du portail, une plaque de cuivre qui portait le nom d'un dentiste et la mention *2ᵉ étage*. Au troisième, c'était un neurologue.

La sonnerie éveilla la concierge.

— M. Maurice Marcia, s'il vous plaît ?

— M. Maurice n'est jamais ici à cette heure. Pas avant quatre heures du matin.

— Et Mme Marcia ?

— Je crois qu'elle est rentrée. Je doute qu'elle vous reçoive. Essayez toujours, si cela en vaut la peine. Premier étage. La porte de gauche. Ils ont tout l'étage, mais la porte de droite est condamnée.

L'escalier était large, couvert d'un tapis épais. Les murs étaient en marbre jaunâtre. Il n'y avait aucune indication sur la porte de gauche et Maigret en poussa le bouton.

D'abord, ce fut le silence. Puis il sonna à nouveau et il finit par y avoir des pas à l'intérieur. À travers la porte, une voix féminine demanda, endormie :

— Qu'est-ce que c'est ?

— Commissaire Maigret.

— Mon mari n'est pas ici. Adressez-vous au restaurant, rue Fontaine.

— Votre mari n'y est pas non plus.

— Vous y êtes allé ?

— Non. Mais je sais qu'il ne s'y trouve pas.

— Attendez un instant, que je passe un peignoir...

Quand elle ouvrit, elle portait, sur une chemise de soie blanche, un peignoir d'un jaune doré. Elle était jeune, beaucoup plus jeune que son mari, qui avait plusieurs années de plus que Maigret, aux alentours de soixante ou de soixante-deux ans.

Elle le regardait, indifférente, à peine curieuse.

— Pourquoi cherchez-vous mon mari à cette heure-ci ?

Elle était grande, très blonde, avec un corps mince et souple de mannequin ou de chorus girl. Elle pouvait tout au plus avoir trente ans.

— Entrez...

Elle ouvrit la porte d'un grand salon où elle fit de la lumière.

— Quand avez-vous vu votre mari pour la dernière fois ?

— Vers huit heures, comme les autres jours, quand il est parti pour la rue Fontaine.

— En voiture ?

— Bien sûr que non. C'est à cinq cents mètres...

— Il ne prend jamais sa voiture pour s'y rendre ?

— Sauf quand il pleut à verse...

— Il vous arrive de l'accompagner ?

— Non.

— Pourquoi ?

— Parce que ce n'est pas ma place. Qu'est-ce que je ferais là-bas ?

— De sorte que vous passez toutes vos soirées ici ?

Elle paraissait surprise par ces questions mais ne s'en formalisait pas. Elle ne montrait pas non plus une grande curiosité.

— Presque toutes. Comme à tout le monde, il m'arrive d'aller au cinéma.

— Vous n'allez pas lui dire bonsoir en passant ?

— Non.

— Vous êtes allée au cinéma ce soir ?

— Non.

— Vous êtes sortie ?

— Non... Sauf pour promener le chien... Comme il pleuvait, je ne suis restée dehors que quelques minutes...

— Vers quelle heure ?

— Onze heures ? Peut-être un peu plus tard...

— Vous n'avez rencontré personne que vous connaissez ?

— Non... À quoi riment ces questions et pourquoi mon emploi du temps de ce soir vous intéresse-t-il ?

— Votre mari est mort...

Elle écarquilla les yeux. Ils étaient d'un bleu clair, assez émouvants. En même temps elle ouvrit la bouche comme pour crier mais sa gorge s'étrangla et elle porta la main à sa poitrine. Elle chercha un mouchoir dans la poche de son peignoir, s'en couvrit le visage.

Maigret attendait, immobile, assis dans un fauteuil Louis XV inconfortable.

— Son cœur ? questionna-t-elle enfin en roulant le mouchoir en boule.

— Que voulez-vous dire ?

— Il préférait qu'on n'en parle pas mais il avait une maladie de cœur et il voyait le professeur Jardin...

— Il n'est pas mort d'une défaillance du cœur... il a été assassiné...

— Où ?

— Je l'ignore... Son corps a été transporté ensuite avenue Junot et jeté sur le trottoir...

— Ce n'est pas possible... Il n'avait pas d'ennemis...

— Il faut croire qu'il en avait au moins un puisqu'il a été abattu...

Elle se leva d'une détente.

— Où est-il en ce moment ?

— À l'Institut médico-légal...

— Vous voulez dire qu'on va...

— Pratiquer l'autopsie, oui... C'est inévitable...

Un petit chien blanc vint paresseusement du fond du couloir et se frotta aux jambes de sa maîtresse qui ne parut pas s'en apercevoir.

— Qu'est-ce qu'ils disent, au restaurant ?

— Je n'y suis pas encore allé. Que pourraient-ils dire ?

— Pourquoi il a quitté *La Sardine* d'aussi bonne heure. Il reste toujours le dernier et c'est lui qui ferme la porte avant de faire la caisse...

— Vous avez travaillé là-bas ?

— Non. Ce n'est qu'un restaurant. Il n'y a pas de numéros de danse ou de chant...

— Vous étiez danseuse ?
— Oui.
— Vous ne dansez plus ?
— Pas depuis que je suis mariée.
— Il y a combien de temps que vous êtes mariée ?
— Quatre ans...
— Où l'avez-vous connu ?
— À *La Sardine*... Je dansais au *Canari*... Quand on ne finissait pas trop tard, il m'arrivait d'aller y manger un morceau...
— C'est ainsi qu'il vous a remarquée ?
— Oui.
— Vous étiez entraîneuse aussi ?
Elle tiqua.
— Cela dépend de ce que vous entendez par là. Lorsqu'un client nous y invitait, nous ne refusions pas de boire une bouteille de champagne avec lui, mais tout s'arrêtait là...
— Vous aviez un amant ?
— Pourquoi me demandez-vous ça ?
— Parce que je cherche qui pouvait en vouloir à votre mari...
— Je n'en avais pas quand je l'ai rencontré...
— Il était jaloux ?
— Très.
— Et vous ?
— Ne croyez-vous pas, monsieur le commissaire, que cet interrogatoire devient indécent, au moment où une femme vient d'apprendre la mort de son mari ?
— Vous avez une voiture personnelle ?

— Maurice m'a offert récemment une Alfa Roméo.

— Et lui ? Quelle voiture a-t-il ?

— Une Bentley.

— Il conduisait ?

— Il avait un chauffeur, mais il lui arrivait de conduire.

— Je m'excuse d'avoir été aussi désagréable ; c'est malheureusement mon métier...

Il se levait en soupirant. Le silence régnait dans le grand salon dont un somptueux tapis chinois occupait le centre.

Elle le conduisait vers la porte.

— J'aurai peut-être, dans les jours qui suivent, d'autres questions à vous poser. Préférez-vous que je vous convoque au Quai des Orfèvres ou que je vienne vous voir ici ?...

— Ici...

— Je vous remercie...

Elle lui répondit par un sec bonsoir.

Il avait toujours l'estomac embarrassé, la tête lourde.

— À *La Sardine*, rue Fontaine...

Il y avait encore quelques voitures de luxe devant le restaurant et un portier en livrée faisait les cent pas sur le trottoir. Maigret entra et aspira l'air frais, car la salle était climatisée.

Un maître d'hôtel qu'il connaissait bien, Raoul Comitat, se précipita au-devant de lui.

— Une table, monsieur Maigret ?

— Non.

— Si c'est le patron que vous désirez voir, il n'est pas ici…

Le maître d'hôtel était chauve et avait le visage maladif.

— C'est rare, n'est-ce pas ? remarqua Maigret.

— Cela n'arrive pratiquement jamais…

Le restaurant, spacieux, comportait vingt ou vingt-cinq tables. Le plafond était à poutres apparentes, les murs recouverts, jusqu'aux trois quarts, de vieux chêne. Tout était lourd, cossu, sans la plupart des fautes de goût qui accompagnent presque toujours le style rustique.

Il était plus de trois heures. Il ne restait qu'une dizaine de personnes, des acteurs et des artistes, en particulier, qui soupaient paisiblement.

— À quelle heure Marcia est-il parti ?

— Je ne pourrais pas vous le dire exactement mais il devait être aux environs de minuit.

— Cela ne vous a pas surpris ?

— Oh ! si… En vingt ans, je me demande si c'est arrivé trois ou quatre fois. D'ailleurs, vous le connaissez. Je vous ai servi plusieurs fois avec votre dame. Toujours en smoking. Les mains derrière le dos. Il a l'air de ne pas bouger et pourtant il voit tout ; on le croit dans la salle et il est déjà dans les cuisines ou dans son bureau…

— Vous a-t-il annoncé qu'il allait revenir ?

— Il s'est contenté de murmurer :

» — À tout à l'heure.

» Nous étions près du vestiaire. Yvonne lui a tendu son chapeau. Je lui ai rappelé qu'il pleuvait et lui ai conseillé de prendre son imperméable que je voyais à un des crochets.

» — Cela ne vaut pas la peine... Je ne vais pas loin...

— Il paraissait préoccupé ?

— Il était difficile de lire sur son visage.

— Furieux ?

— Certainement pas.

— Il n'a pas reçu de coup de téléphone, peu avant de partir ?

— Il faut le demander à la caisse. Toutes les communications passent par la caissière... Mais... dites-moi... pourquoi ces questions ?...

— Parce qu'il s'est fait abattre d'un coup de feu et qu'on l'a retrouvé étendu sur un trottoir de l'avenue Junot...

Les traits du maître d'hôtel se figèrent et sa lèvre inférieure eut un léger tremblement.

— Ce n'est pas possible... murmura-t-il pour lui-même. Qui a pu faire ça ?... Je ne lui connais pas un seul ennemi... Au fond, c'était un brave homme, tout heureux, tout fier de sa réussite... Il y a eu bagarre ?...

— Non. Il a été tué ailleurs et on l'a transporté, sans doute en auto, jusqu'à l'avenue Junot... Vous m'avez bien dit qu'il portait un chapeau quand il est sorti ?

— Oui.

Il n'y avait pas de chapeau par terre avenue Junot.

— J'ai quelques questions à poser à la caissière.

Le maître d'hôtel se précipitait vers une table où les clients réclamaient l'addition. Elle était prête et il la mit dans une assiette, à demi couverte d'une serviette.

La caissière était une petite brune, maigrichonne, qui avait de beaux yeux noirs.

— Je suis le commissaire Maigret...

— Je sais...

— Inutile de vous le cacher plus longtemps : votre patron vient d'être assassiné...

— C'est pour ça que vous aviez l'air de comploter avec Raoul... J'en ai les jambes coupées... Il était encore là, où vous êtes, tout à l'heure...

— Il n'a pas reçu de coups de téléphone ?

— Un seul, quelques instants avant son départ.

— D'un homme ? D'une femme ?

— C'est justement ce que je me suis demandé. Cela aurait pu être l'un ou l'autre, un homme à la voix un peu aiguë ou une femme à la voix plutôt grave...

— Vous aviez déjà entendu cette voix-là auparavant ?

— Non. On a demandé à parler à M. Maurice...

— C'est ainsi qu'on l'a appelé ?

— Oui. Comme le font tous les familiers. Je lui ai demandé de la part de qui et il a répondu :

» — Il le saura bien...

» Le temps que je lève les yeux et M. Maurice était devant moi.

» — C'est pour moi ?... Quel nom vous a-t-on donné ?...

» — Aucun nom...

» Il a froncé les sourcils et a tendu la main vers l'appareil.

» — Qui me demande ?...

» Bien entendu, je n'entendais pas ce qui se disait à l'autre bout du fil.

» — Vous dites ?... Je vous entends mal... Hein ?... Vous en êtes sûr ?... Si jamais je mets la main sur vous...

» On devait téléphoner d'une cabine publique car on a remis de la monnaie, j'ai bien reconnu le son.

» — Je sais aussi bien que vous où cela se trouve...

» Il a raccroché sèchement. Il allait se diriger vers la porte quand il a fait demi-tour et a gagné son bureau, derrière les cuisines...

— Il y va souvent ?

— Rarement pendant la soirée. En arrivant, il va y jeter un coup d'œil sur le courrier. Le soir, après la fermeture, je lui porte la caisse et nous vérifions ensemble...

— L'argent reste ici jusqu'au lendemain ?

— Non. Il remporte dans une serviette qui ne sert pratiquement qu'à ça...

— Je suppose qu'il est armé ?

— Il prend son automatique dans le tiroir et le glisse dans sa poche...

Cette nuit-là, M. Maurice ne transportait pas de fonds et pourtant il était retourné dans son bureau pour aller chercher son automatique.

— Il n'y a pas une seconde arme qui reste toujours ici ?

— Non. Je ne lui connais que celle-là.

— Voulez-vous me montrer son bureau ?

— Un instant...

Elle tendit une note à Raoul Comitat.

— Par ici...

Ils suivaient un corridor au mur peint en vert. À gauche, un panneau vitré laissait voir la cuisine où quatre hommes paraissaient remettre les choses en ordre.

— C'est ici... Je suppose que vous avez le droit d'entrer...

Le bureau était simple, sans luxe. Trois bons fauteuils de cuir, un bureau Empire, en acajou, un coffre-fort derrière et des rayonnages avec quelques livres et des magazines.

— Il y a de l'argent dans ce coffre ?

— Non. Seulement la comptabilité. On pourrait s'en passer. Il était déjà là quand M. Maurice a racheté le restaurant et il ne l'a pas fait enlever...

— Où se trouve d'habitude le pistolet ?

— Dans le tiroir de droite...

Maigret l'ouvrit. Il y avait des papiers, des cigarettes, des cigares, mais pas d'automatique.

— Est-ce que Mme Marcia téléphone souvent à son mari ?

— À peu près jamais...

— Elle ne l'a pas fait cette nuit ?

— Non. La communication serait passée par moi.

— Et lui ? Il ne l'appelle pas ?

— Rarement. Je ne me souviens pas de la dernière fois qu'il l'a fait ; c'était avant Noël dernier...

— Je vous remercie...

Maigret sentait le poids de sa fatigue et il se laissa tomber sur la banquette de la petite auto noire.

— Boulevard Richard-Lenoir...

La pluie avait cessé mais le sol était toujours luisant et le ciel commençait à s'éclaircir à l'est.

Il sentait confusément que quelque chose clochait dans cette histoire. Certes, M. Maurice n'était pas un saint. Il avait eu une jeunesse plutôt turbulente et il avait été condamné plusieurs fois pour proxénétisme.

Puis, vers la trentaine, il était monté en grade, devenant propriétaire d'une maison close qui était alors une des plus connues de Paris, rue de Hanovre.

La maison n'était pas à son nom. Il passait une bonne partie de ses après-midi aux courses. Quand ce n'était pas le cas, on était presque sûr de le trouver, avec d'autres truands, jouant aux cartes dans un bistrot de la rue Victor-Massé.

Certains l'appelaient le Juge. On prétendait que, quand un désaccord survenait entre gens du Milieu, c'était lui qui décidait en dernier ressort.

Il était bel homme, habillé par les meilleurs tailleurs, et il ne portait que du linge de soie. Il était marié et habitait déjà rue Ballu.

Il prenait de l'embonpoint avec l'âge et cela lui donnait une dignité accrue.

Tiens ! Maigret avait oublié de demander à la caissière si l'homme qui avait téléphoné avait un accent. Cela pouvait avoir son importance à un moment donné.

Pour le moment, il était en plein brouillard. Il se souvenait d'une phrase de Maurice Marcia lors d'une de leurs dernières entrevues Quai des Orfèvres. Marcia n'était pas en cause personnellement, mais son barman semblait avoir participé à un hold-up. Il s'agissait de la succursale d'une grande banque, à Puteaux.

— Que pensez-vous de ce Freddy ?

Le barman s'appelait Freddy Strazzia et était originaire du Piémont.

— Je pense que c'est un bon barman.

— Vous le croyez honnête ?

— Voyez-vous, monsieur le commissaire, cela dépend de ce que l'on entend par là. Il y a honnête et honnête. Quand nous nous sommes connus, alors que nous étions comme qui dirait l'un et l'autre des débutants, je ne me considérais pas comme un malhonnête homme, ce qui n'a pas été votre avis ni celui des juges.

» Petit à petit, j'ai changé... On peut dire que j'ai passé près de quarante ans de ma vie à devenir un honnête homme. Alors, c'est comme pour les convertis. On prétend qu'ils sont les plus fervents... Eh bien, les honnêtes gens qui se sont faits eux-mêmes sont plus scrupuleux que les autres...

» Vous me demandez si Freddy est honnête. Je n'en mettrais pas ma main à couper mais, ce dont je suis sûr, c'est qu'il n'est pas assez idiot pour tremper dans une affaire aussi mal goupillée que celle-là...

La voiture s'était arrêtée devant sa maison. Il remercia le chauffeur et monta lentement, le souffle un peu court. Il avait hâte de s'étendre dans son lit et de fermer les yeux.

— Fatigué ?

— Je n'en peux plus...

Moins de dix minutes plus tard, il dormait.

Il était à peu près onze heures quand il commença à remuer et Mme Maigret ne tarda pas à lui apporter une tasse de café.

— Tiens ! s'étonna-t-il. Le soleil est revenu...

— C'est l'affaire de la rue Fontaine qui t'a retenu cette nuit dehors ?

— Comment le sais-tu ?

— Par la radio. Par le journal. Il paraît que ce M. Maurice est une personnalité bien parisienne.

— Mettons un personnage, rectifia-t-il.

— Tu le connaissais ?

— Depuis mes débuts à la P.J.

— Tu comprends pourquoi on est allé se débarrasser de son corps avenue Junot ?

— Je ne comprends encore rien... avoua-t-il. Je comprends d'autant moins que Marcia avait son automatique en poche.

— Et alors ?

— Cela m'étonne qu'il n'ait pas tiré le premier. Il a dû être surpris...

En robe de chambre, il s'installa dans son fauteuil et décrocha le récepteur téléphonique, composa le numéro de la P.J.

À cette heure, Lucas, qui avait été de nuit, se la coulait douce entre ses draps. C'était Janvier qui était au bout du fil.

— Pas trop fatigué, patron ?

— Non. Maintenant, cela va. Tu es au courant ?

— Par les journaux, par les rapports qui viennent d'arriver, en particulier celui du commissariat du XVIIIe. J'ai reçu aussi un coup de téléphone du docteur Bourdet.

— Que dit-il ?

— Le coup a été tiré à un mètre environ, peut-être un mètre cinquante. L'arme est vraisemblablement un revolver canon court, calibre 32 ou 38... Il l'a envoyée au laboratoire... Quant au pauvre Marcia, sa mort a été presque instantanée car il a eu une hémorragie interne...

— Il n'a donc pas beaucoup saigné ?

— Très peu...

— Il avait une maladie de cœur ?

— Bourdet ne m'en a pas parlé. Vous voulez que je lui téléphone ?

— Je vais le faire moi-même. Je serai au bureau de bonne heure cet après-midi. S'il y a n'importe quoi de nouveau, appelle-moi...

Quelques minutes plus tard, il avait le docteur Bourdet à l'appareil.

— Je suppose que vous vous levez, vous, dit-il à Maigret. Moi, j'ai travaillé jusqu'à neuf heures du matin et voilà qu'on m'apporte un autre client, ou plutôt une cliente...

— Dites-moi... En dehors de la blessure, vous n'avez rien remarqué de spécial, les signes d'une maladie quelconque ?...

— Non. C'était un homme sain, fort bien conservé pour son âge...

— Rien du côté du cœur ?

— Autant que j'en puisse juger, il avait le cœur en bon état...

— Je vous remercie, docteur...

Est-ce que Line, la blonde femme de Marcia, ne lui avait pas parlé du professeur Jardin, chez qui son mari allait de temps à autre en consultation ? Il appela le professeur, puis l'hôpital où il se trouvait.

— Excusez-moi de vous déranger, monsieur le professeur... Ici, le commissaire Maigret... Je crois qu'un de vos clients est mort cette nuit de mort violente... Je parle de Maurice Marcia...

— Ce restaurateur de Montmartre ?

— Oui.

— Je l'ai vu une seule fois. Je crois qu'il envisageait de prendre une assurance-vie et, avant d'effectuer les examens officiels, il a préféré voir un médecin de son choix...

— Le résultat ?

— Cœur parfait...

— Je vous remercie...

— Alors, questionna Mme Maigret, il était malade ?

— Non.

— Pourquoi sa femme t'a-t-elle dit...

— Je n'en sais pas plus que toi. Donne-moi une seconde tasse de café, veux-tu ?

— Qu'est-ce que tu aimerais manger ?...

Il avait encore le souvenir de ses lourdeurs d'estomac de la nuit.

— Du jambon, des pommes de terre à l'huile et de la salade verte...

— C'est tout ? Tu n'as pas digéré mes pintadeaux ?

— Ceux-là, je les ai digérés, mais je crois que Pardon et moi avons un peu forcé sur la prunelle... Sans compter que le vin...

Il se leva en soupirant et alluma sa première pipe, puis il alla se camper devant la fenêtre ouverte. Il n'y était pas de dix minutes que la sonnerie du téléphone l'appelait.

— Allô, patron... Ici, Janvier... Je viens de recevoir la visite de l'inspecteur Louis, du IXe... C'est vous qu'il espérait voir. Il paraît qu'il a quelque chose d'intéressant à vous dire... Il demande si vous pourriez le recevoir au début de l'après-midi...

— Qu'il se présente à mon bureau à deux heures...

Avec Louis, on ne savait jamais. C'était un curieux homme. Âgé de quarante-cinq ans environ, il devait y avoir quinze ans qu'il était veuf et il continuait à s'habiller de noir des pieds à la tête, comme s'il portait encore le deuil de sa femme. D'ailleurs, dans son arrondissement, ses collègues, entre eux, l'appelaient le Veuf.

On ne le voyait jamais rire ni plaisanter. Quand il était de service au bureau, il travaillait sans jamais s'interrompre. Comme il ne fumait pas, il n'avait même pas à allumer sa pipe ou sa cigarette.

Le plus souvent, il travaillait dehors, la nuit de préférence. Il était probablement l'homme de Paris qui connaissait le mieux le quartier Pigalle.

Il interpellait rarement une femme ou un proxénète sans avoir de bonnes raisons et on le regardait passer avec une certaine inquiétude.

Il vivait seul dans l'appartement qu'il avait occupé jadis avec sa femme, de l'autre côté du boulevard, au bas de la rue Lepic. Lui-même était né dans le quartier. On le voyait souvent qui allait faire son marché.

Il connaissait sur le bout des doigts le pedigree de tous les mauvais garçons du coin, l'histoire de toutes les filles.

Il entrait dans les bars, sans jamais retirer son chapeau. Il commandait invariablement un quart Vichy. Il pouvait rester ainsi longtemps, à regarder autour de lui. Parfois il s'adressait au barman.

— Je ne savais pas que Francis était revenu de Toulon.

— Vous en êtes sûr ?

— Il vient de m'apercevoir et de filer vers les toilettes...

— Je ne l'ai pas vu... Cela m'étonne car, d'habitude, quand il monte à Paris, il vient me serrer la main...

— C'est probablement à cause de moi...

— Avec qui était-il ?

— Madeleine...

— C'est son ancienne...

Il ne prenait jamais de notes et pourtant tous les noms, les prénoms, les surnoms de ces messieurs et de ces dames étaient classés méthodiquement dans sa tête.

La rue Fontaine était dans son secteur. Il devait en savoir plus long sur M. Maurice que Maigret et que n'importe qui. En outre, ce n'est pas par hasard qu'il s'était présenté Quai des Orfèvres, car c'était un timide.

Il savait qu'il ne dépasserait jamais le grade d'inspecteur et il s'en contentait sagement, faisant son métier du mieux qu'il pouvait. N'ayant plus aucune passion, il y consacrait sa vie.

— Je descends acheter du jambon...

Il la regarda par la fenêtre, elle s'éloignait vers la rue Servan. Il était heureux d'avoir une femme comme elle et il avait aux lèvres un petit sourire de satisfaction.

Combien de temps l'inspecteur Louis avait-il vécu avec sa femme avant qu'elle ne se fasse renverser par un autobus ? Quelques années au plus, puisqu'il n'avait que trente ans à l'époque. Il regardait par la fenêtre, comme Maigret en ce moment, et l'accident s'était produit sous ses yeux.

Maigret toucha du bois, ce qui n'était pas son habitude, et ne quitta pas la fenêtre avant de voir sa femme traverser à nouveau le boulevard et pénétrer dans l'immeuble.

Louis était le nom de famille de l'inspecteur. Maigret avait pensé un moment à l'attacher à sa brigade, mais il était tellement lugubre que l'atmosphère du bureau des inspecteurs en aurait été affectée.

Au bureau du IXe, où ils n'étaient que trois inspecteurs et un stagiaire, on s'arrangeait pour que Louis ait le plus possible de travail à l'extérieur.

— Pauvre type !...
— Tu parles tout seul ?
— Qu'est-ce que j'ai dit ?
— Tu as dit : « Pauvre type ! »... Tu pensais à Marcia ?...
— Non. Je pensais à quelqu'un qui a perdu sa femme il y a quinze ans et qui porte encore son deuil...
— Il n'est tout de même pas tout habillé de noir ? Cela ne se fait plus.

— Il le fait. Peu lui importe ce que les gens pensent de lui. Certains, qui le voient pour la première fois, le prennent pour un clergyman et l'appellent « mon père »...

— Tu ne te rases pas ? Tu ne prends pas ton bain ?

— Si. Mais je me sens délicieusement paresseux...

Il finit sa pipe avant d'entrer dans la salle de bains.

2

Les fenêtres, dans le bureau de Maigret, étaient à nouveau ouvertes sur le frémissement de l'air du dehors et sur le bruit des voitures et des bus sur le pont Saint-Michel.

L'inspecteur Louis s'assit au bord de la chaise que le commissaire lui désignait. Il avait les gestes lents, presque solennels, comme sa tenue noire qui frappait davantage encore par cette journée de printemps.

— Je vous remercie d'avoir bien voulu me recevoir, monsieur le divisionnaire...

Il avait la peau fine et très blanche, presque une peau de femme, sur laquelle tranchaient ses épaisses moustaches noires. Ses lèvres étaient rouges, comme s'il était maquillé, et pourtant il n'y avait en lui rien d'efféminé.

Il avait dû être le timide de sa classe, celui qui rougissait et se mettait à bégayer dès que le maître lui adressait la parole.

— Je voudrais me permettre de vous poser une question.

— Je vous en prie...

— Est-ce que, parce que le corps a été découvert avenue Junot, ce sont les inspecteurs du XVIIIᵉ qui enquêtent ?

Maigret eut besoin de réfléchir avant de répondre.

— Ils vont certainement questionner les témoins éventuels, rechercher une voiture qui s'est arrêtée dans l'avenue au milieu de la nuit, interroger le vieux peintre qui a alerté la police, ainsi que les autres voisins…

— Mais pour le reste ?

— Comme vous le savez, c'est l'affaire de la Brigade criminelle. Ce qui ne nous empêche pas d'accepter ou de solliciter l'aide des inspecteurs d'arrondissements. Vous connaissez bien Montmartre, n'est-ce pas ?

— J'y suis né et j'y habite encore.

— Vous avez été en contact avec Maurice Marcia…

— Avec lui et ses employés…

Il rougit. Il devait faire un gros effort pour dire tout ce qu'il s'était promis de dire.

— Voyez-vous, je travaille surtout pendant la nuit. Je finis par connaître tout le monde. À Pigalle, ils sont habitués à moi. J'échange quelques mots avec l'un, avec l'autre… J'entre dans les bars et les cabarets où, sans attendre ma commande, on me sert un quart Vichy.

— Je suppose que, si vous êtes venu me voir, c'est que vous avez une idée sur l'assassinat de Marcia.

— Je crois savoir qui l'a tué.

Maigret tirait doucement sur sa pipe, un peu renversé en arrière, observant son interlocuteur avec curiosité, avec même une certaine fascination.

— Vos soupçons ont-ils une base ?

— Oui et non.

Il était embarrassé et n'osait pas regarder le commissaire en face.

— J'ai reçu ce matin un coup de téléphone...

— Anonyme ?

— Plus ou moins... Il y a des années que je reçois des appels téléphoniques de la même personne...

— Une femme ou un homme ?

— Un homme... Il a toujours refusé de me dire son nom... Lorsqu'il se passe, à Montmartre, quelque chose de plus ou moins mystérieux, il m'appelle et commence toujours par dire :

» — C'est moi...

» Je reconnais sa voix. Je sais qu'il téléphone d'une cabine publique et il ne perd pas de temps, me dit juste l'essentiel. Par exemple :

» — Il se prépare un braquage dans le quartier de la Chapelle... C'est la bande de Coglia...

Maigret objecta :

— Coglia est en prison pour plusieurs années encore.

— Ses anciens complices continuent...

— Votre indicateur anonyme ne se trompe jamais ?

— Non...

— Il ne vous demande pas d'argent ?

— Non plus… Il ne me demande pas davantage de fermer les yeux sur des activités plus ou moins illégales…

Maigret commençait à être intéressé.

— Et il vous a téléphoné ce matin ?

— Oui. À huit heures, juste avant que je sorte pour faire mon marché… Je vis seul et je suis obligé de faire mon marché moi-même…

— Que vous a-t-il dit exactement ?

— M. Maurice a été abattu par un des frères Mori…

— C'est tout ?

— C'est tout. Vous connaissez les frères Mori, Manuel et Jo ?

— Voilà plus de deux ans que nous essayons de les prendre en flagrant délit… Jusqu'ici, nous n'avons encore rien pu relever contre eux…

— Moi aussi, je les surveille. Ils ne vivent pas ensemble. Manuel, l'aîné, qui a trente-deux ans, occupe un appartement bourgeois et même luxueux square La Bruyère…

À deux pas de *La Sardine*.

— Jo, lui, qui a vingt-neuf ans, a une chambre et un salon à l'*Hôtel des Îles*, avenue Trudaine…

» Mais vous devez avoir tous ces renseignements dans leur dossier. Ils ont monté une affaire d'importation de fruits et légumes rue du Caire. L'un ou l'autre y est tous les jours. C'est un long entrepôt dans lequel on entre de plain-pied en venant de la rue…

— Ils sont en relation avec M. Maurice ?

— Ils vont parfois dîner chez lui. Ils ne sont pas les seuls, parmi les truands, à fréquenter *La Sardine*…

— Est-ce que Marcia leur donnait un coup de main à l'occasion ?

— Je ne le pense pas. Il était devenu timoré et tenait à sa respectabilité.

— Duquel des deux frères parlait votre correspondant anonyme ?

— Je n'en sais rien mais je ne tarderai sûrement pas à recevoir un nouveau coup de téléphone. C'est pourquoi je me suis permis de vous demander cette entrevue.

— Vous voudriez collaborer à l'enquête ?

— Je voudrais y collaborer, officieusement, en quelque sorte, de mon côté. Je ne suis jamais sorti de mes attributions. On peut me faire confiance. Je vous promets de vous tenir au courant de tout ce que je pourrais découvrir.

— Vous connaissez bien les frères Mori ?

— Je les rencontre dans plusieurs bars... Manuel avait une maîtresse martiniquaise et qui était très belle...

— Qu'est-elle devenue ?

— Elle danse et chante dans une boîte pour touristes...

— Par qui l'a-t-il remplacée ?

— Par personne... Je le vois toujours seul, ou avec son frère... Celui-ci est en ménage avec une jeune fille de province. Elle s'appelle Marcelle et a vingt-deux ans...

— Vous ne pensez pas qu'elle pourrait être le point faible de la chaîne ?

— Elle est folle de Jo Mori et elle a du caractère...

— Vous croyez qu'elle est au courant des affaires des deux frères ?

— Je ne sais pas jusqu'à quel point ils lui font confiance... Je ne les ai jamais vus non plus avec des gens qui pourraient leur servir de complices quand ils font un coup...

On en était peut-être au dixième cambriolage, tous accomplis de la même façon, selon une technique identique. Il s'agissait toujours d'un château ou d'une grosse propriété en province, dans un rayon d'à peu près cent cinquante kilomètres de Paris.

Les cambrioleurs étaient bien renseignés. Ils connaissaient les objets, les tableaux ou les meubles de valeur qui se trouvaient dans les bâtiments. Ils savaient aussi si les propriétaires étaient absents et combien de personnes gardaient les lieux.

Ils opéraient sans bruit, sans effraction. En moins d'une heure, ce qui était plus ou moins facile à revendre était déménagé. Ils disposaient donc d'au moins un camion.

Or, les frères Mori en avaient deux qui servaient à leur commerce de fruits. Comme par hasard, il y avait deux ans aussi qu'ils avaient fondé leur maison d'importation.

Manuel avait travaillé auparavant chez un commissionnaire aux Halles. Jo, lui, était resté trois ans dans un bureau d'architecte.

Mais où était entreposé ensuite le produit des cambriolages ? Il restait probablement à proximité de Paris, dans une villa ou une maison louée sous un autre nom ?

— Qui pourrait jouer le rôle de surveillant de la marchandise ?

— Je ne peux pas le jurer, mais je crois le savoir. La mère Mori.

— Vous la connaissez ?

— Je ne l'ai jamais vue. Je sais qu'elle existe. Elle habitait Arles avec ses enfants. Quand ceux-ci sont montés à Paris, elle est restée encore quelques années dans le Midi avec sa fille. Celle-ci s'est mariée et vit à Marseille.

Ainsi, depuis longtemps, l'inspecteur Louis travaillait seul, patiemment, sans se servir des organismes compliqués de la police officielle.

— Comment savez-vous tout ça ?

— Je regarde. J'écoute. J'ai des correspondants en différents endroits, des gens à qui il m'arrive de rendre un service...

— Qu'est devenue la mère Mori ?

— Elle a revendu sa maison d'Arles ainsi que tout le mobilier et on ne l'a plus revue.

— Je parie que vous avez fouillé les campagnes aux environs de Paris...

— Cela m'arrive, le dimanche ou les jours de congé...

— Vous n'avez rien trouvé ?

— Pas encore...

Il rougissait à nouveau, comme honteux de sa confiance en lui.

— Que savez-vous de Mme Marcia ?

— Vous parlez de la dernière ? Car il y en a eu une, avant, avec qui il a vécu près de vingt ans. C'était un couple uni. Il l'avait ramassée dans la rue, c'est vrai, mais il en avait fait une bourgeoise. Quand elle est morte, d'un cancer, il en a été très affecté et, pendant plusieurs mois, il n'a plus été le même homme...

Il fut un temps où, quand il était encore jeune, Maigret travaillait à la voie publique, puis dans les gares, le métro, les grands magasins. À cette époque, lui aussi connaissait tout le milieu interlope de Paris.

Maintenant, on l'avait enfermé dans un bureau et son chef était choqué quand il allait voir un suspect chez lui ou quand il fouinait dehors.

— Où a-t-il trouvé sa seconde femme, Line, avec qui il vit maintenant ?

— Elle a travaillé comme danseuse au *Tabarin*, puis en dernier lieu au *Canari*. Je crois que c'est là qu'il l'a rencontrée. Malgré sa profession, elle était discrète, d'une tenue modeste, et il paraît qu'elle n'a jamais suivi les clients.

» C'est une femme qui a une certaine instruction.

— Vous n'allez pas me dire d'où elle sort, ni d'où sont ses parents, quelles études elle a faites...

L'inspecteur Louis rougit une fois de plus.

— Elle est née à Bruxelles, où son père travaille dans une banque. Elle a étudié jusqu'à l'âge de dix-huit ans et elle est entrée dans la même banque. Elle a suivi à Paris un jeune homme qui espérait y faire fortune, un peintre. La réussite n'est pas venue aussi vite qu'il l'espérait. Line est entrée dans un magasin des Grands Boulevards, comme vendeuse.

» Son peintre l'a laissée tomber et elle s'est retrouvée au *Tabarin* où, au début, elle faisait de la figuration...

Il y avait des années que Maigret connaissait l'inspecteur. Ils se rencontraient une fois au bout d'une lune, il est vrai, et ils avaient peu de rapports. Pendant un certain temps, il l'avait pris pour un imbécile solennel, puis il s'était rendu compte que c'était au contraire un garçon intelligent.

Maintenant, il le regardait avec une curiosité presque émerveillée.

— Il y a beaucoup de gens, à Montmartre, sur qui vous en savez autant ?

— Vous savez, avec les années, cela s'accumule.

— Vous établissez des dossiers ?

— Non. J'ai tout cela dans la tête. Je n'ai rien d'autre à faire, aucun autre intérêt dans la vie.

Maigret se leva et alla ouvrir la porte du bureau des inspecteurs.

— Tu veux venir un instant, Janvier ?

Et, aux hommes :

— Je suppose que vous vous connaissez ?

Ils se serrèrent la main.

— Nous venons de bavarder assez longtemps, l'inspecteur Louis et moi, au sujet du meurtre de Marcia. Tu as du nouveau ?

— Seulement qu'une voiture rouge s'est arrêtée un moment, vers une heure du matin, au milieu de l'avenue Junot.

— Nos hommes continuent l'enquête, bien entendu. Mais l'inspecteur Louis, qui connaît plusieurs protagonistes, travaillera de son côté et nous tiendra au courant de ses découvertes éventuelles.

» Tu connais les frères Mori ?

— Nous les avons soupçonnés un moment d'être à la tête de ce qu'on a appelé le gang des châteaux.

— Ils sont toujours surveillés ?

— Pas particulièrement. On se tient seulement au courant de leurs allées et venues. Jo, le plus jeune, se rend assez souvent à Cavaillon et dans la région pour chercher des primeurs.

— À partir d'aujourd'hui, tu vas établir une filature de jour et de nuit...

— Des deux ?

— Des deux...

— Toujours à cause des châteaux ?

— Non. Cette fois, il s'agit d'un meurtre. Celui de Maurice Marcia.

Janvier regarda machinalement son collègue du IXe. Il n'était pas trop content, cela se voyait, de l'intrusion de l'inspecteur Louis dans cette affaire.

— Il y a quelqu'un d'autre à surveiller ?

— La veuve...

— Vous croyez... ?

— Je ne crois rien, tu le sais. Je cherche. Nous cherchons tous.

Il serra la main de l'inspecteur Louis.

— Vous remontez à Montmartre ?

— Oui.

— Vous avez une voiture ?

— Non.

— J'y monte aussi. Profitez de la mienne. J'aimerais que tu m'accompagnes, Janvier.

Celui-ci se mit au volant. Maigret fumait sa pipe à côté de lui et Louis était seul sur la banquette arrière où il ne se sentait pas très à son aise.

Il avait toujours rêvé de travailler directement pour le Quai des Orfèvres et la mission que Maigret lui avait donnée était comme une promotion.

Rue Notre-Dame-de-Lorette, Janvier demanda :

— Où allons-nous ?

— Plus haut. Rue Ballu.

— Chez Maurice Marcia ?

— Oui.

— Où est-ce qu'on vous dépose ?

— N'importe où, maintenant que je suis dans mon quartier.

— Dans ce cas, je vais vous laisser ici...

— Vous savez où me joindre. Mon numéro personnel est dans l'annuaire...

— Je vous remercie...

Il sortit gauchement et commença à marcher le long du trottoir à pas réguliers, sans se presser.

Quelques minutes plus tard, Maigret et Janvier sonnaient à la porte de l'ancien hôtel particulier. La concierge leur ouvrit. Elle avait à peine une quarantaine d'années et elle était assez jolie. Elle les regarda à travers la porte vitrée et le commissaire poussa celle-ci.

— On a ramené le corps ?

— Pas encore, mais ces messieurs des pompes funèbres sont là-haut... Je crois que le corps sera ici vers la fin de l'après-midi...

— Je vous présente l'inspecteur Janvier qui travaille sur cette affaire, lui aussi. Depuis combien d'années Mme Marcia vit-elle dans cette maison ?

— Depuis que tous les deux sont mariés... Il doit y avoir quatre ans...

— Ils recevaient beaucoup ?

— Pratiquement pas. Comme vous le savez, lui ne rentrait jamais avant trois ou quatre heures du matin. Il dormait toute la matinée, déjeunait, faisait la sieste, après quoi il avait la visite de son masseur.

— Il dînait ici ?

— Rarement. La plupart du temps il dînait dans son restaurant.

— Avec sa femme ?

— Non. Je crois qu'il n'aimait pas qu'elle mette les pieds à *La Sardine*...

— Pourquoi ?

— Parce qu'il craignait, je suppose, qu'elle y fasse de mauvaises rencontres. N'oubliez pas qu'il avait la soixantaine et qu'elle avait à peine trente ans...

— Que faisait-elle de la journée ?

— Elle donnait des instructions à la cuisinière et à la femme de chambre. Il lui arrivait d'aller chez Fauchon ou dans un autre magasin de luxe pour acheter des choses qu'on ne trouve pas dans le quartier... Une fois ou deux par semaine elle se rendait chez le coiffeur...

— Au centre ?

— Rue de Castiglione, je crois...

— Et le soir ?

— Elle lisait ou regardait la télévision. Avant de se coucher, elle sortait son chien pendant une dizaine de minutes...

— Elle n'allait pas au cinéma ?

— Probablement que si. Une ou deux fois par semaine, elle restait dehors toute la soirée...

— Elle ne recevait jamais ?

— Jamais.
— Je vous remercie. Elle est là-haut ?
— Oui. Avec son couturier.

Ils ne prirent pas l'ascenseur et ils sonnèrent à la porte du premier étage. Ce fut une jeune femme de chambre aux seins énormes qui vint leur ouvrir.

— Vous désirez ?
— Voir Mme Marcia.
— Mme Marcia est occupée.
— Nous attendrons...
— De la part de qui ?
— Police judiciaire...
— Un instant.

Elle les laissa dans le hall et se dirigea vers une porte du fond. La porte du salon était ouverte. Les meubles Louis XV en avaient disparu ainsi que le grand tapis chinois, et des hommes juchés sur des échelles fixaient des tentures noires sur les murs.

Ainsi donc, on faisait les choses en grand et le salon se transformait en chapelle ardente. Sans doute le couturier était-il là pour les vêtements de deuil ?

— Si vous voulez me suivre...

Elle les faisait entrer dans un bureau ou dans une bibliothèque où il y avait des livres du plancher au plafond. C'étaient des ouvrages reliés que M. Maurice n'avait certainement pas lus.

Les fauteuils étaient confortables. Il y avait un petit bar qui devait contenir un réfrigérateur et rien ne traînait sur le bureau dont les garnitures étaient rouges.

Dans cette pièce, on avait adopté le style anglais. Un humidificateur en acajou incrusté d'ivoire devait contenir des havanes coûteux. Est-ce que ces meubles et ces objets étaient déjà là quand Line était entrée dans la maison ? Ou bien était-ce elle qui avait donné un certain style à l'appartement ?

— C'est un bureau dans lequel on ne travaillait pas souvent... murmura Maigret à l'adresse de Janvier.

» Si tu avais vu les meubles du salon... On se serait cru dans un musée...

— Cela va faire une fameuse chapelle ardente...

Des pas se rapprochaient et ils se turent.

Elle portait une robe noire en soie mate, très simple, et au doigt un diamant qu'elle ne devait jamais retirer. Elle s'arrêta un instant dans l'encadrement de la porte et il y avait de la surprise sur son visage. Son regard allait de Maigret à Janvier. Sa surprise venait-elle de trouver devant elle deux hommes au lieu d'un ? Quelle importance y attachait-elle ? Cela donnait-il, à ses yeux, un caractère plus officiel à l'entrevue ?

— L'inspecteur Janvier, qui est un de mes principaux collaborateurs.

Elle remua légèrement la tête.

— Vous devez vous rendre compte que je suis très occupée...

— Nous le sommes aussi, croyez-le, et ce n'est pas pour notre plaisir que nous vous prenons de votre temps...

Ils étaient tous les trois debout. Ce fut Maigret, puisqu'elle ne le faisait pas, qui proposa de s'asseoir.

— Vous en avez pour longtemps ?

— Je ne crois pas.

— Vous avez pu, hier, me poser toutes les questions que vous désiriez me poser. Je vous ai répondu franchement. Le corps sera ici à sept heures du soir.

Le commissaire fit comme s'il n'avait pas entendu. Regardant autour de lui de l'air d'un homme qui apprécie, il demanda :

— Le mobilier de l'appartement était déjà ici quand vous y êtes venue il y a quatre ans ?

— Cinq, rectifia-t-elle. Nous allions avoir cinq ans de mariage...

— Les meubles ?

— Ils ont été achetés à cette époque. Avant, il y en avait d'autres.

— Moins luxueux, je suppose ?

— D'un autre genre.

— Lequel de vous deux a suggéré de tout changer ?

— Mon mari. Il ne voulait pas me voir vivre dans le cadre qui avait été longtemps celui de sa première femme.

— Je ne vous demande pas s'ils sont authentiques. J'ai admiré hier ceux du salon...

— Ils le sont, répliqua-t-elle de mauvaise grâce.

— Vous êtes allée les acheter avec lui ?

— Il préférait aller seul visiter les antiquaires afin de me faire la surprise. Mais je ne vois pas ce que cette question de meubles...

— Elle n'a probablement rien à voir avec la mort de votre mari mais nous savons par expérience qu'en cas de meurtre on ne doit rien négliger. Votre mari était très riche ?

— Je ne parlais pas d'argent avec lui. Je sais seulement que son restaurant marchait très bien et qu'il se donnait beaucoup de peine pour que cela continue.

— Il était très amoureux...

— Qu'est-ce qui vous fait penser ça ?

— On n'aménage pas un décor comme celui de cet appartement pour une femme envers qui on est indifférent.

— Il m'aimait.

— Je parie que le mariage a eu lieu sous le régime de la communauté des biens.

— C'est normal, non ?

— Quand doivent avoir lieu les obsèques ?

— Après-demain, en l'église Notre-Dame-de-Lorette. Après la cérémonie, le corps sera transporté à Bandol, où nous avons une villa, et inhumé dans le cimetière de cette localité.

— Vous irez à Bandol ?

— Bien entendu.

— D'autres amis s'y rendront ?

— Non. Je ne sais pas. Cela ne dépend pas de moi.

— Une autre question. Que va-t-il advenir du restaurant ?

— Il reste ouvert. Sauf après-demain, le jour des obsèques.

— Qui s'en occupera ensuite ?

Elle hésita un instant.

— Moi... dit-elle enfin.

— Vous croyez que vous aurez l'expérience suffisante ?

— Le personnel a travaillé si longtemps avec mon mari que la maison pourrait marcher seule...

— Votre genre de vie va être complètement changé...

Maigret savait qu'elle était exaspérée par ces questions qui semblaient ne rien signifier mais il continuait en prenant un air balourd.

— Mon genre de vie ne regarde personne tant que je n'enfreins pas les lois, n'est-il pas vrai ?

— C'était une réflexion en l'air... Ici, vous étiez presque cloîtrée... Vous passiez toutes vos soirées seule...

— Personne ne m'empêchait de sortir...

— Je sais... Vous alliez parfois au cinéma... Mais vous n'aviez pas d'amis, pas d'amies...

La femme de chambre entra, hésitante.

— Ces messieurs demandent si nous avons des plantes vertes, parce que cela fait vide...

— Montrez-leur celles de la terrasse...

Et, à Maigret :

— Vous voyez qu'on a besoin de moi. Votre insistance me surprend désagréablement, surtout si vous aviez de la sympathie pour mon mari comme vous me le laissiez entendre hier...

— J'essaierai de vous déranger le moins souvent possible.

— Je vous avertis que je suis décidée à ne plus vous recevoir.

— Je le regrette, car cela m'obligera à vous convoquer Quai des Orfèvres. Votre mari y est venu souvent, jadis, avant de devenir le propriétaire de *La Sardine*... Il n'avait pas non plus de villa à Bandol...

— Vous tenez à rappeler ces choses désagréables ?

— Non. Contrairement à vous, il avait, lui, de bons amis. Je me demande si vous n'en connaissez pas quelques-uns. Peut-être les recevait-il, l'été, dans sa villa de Bandol... Les frères Mori, par exemple...

Si elle tressaillit, ce fut si discret qu'on ne pouvait pas en être sûr.

— Je devrais les connaître ?

— Je vous pose la question. Ils sont deux, Manuel et Jo... Ils ont une affaire d'importation rue du Caire...

— Je ne les connais ni l'un ni l'autre...

— Ils dînaient assez souvent à *La Sardine*...

— Où je ne mettais pas les pieds...

— Une dernière question. Cet appartement est vaste. Allez-vous continuer à y vivre seule ?

— Mon mari me l'a toujours demandé, comme il voulait que je garde le restaurant et la maison de Bandol.

» — C'est comme si j'étais encore un peu là, disait-il...

— Il s'attendait à ce qui lui est arrivé ?

— Certainement pas.

— Mais il portait un automatique dans sa poche...

— Seulement quand il rapportait l'argent... Tous ceux qui doivent transporter régulièrement de grosses sommes sont armés...

— Au fait, une fois ici, où mettait-il cet argent ?

— Dans le coffre.

— Qui se trouve ?

— Derrière cette toile de Delacroix que vous voyez à droite de la cheminée.

— Vous en connaissez la combinaison ?

— Non. Je serai obligée de faire appel à un spécialiste, voire à la maison qui construit ces coffres-là...

— Je vous remercie...

Elle s'était levée et on la sentait toujours tendue. On aurait dit qu'elle passait en revue toutes les questions que le commissaire lui avait posées.

À quoi menaient-elles, en définitive ? Maigret lui-même aurait été en peine de le dire. Il ressentait un certain malaise. Il y avait, dans cette affaire, des éléments qui ne lui plaisaient pas.

Il se retrouva dehors avec Janvier et le soleil était encore haut et cuisant.

— Vous croyez qu'elle en sait plus qu'elle n'en dit, patron ?

— J'en mettrais la main au feu.

— Vous voulez dire qu'elle serait... mettons complice ?

— Je ne vais pas jusque-là mais l'histoire est certainement beaucoup moins claire qu'elle voudrait nous le faire croire.

— Où allons-nous ?

— Rue Fontaine...

Il n'y avait pas de clients à cette heure mais deux des garçons dressaient les couverts pour le dîner. Freddy, le barman, essuyait ses bouteilles et les rangeait sur l'étagère.

C'est vers lui que le commissaire se dirigea.

— Comitat n'est pas ici ?

— Il se repose dans le bureau du patron...

— Déjà ?

— Que voulez-vous dire ?

— Que M. Maurice n'est pas encore enterré et qu'il en prend déjà à son aise...

— Vous vous trompez. Même du temps de M. Maurice, Raoul avait l'habitude de passer une heure, les yeux clos, dans un des fauteuils du bureau...

— Vous savez que les obsèques ont lieu après-demain ?

— On ne me l'a pas encore appris.

— Le restaurant sera fermé afin que tout le personnel puisse y assister.

— C'est l'habitude, non ?

— Ensuite, le corps sera inhumé à Bandol.

— Cela ne me surprend pas. Le patron est né entre Marseille et Toulon, je ne sais plus dans quel village, et il fermait le restaurant un mois tous les ans afin d'aller dans sa villa de Bandol...

— Vous ne vous demandez pas ce que le restaurant va devenir ?

— Moi, cela m'est égal. Il y aura bien quelqu'un pour le faire marcher. C'est une affaire en or...

— Dorénavant, vous n'aurez plus un patron mais une patronne...

— Sans blague ?

— Mme Marcia a décidé de prendre la place de son mari...

Freddy eut une drôle de moue, puis laissa tomber :

— Après tout, c'est son affaire...

— Vous la connaissez ?

— Du temps où elle était au *Tabarin*. J'y ai travaillé pendant deux ans avant de venir ici. Elle y était chorus girl...

— Et que pensez-vous d'elle ?

— Je n'ai pas eu beaucoup l'occasion de lui parler. Quand elle venait au bar, elle me commandait sa consommation et c'était tout... Je la trouvais assez pimbêche... Ici, à Montmartre, on est plutôt habitué au genre bonne fille... Avec ça, elle avait de la classe... Elle ne doit pas sortir de n'importe où et je ne serais pas surpris qu'elle ait une bonne instruction...

— Les frères Mori continuent à venir dîner souvent ?

Freddy n'y vit pas malice.

— De temps en temps... Ce n'est pas régulier... Vous savez, leur affaire d'importation les oblige à se lever de bonne heure...

— Toujours amis avec le patron ?

— M. Maurice allait s'asseoir un moment à leur table, comme il le faisait avec les bons clients... Il lui arrivait de leur offrir une vieille fine de sa réserve...

— Mais Mme Marcia ne venait jamais...

— Jamais...

— Vous ne savez pas pourquoi ?

— Je suppose que M. Maurice était jaloux... C'est une jolie fille, pour ceux qui aiment ce genre-là... Il y avait entre eux une différence de plus de trente ans...

Il regarda vers le fond de la salle.

— Voilà Raoul qui vient prendre son poste.

Le maître d'hôtel les avait repérés et s'avançait vers eux, tendait la main à Maigret, puis à Janvier.

— C'est moi que vous êtes venus voir ?

— Nous pensions bien vous trouver mais notre visite n'a aucune raison particulière. Je disais à

Freddy que les obsèques auront lieu après-demain à l'église Notre-Dame-de-Lorette...

— Donc, on ferme... Il aurait été plus correct qu'on me le dise plus tôt... C'est quand même sur moi que repose pour le moment le poids de la maison... Il y a seize ans que j'y suis et elle...

Il s'arrêta, gêné. Il avait sans doute failli dire « ... et elle ne couche dans son lit que depuis cinq ans »...

— Vous savez qui va remplacer M. Maurice ?

— À la façon dont vous me posez la question, je m'en doute. D'ailleurs, j'y ai déjà pensé hier. C'est elle, n'est-ce pas ?

— Oui. Vous la connaissez ?

— Je l'ai vue à Bandol. Le patron savait que j'étais sur la Côte, pendant les vacances, et il m'a invité à déjeuner dans sa villa... On y finirait volontiers ses jours, je vous assure... Ce n'est pas très grand... Pas de tape-à-l'œil... Mais du vrai, du solide... Je suis du Midi, moi aussi... Je m'y connais un peu dans les anciens meubles provençaux... J'en ai rarement vu comme ceux de M. Maurice...

Il se tourna vers Freddy.

— Tu n'as pas encore servi ces messieurs ? Qu'est-ce que vous prenez ?

— Une bière...

— Moi aussi, dit Janvier un peu gêné.

Et Comitat soupira :

— Cela va quand même faire drôle d'avoir une femme pour patron... On aura l'air d'un bordel, quoi !...

— Certains clients se sentiront sans doute en famille...

— Vous savez, ici, il vient de tout, des ministres, des artistes, des metteurs en scène et même des banquiers. Des avocats aussi, et des médecins, sans compter, comme vous venez de le dire, quelques anciens truands...

— Les frères Mori viennent toujours ?

Il y eut un court silence.

— De temps en temps. Pour ma part, je ne les ai jamais beaucoup aimés, surtout Manuel. Ce garçon-là veut toujours épater le monde. Il a des voitures époustouflantes et, à le voir, on pourrait le croire riche comme Crésus. Or c'est Jo, son frère, qui fait marcher l'affaire d'importation. Manuel met à peine les pieds rue du Caire et il est la plupart du temps en balade à Deauville, au Touquet ou ailleurs...

— Avec des femmes ?

— Cela ne doit pas lui manquer, car il est beau gosse, mais je ne lui connais pas de liaison sérieuse... Moi, cela ne me regarde pas... Le patron avait l'air de l'avoir plutôt à la bonne...

— Une chose me surprend. M. Maurice paraissait très amoureux et très jaloux de sa femme. Il la laissait seule avec la cuisinière et la femme de chambre à la maison... Or, si j'ai bien compris ce que m'a dit hier la caissière, il ne se donnait pas la peine de lui téléphoner, ne fût-ce que pour lui souhaiter la bonne nuit...

— Qu'en savez-vous ?

— Que voulez-vous dire ? La caissière a menti ?

— Elle n'a pas menti, mais elle n'en sait pas plus que moi. Il arrivait très souvent au patron d'aller dans son bureau après avoir demandé qu'on branche son appareil sur une des lignes... Ainsi, il pouvait téléphoner à qui il voulait...

— C'était fréquent ?

— Une fois, deux fois par soirée...

— Vous croyez que c'était sa femme qu'il appelait ?

— Il traitait peut-être d'autres affaires, mais il devait lui téléphoner aussi...

— Et si elle n'avait pas été là...

Le maître d'hôtel le regarda sans répondre.

— Il faut croire que cela n'est jamais arrivé, murmura-t-il un peu plus tard.

Et on devinait son arrière-pensée.

La caissière avait pris son poste derrière le petit comptoir qui lui était réservé et elle préparait sa caisse.

— Vous permettez que j'aille lui dire deux mots ?

— Vous êtes ici chez vous, commissaire...

Et, comme Maigret voulait payer les deux bières, il ajouta :

— C'est sur le compte de la maison.

— Bonsoir, mademoiselle.

— Bonsoir, monsieur le commissaire...

— Vous m'avez dit hier, ou plutôt ce matin, que M. Maurice vous demandait peu de communications.

— C'est exact.

— Pourtant, il téléphonait presque chaque soir à sa femme !

— Je l'ignore. Il lui arrivait de me demander de brancher son appareil sur une des lignes... Dans ces cas-là, je ne pouvais savoir qui il appelait...

— C'était toujours à la même heure ?

— Jamais avant onze heures... Plus souvent vers minuit et demi...

— Il ne téléphonait pas hors ville ?

— De temps en temps. Je le sais par les relevés téléphoniques, car c'était moi qui étais chargée de régler les factures...

— Il appelait toujours le même endroit ?

— Non... Celui qui revenait le plus souvent était un petit village que j'ai eu de la peine à trouver sur la carte : Les Églandes, dans l'Oise.

— Vous savez que vous allez avoir une patronne au lieu d'un patron ?

— Je m'en doutais.

— Quel effet cela vous fait-il ?

— Ce n'est jamais agréable... Enfin, on verra...

Il y avait maintenant deux clients au bar. Maigret et Janvier s'installèrent dans la voiture.

— Au Quai, patron ?

— Je me demande si je ne vais pas rentrer chez moi... Je crois que je commence à devenir paresseux... Et c'est éreintant de poser des questions sans savoir à quoi elles mènent...

— Vous croyez que le meurtre de Marcia a été prémédité ?

— Non... Ou alors c'est un des crimes les plus extraordinaires que je connaisse...

— Vous parlez sans cesse des frères Mori...

— Parce qu'il y a longtemps que je les ai à l'œil... Ce n'est pas pour rien que j'ai parlé du mobilier, tout à l'heure, à la grande surprise de Mme Marcia...

» Maurice était un homme fruste, sans aucune éducation artistique... Or, presque du jour au lendemain, il remplit son appartement de meubles anciens authentiques qui sont presque des pièces de musée...

— La bande des cambrioleurs de châteaux ?...

— Pourquoi pas ? Il n'y a pas une faute de goût, en tout cas à ma connaissance. Je compte faire examiner l'appartement par un expert... Si ces meubles et ces fournitures ont été achetés chez des antiquaires, il existe des factures quelque part...

— Vous pensez que Line Marcia est au courant ?

— Je n'en jurerais pas ; je ne jurerais pas non plus du contraire. Elle a fort insisté pour nous dire qu'elle n'avait jamais accompagné son mari lors de ces achats...

C'était l'heure des embouteillages et ils mirent près de trois quarts d'heure à atteindre le boulevard Richard-Lenoir.

— À demain, mon petit Janvier.

— À demain, patron.

Maigret s'épongea avant de s'engager dans l'escalier. Il était en sueur.

— Quelqu'un a téléphoné trois fois sans vouloir me donner le numéro auquel tu pourrais le rappeler... Il essaiera de t'avoir plus tard au bout du fil...

— Une voix d'homme ? De femme ?

— Cela pourrait être l'un ou l'autre... Il ou elle a répété que c'était de toute première importance, une question de vie ou de mort...

Au moment où Maigret, enfin détendu, allait enfin se mettre à table devant la fenêtre ouverte...

3

Ce n'est que vers neuf heures que la sonnerie du téléphone résonna dans l'appartement et Maigret se précipita vers l'appareil, fermant la télévision au passage.

— Allô ! Le commissaire Maigret ?

Il entendait enfin la fameuse voix.

— Vous ne me connaissez pas, mais moi je vous connais. Je vous ai encore vu cet après-midi quand vous avez rendu visite à Line Marcia, puis quand vous êtes allé à *La Sardine*...

On lui avait parlé de la voix aussi bien comme d'une voix d'homme que d'une voix de femme. Pour Maigret, c'était plutôt la voix d'un gamin qui mue et un mot qui ne voulait rien dire lui venait à l'esprit : une voix de casse-noisette. Elle allait sans cesse de la basse à l'aigu et de l'aigu à la basse.

— Qui êtes-vous ?

— Mon nom ne vous dirait rien. L'inspecteur Louis ne le connaît pas non plus et pourtant il y a des années que je lui téléphone plus ou moins souvent...

» J'ai essayé de l'atteindre aujourd'hui, mais il n'est ni chez lui ni à son bureau... Alors, j'ai décidé de m'adresser directement à vous... Dites-moi, quand l'arrêtez-vous ?

— Qui ?

— Vous le savez aussi bien que moi. Mori... Manuel Mori, car c'est de l'aîné qu'il s'agit...

Maigret entendit la chute des pièces de monnaie. L'inconnu l'appelait d'une cabine téléphonique.

— C'est urgent, monsieur le commissaire... Il s'agit pour moi d'une question de vie ou de mort... Vous avez mis des inspecteurs sur les talons des deux frères... Je les ai tout de suite repérés... Les Mori sont des professionnels et ils les ont certainement repérés aussi... Ils savent donc que quelqu'un a parlé et, eux, me connaissent... Ils ne manqueront pas de penser à moi...

» Je vous en prie, arrêtez tout au moins Manuel... C'est le plus dangereux... C'est lui qui a tiré sur M. Maurice...

— Pourquoi ?...

Le silence se fit tout à coup à l'autre bout du fil et Maigret fronça les sourcils. Il attendit longtemps, mais le téléphone resta muet.

Cette fois, on n'entendait plus le bruit des pièces de monnaie mais c'était le vide, un vide angoissant.

— Il t'a dit qui il était ? demanda Mme Maigret.

— Non. Il sait beaucoup de choses et c'est dangereux pour lui...

Il finit par se coucher, maussade, inquiet. Il n'avait aucun moyen de protéger un homme dont il ne connaissait ni l'identité ni l'aspect.

Quand il pénétra au Quai des Orfèvres, le lendemain matin, par un temps déjà chaud, il aperçut l'inspecteur Louis qui l'attendait sur un des bancs du long couloir.

— C'est moi que vous voulez voir ?

— Oui, monsieur le divisionnaire...

— Vous avez eu des nouvelles de votre indicateur bénévole ?

— Oui. Il m'a téléphoné au début de la nuit... S'il a interrompu sa conversation avec vous c'est qu'il a aperçu à travers la vitre de la cabine quelqu'un de connaissance par qui il préférait ne pas être vu... Il m'a annoncé aussi que, tant que les frères Mori ne seraient pas arrêtés, il ne donnerait plus signe de vie... Il va se planquer...

— Vous croyez vraiment qu'il court un danger ?

— Oui. Sinon, il n'en parlerait pas.

— Quels sont les bruits qui courent à Montmartre ?

— Que c'était l'un ou l'autre qui aurait son compte : Manuel ou M. Maurice... Ils étaient armés tous les deux... Je suppose que Mori a été le plus rapide...

— Et la raison de ce crime ?

— Quand il m'est arrivé d'en parler à gauche et à droite, les gens se sont contentés de sourire...

— Vous croyez que Mori était l'amant de Line Marcia ?

— J'y ai pensé. Si c'est vrai, elle jouait non seulement sa fortune mais probablement sa vie...

— Vous êtes passé rue Ballu ce matin ?

— Il y a déjà des tentures noires à la porte et beaucoup de gens qui entrent et qui sortent.

— Vous en avez reconnu ?

— C'est mélangé... Des petits commerçants... Des restaurateurs... Des entraîneuses de boîtes de nuit... Des maquereaux...

— J'aimerais voir par moi-même...

Il appela Janvier et lui demanda de préparer une voiture dans la cour.

— Venez avec moi, monsieur Louis... Vous connaissez mieux ces gens-là que moi...

Rue Ballu, il y avait de petits groupes sur le trottoir comme si l'enterrement avait été pour ce jour-là. La mort dramatique de M. Maurice était, pour tout Montmartre, un événement, et on en parlait à voix basse.

— Entrons...

Ils montèrent au premier étage et le silence régnait dans l'escalier. La porte de l'appartement était entrouverte. Dès le hall, on sentait l'odeur des cierges et des chrysanthèmes. Il y avait des fleurs et des couronnes à ne savoir où les mettre et on n'aurait pas eu besoin de plantes vertes pour que le vaste salon paraisse moins vide.

Line, en grand deuil, près de la porte, inclinait la tête devant chaque visiteur et serrait les mains qui se tendaient. Son visage était figé, impénétrable.

Quand elle reconnut Maigret, elle eut une moue de mépris, comme pour lui reprocher d'être venu et de ne pas respecter la mort.

— Mes sincères condoléances, balbutia-t-il.

— Je n'en ai que faire.

Le cercueil était encore ouvert et on voyait Maurice Marcia, en habit, le visage paisible, avec, semblait-il, un sourire ironique aux lèvres. Le salon, tendu de noir à larmes d'argent, était éclairé par une douzaine de cierges dont l'odeur se répandait dans tout l'immeuble.

Les visiteurs se recueillaient un moment en regardant le mort habillé comme pour une grande cérémonie.

— Vous reconnaissez quelqu'un ? chuchota Maigret.

— Un ou deux marlous... Le patron du *Sans-Gêne*, en compagnie de sa femme qui dirige l'affaire avec lui...

— Vous croyez que cela va durer toute la journée ?

— Certainement. Et, demain, l'église Notre-Dame-de-Lorette sera trop petite...

Ils s'attardèrent, parmi d'autres, sur le trottoir d'en face, à regarder entrer et sortir les visiteurs.

— Les voici...

Une Jaguar rouge venait de s'arrêter au coin de la rue et deux hommes encore très jeunes en descendaient. Tous les deux étaient élégants, beaux garçons, et avaient une sorte de défi dans le regard.

Ils étaient connus, ils le savaient. Ils marchaient au milieu de la rue en adressant des saluts discrets à gauche et à droite. Quand l'aîné aperçut Maigret, il eut une seconde d'hésitation puis se dirigea vers lui.

— Vous vous donnez beaucoup de mal, commissaire, à me faire suivre, ainsi que mon frère... Je pourrais vous économiser ces filatures en vous fournissant mon emploi du temps... Cet après-midi, par exemple, je serai rue du Caire avec Jo, car nous avons un gros arrivage... Demain, après les obsèques, je me rendrai à Bandol...

» Quant à vous, Louis, vous pouvez continuer à fureter dans tous les coins et à écouter les commérages... Marcia valait mieux que ça...

Apparemment satisfait de lui, il rejoignit son frère et pénétra dans la maison.

— Vous avez pu voir quel genre d'homme c'est, murmura l'inspecteur Louis. Un jeune loup aux dents pointues qui se croit plus intelligent que tout le monde...

— J'aimerais interroger sa concierge...

— Elle n'est de service que de jour... La nuit, c'est son mari qui couche sur un lit de camp dans la loge... Il s'appelle Victor et il est connu dans le quartier... C'est un ivrogne invétéré qui passe ses journées à aller de bistrot en bistrot...

— C'est possible de mettre la main dessus ?

— On va essayer... Il faut commencer par le square La Bruyère et par la place Saint-Georges...

Dans chacun des bistrots, l'inspecteur Louis but un Vichy fraise. Quant à Maigret, il se contenta en tout de deux verres de bière.

— Vous n'avez pas vu Victor ?

— Il est passé il y a une demi-heure et il devait commencer sa tournée car il n'était pas encore saoul.

Quand les deux hommes le rejoignirent, dans le sixième bistrot, il commençait sérieusement à l'être.

— Tiens ! L'inspecteur Louis... Un quart Vichy pour l'inspecteur !... Et vous, le gros...

C'était une épave comme on peut en rencontrer sous les ponts. Sa chemise était ouverte sur sa poitrine et une de ses poches, décousue, pendait.

— Je parie que c'est moi que vous êtes venu voir... Qui est-ce, ce type-là ?... Un toubib ?...

— Pourquoi un toubib s'occuperait-il de vous ?

— Ce ne serait pas la première fois... Ils essayent de m'enfermer, alors que je suis l'être le plus doux du monde...

Cela le faisait rire.

— C'est le commissaire Maigret...

— J'ai déjà entendu ce nom-là... Qu'est-ce qu'il me veut, le commissaire Maigret ?...

— C'est vous qui couchez dans la loge pendant la nuit, n'est-ce pas ?

— Depuis que ma femme a été malade et que les médecins lui ont ordonné de se reposer...

— Combien y a-t-il de locataires dans la maison ?

— Ça, je ne les ai jamais comptés... À deux appartements par étage et à trois personnes en moyenne par appartement... Comptez vous-même... Il y a longtemps que je suis brouillé avec l'arithmétique...

— Vous connaissez bien Manuel Mori ?

— Je pourrais dire que c'est un pote...

— Pourquoi ?

— Parce que de temps en temps, quand il rentre, il me refile une bouteille. Les autres ne pensent jamais que je pourrais avoir soif...

— Il a l'habitude de rentrer tard ?

— Cela dépend de ce que vous appelez tard... Remets-moi ça, Gaston...

Le gros rouge dégoulina sur son menton qui n'était pas rasé.

— Minuit ?

— Quoi, minuit ?

— Il rentrait vers minuit ?

— Ou vers cinq heures du matin... Cela dépendait des nuits... Quand sa poule venait le voir...

— Vous voulez dire qu'il rentrait avec des femmes ?

— Non, monsieur. Pas avec des femmes. Avec une femme.

— Toujours la même, donc.

— Toujours la même, donc, parfaitement.

— Grande ?

— Pas tout à fait aussi grande que lui mais plus grande que moi.

— Mince ? Blonde ?

— Et pourquoi ne serait-elle pas mince et blonde ?

— Elle passait toute la nuit avec lui ?

— Pas du tout. Vous n'y êtes pas. Elle ne restait jamais plus d'une heure ou deux...

— Vous savez son nom ?

— Je ne suis pas de la police, moi. Et vous, savez-vous seulement mon nom ?

— Victor...

— Victor qui ? Vous pensez que je n'ai pas un nom de famille comme tout le monde ?... Eh bien, je m'appelle Macoulet, comme mon père et ma mère, et je suis né près d'Arras... Qu'est-ce que vous dites de ça ?...

— C'est quand il rentrait avec elle qu'il vous refilait une bouteille ?

— Tiens ! Je n'y avais pas pensé... Cela se pourrait bien... La dernière fois, c'était le cas...

— Quand était la dernière fois ?

— Hier ?... Non... Avant-hier... Je perds un peu la notion du temps parce que tous les jours et toutes les nuits sont les mêmes... C'est la nuit que les locataires du premier ont donné une partie, comme ils disent... Le plafond tremblait au-dessus de ma tête et on n'arrêtait pas de déboucher du champagne...

— À quel étage habite Manuel Mori ?

— Au troisième... Et c'est un bel appartement, je vous prie de le croire... Il n'a pas acheté les meubles au rabais, ni dans les grands magasins... Par exemple, la chambre à coucher est entièrement tendue de soie jaune... Qu'est-ce que vous dites de ça ?...

— Il est venu en même temps qu'elle ?

— Il vient toujours en même temps qu'elle... Je ne sais s'il a peur que quelqu'un la lui chipe...

— Il n'est venu personne, cette nuit-là, alors que Mori et sa compagne étaient en haut ?

— Laissez-moi penser... C'est fou comme cela donne soif de penser. Si vous m'offriez une bouteille...

Maigret fit signe au patron en tablier bleu de le servir.

— Moi, vous savez, je ne vois pas les gens qui passent. Ils sonnent à la grande porte sans toujours m'éveiller tout à fait... Ça, il ne faut pas le raconter au gérant de l'immeuble qui est une peau de vache... Bon... Les gens entrent et disent un nom en passant devant la porte vitrée... Cette nuit-là, le type, car il était tout seul, a dit : Mori... J'ai pensé :

» — C'est curieux... Il est déjà rentré tout à l'heure avec sa poule...

» Mais il avait pu ressortir pour acheter une bouteille... Ou bien ce n'était pas lui, mais son frère... Car ils sont deux... Vous savez qu'ils sont deux ?...

» Il a poussé le bouton de la minuterie et il est monté...

— Par l'escalier ou par l'ascenseur ?

— Ça, je ne sais pas. Je me suis rendormi...

— Vous ne l'avez pas vu ressortir ?

— Pour sortir, la porte s'ouvre de l'intérieur...

— Personne n'est sorti bruyamment ?

— Que si ! La bande qui faisait la bombe au premier... Ils étaient tous ronds... Même les femmes qui glapissaient dans l'escalier...

— Vous vous êtes levé pour les voir ?

— Non. J'ai entendu la porte se refermer et je ne m'en suis plus occupé.

— Et la petite amie ?

— Quelle petite amie ? Vous avez un défaut, commissaire. Vous parlez de tout le monde en même temps. Est-ce des gens du premier étage ou de Mori que vous parlez ?

— De Manuel Mori et de sa maîtresse.

— Bon. C'est déjà plus clair, bien que vous ayez oublié le frère...

— Il est ressorti seul ?

— Le frère ? Je ne sais même pas si c'était le frère...

— Un autre demi, commanda Maigret dont le front était couvert de sueur. Bon. Disons le visiteur.

— Je ne l'ai pas entendu passer devant la loge quand il est parti.

— Et la poule...

— Si vous la connaissiez, vous ne parleriez pas d'une poule. C'est une vraie dame...

— La dame, alors ?

— Elle n'est pas restée plus d'une demi-heure là-haut...

— Vous l'avez vue sortir ?

— Non. Encore une fois non. Si je devais me lever pour regarder les gens qui sortent, cela ne vaudrait plus la peine d'avoir un lit...

— Ensuite, Mori n'est-il pas descendu avec un lourd paquet ?

— Mes excuses. Pas vu. Ni Mori ni le paquet. Mais j'ai entendu l'auto qui démarrait.

— L'auto de Mori ?

— Oui. Une petite auto rouge, très puissante, qui fait beaucoup de bruit en démarrant...

— À quelle heure est-il rentré ensuite ?

— Je ne sais pas. Mais quand il a dit son nom en passant j'ai commencé à penser qu'ils exagéraient, au troisième...

» Si ce n'était pas pour la bouteille...

— Il y a eu une seconde bouteille ?

— Non. Mais la première, ce n'était pas du gros rouge comme celle-ci. C'était du cognac...

— Merci, Victor, lança Maigret après avoir payé les consommations.

Dans la rue, le commissaire murmura :

— Il semble que votre indicateur...

— Comment, mon indicateur ?

— Celui qui vous téléphone de temps en temps pour vous donner des tuyaux...

— Je ne l'ai jamais sollicité... Je ne le connais pas...

— C'est dommage, car il paraît bien renseigné... Après ce que je viens d'entendre, je commence à comprendre qu'il ait peur... Vous croyez que les Mori sont capables de le descendre ?

— Ou de le faire descendre. Je les crois capables de tout.

— Je me demande si je ne vais pas demander contre eux un mandat de dépôt au juge d'instruction...

— Contre tous les deux ?

— Si le plus jeune est aussi dangereux que Manuel...

— Qu'est-ce que je fais, moi ?

— Vous continuez à vous renseigner dans le quartier. Il y règne une effervescence favorable... Les gens doivent parler entre eux, échanger des tuyaux...

— Vous les arrêtez aujourd'hui ?

— Je vais d'abord les voir rue du Caire...

Maigret n'en passa pas moins par le cabinet du juge d'instruction. Il s'appelait Bouteille. C'était un homme d'une cinquantaine d'années qui connaissait Maigret depuis longtemps.

— Vous m'apportez déjà l'assassin ?

— Pas tout à fait... Mais je commence à avoir une idée plus précise de l'affaire...

Maigret raconta ce qu'il savait. Les deux hommes fumaient la pipe face à face.

Quand le commissaire eut fini, le juge grommela :

— Comme preuves, ce n'est pas lourd...

— J'aimerais, quand j'irai les voir, avoir un mandat d'amener en poche... Et aussi un mandat de perquisition...

— Au nom des deux frères ?

— Cela vaut mieux. J'ignore où est la planque de l'indicateur. Jo est, paraît-il, aussi dangereux que Manuel...

Le juge Bouteille se tourna vers son greffier.

— Rédigez donc deux mandats de dépôt au nom des frères Mori, Manuel et Joseph...

Maigret fournit l'adresse de chacun.

Le juge le reconduisit jusqu'à la porte.

— C'est une affaire qui va faire du bruit...

— Elle en fait déjà...

— Je sais... J'ai lu les journaux...

L'un d'eux titrait froidement :

*Maurice Marcia était-il à la tête d'un gang
et a-t-il été abattu par un rival ?*

Un autre faisait allusion à tous les petits mystères de Pigalle et au rôle de la police qui fermait trop souvent les yeux.

L'enquête paraît devoir être difficile et on se demande si on saura jamais le fin mot de cette histoire.

Les obsèques, demain, promettent d'attirer une foule considérable car le patron de La Sardine *avait des amis, non seulement dans le quartier, mais un peu partout dans Paris.*

Il est vrai qu'ils ne seront pas tous là.

Quant au commissaire Maigret, il se refuse à toute déclaration. À l'heure qu'il est, on ne sait même pas s'il ira demain à Bandol.

Il se contente de répéter :

— L'enquête continue...

C'était en bordure des Halles, où on n'avait pas encore commencé à démolir les pavillons mais où toute activité avait cessé pour se transporter à Rungis.

La rue du Caire était une des nombreuses rues où l'on trouvait des grossistes, des entrepôts en même temps que des hôtels de passe et des bistrots miteux.

Dans un an, tout cela serait probablement un tas de gravats.

Quand Maigret descendit de son taxi, il aperçut deux inspecteurs qui faisaient les cent pas sur le trottoir. Un instant il se demanda pourquoi ils étaient deux puis il comprit. L'un s'occupait de Manuel Mori et l'autre de son frère Jo.

— Vous savez qu'ils vous ont repérés, mes enfants ?

— C'est pour cela qu'on ne se cache pas. L'aîné a marché vers moi, tranquillement, et m'a dit en m'envoyant la fumée de sa cigarette dans la figure, comme au cinéma :

» — Pas la peine de jouer à cache-cache, poulet. Je sais que tu es là et je n'essaierai pas de te semer...

L'entrepôt était une longue pièce nue, sans devanture, qu'on devait fermer le soir avec un rideau de fer. Au milieu, on voyait un camion en déchargement. Un des hommes en blouse grise, dans le camion, passait les cageots de fruits à son compagnon qui les attrapait au vol et qui les empilait le long du mur.

Jo Mori, à quelques mètres, les mains dans les poches, la cigarette aux lèvres, assistait au déchargement avec l'air de penser à autre chose. Il ne fronça pas les sourcils en apercevant Maigret, ne fit pas mine de se diriger vers lui.

Dans l'angle droit du dépôt, près de la rue, il y avait un bureau vitré où Manuel, le chapeau repoussé en arrière, compulsait une liasse de factures. Il avait vu le commissaire aussi, sans aucun doute, mais il ne se dérangeait pas.

Maigret poussa la porte, prit la seule chaise libre et s'y assit, puis il commença à bourrer sa pipe.

Ce fut Manuel qui céda le premier et qui murmura :

— Je vous attendais...

Maigret ne dit toujours rien.

— Je viens d'ailleurs de téléphoner à mon avocat. Il trouve aussi que vous parlez trop, vous et l'inspecteur en deuil qui rôde depuis une éternité à Montmartre. Vous posez trop de questions, l'un comme l'autre, à trop de gens...

Maigret allumait sa pipe avec soin sans avoir l'air de s'occuper de son interlocuteur.

— Quelquefois des questions insidieuses peuvent faire autant de tort que des accusations et, dans ce cas-là, cela devient de la diffamation...

» En ce qui nous concerne, mon frère et moi, cela nous est égal, mais vous mettez en cause d'autres personnes. Quant à la Puce, à force de se mêler de ce qui ne le regarde pas il pourrait lui en cuire...

Et voilà que c'était par un des frères Mori que Maigret obtenait enfin, sans le lui demander, l'identité de l'homme qui lui avait téléphoné la veille et qui téléphonait plus ou moins régulièrement des renseignements à l'inspecteur Louis.

— Où étiez-vous avant-hier à minuit et demi ?

— Chez moi.

— Non. Vous y étiez encore une demi-heure plus tôt et vous n'y étiez pas seul.

— C'est mon droit de recevoir qui je veux.

— Mais pas d'abattre les gens qui vont chez vous.

— Je n'ai abattu personne.

— Et je suis persuadé que vous ne possédez aucune arme à feu, pas même un revolver 32.

— Qu'est-ce que j'en ferais ?

— Cette nuit-là, vous en avez trouvé l'emploi. Il est vrai que vous pourrez toujours plaider la légitime défense…

— Je n'ai à me défendre de personne…

— J'aimerais visiter votre appartement.

— Allez demander un mandat au juge d'instruction.

Maigret le sortit de sa poche et le tendit à Manuel en même temps que les deux mandats de dépôt.

Il était clair que Mori ne s'y attendait pas et il marqua le coup, sursauta, laissa tomber la cendre de sa cigarette sur son veston.

— Qu'est-ce que cela signifie ?

— Ce que ces papiers signifient habituellement.

— Vous allez m'emmener ?

— Je n'en sais encore rien. C'est probable. Vous refusez toujours que je visite votre appartement ?

Il se leva, essayant de retrouver son arrogance. Il entrouvrit la porte.

— Dis donc, Jo. Viens un instant ici...

Son frère avait tombé la veste et retroussé les manches de sa chemise blanche.

— Tu connais la couleur de ces papiers-là, non ? Il y en a un pour toi, un pour moi, et un autre pour nous deux, le mandat de perquisition. Tu n'as pas de cadavre caché dans ton placard ?

Le plus jeune des Mori ne plaisantait pas mais lisait attentivement les mandats.

— Et après ? demanda-t-il.

On ne savait pas s'il s'adressait à son frère ou à Maigret.

— Après que j'aurai fini avec votre frère, je passerai à votre hôtel où vous allez m'attendre...

— Vous avez une voiture ? questionna Manuel.

— Un taxi.

— Vous ne préférez pas que je vous emmène ?

— Non. Mais je vous prie de suivre mon taxi sans essayer de le dépasser.

Maigret embarqua au passage celui des inspecteurs qui était chargé de Manuel.

— Où allons-nous ?

— Chez lui, square La Bruyère.

— Il nous suit.

— C'est bien ce que je lui ai demandé de faire.

C'était à deux pas de la rue Fontaine. L'appartement des Marcia, rue Ballu, était à deux pas du restaurant. Jo, lui, habitait l'*Hôtel des Îles*, avenue Trudaine, qui n'était qu'à cinq minutes.

— C'est demain qu'on l'enterre, n'est-ce pas ?

— C'est demain les obsèques, mais ensuite on le transporte à Bandol, où il sera inhumé.

L'immeuble de six étages était moderne, cossu.

— Qu'est-ce que je fais ? Je monte avec vous ?

— Je préfère que vous restiez en bas...

La Jaguar rouge s'arrêtait derrière le taxi.

— Je vous montre le chemin...

Ils passèrent devant la loge dont le rideau bougea.

— C'est au troisième...

— Je sais...

— Cela ne vous gêne pas de prendre l'ascenseur avec moi ?

— Pas du tout.

— Vous pourriez avoir peur. Je suis plus jeune et plus fort que vous.

Maigret se contenta de le regarder comme on regarde un enfant qui se vante.

Manuel tira une clef de sa poche, ouvrit la porte et fit passer le commissaire devant lui.

— Vous voyez, il n'y a pas de domestique. Une brave femme vient chaque jour faire le ménage mais, comme à cette heure-ci il m'arrive souvent de dormir, elle ne vient que l'après-midi.

Le salon n'était pas grand, surtout en comparaison avec celui de la rue Ballu, mais il était meublé d'une façon aussi précieuse. Il donnait sur une salle à manger où une nature morte de Chardin, représentant des faisans dans un panier, semblait authentique à Maigret.

— Chardin ?

— Je crois.

— Vous aimez la peinture ?

— Je l'apprécie assez. Ce n'est pas parce qu'on vend des tomates et des fruits qu'on est insensible aux beaux-arts...

Sa voix était railleuse. Dans la chambre, le lit était défait. Cette chambre était la seule pièce moderne, très claire, très gaie. Elle donnait sur une salle de bains assez vaste pour qu'un punching-ball se dresse au milieu.

— Fin de la visite. Vous avez tout vu.

— Pas encore. Il manque quelque chose dans la chambre à coucher.

— Quoi ?

— Au milieu de la pièce il y avait un tapis de petite dimension qui a laissé une tache plus claire sur la moquette.

Maigret se pencha.

— En outre, on trouve encore dans les poils de celle-ci des fils de couleur qui appartiennent probablement au tapis disparu.

— Cherchez-le.

— Je ne me donnerai pas ce ridicule. Vous permettez ?

Il décrocha le téléphone et demanda la P.J., puis le laboratoire.

— C'est vous, Moers ? Ici, Maigret. Je voudrais que vous veniez avec deux ou trois hommes square La Bruyère... Vous trouverez un de nos inspecteurs à la porte... Montez au troisième... Ce que je cherche ?... N'importe quoi...

Cette fois, Manuel avait perdu sa morgue.

— Ils vont venir tout bousculer dans l'appartement.

— C'est assez probable...

— Je peux déjà vous dire que ce tapis dont vous parlez n'a jamais existé...

— Alors, nous saurons à quoi ont appartenu ces brins de couleur...

— C'est une amie dont le manteau...

— Non. Mme Marcia, Line, si vous préférez, est une femme de goût qui ne porterait pas un manteau mêlant le vert au rouge et au jaune...

— Mon avocat a le droit d'assister à la perquisition, je suppose ?

— En ce qui me concerne, je n'y vois aucun inconvénient.

Ce fut au tour de Manuel de téléphoner.

— Allô !... Je pourrais dire un mot à maître Garcin, s'il vous plaît ?... Ici, Manuel Mori... C'est très urgent...

Il devint fébrile.

— Garcin ?... Dites, mon vieux, je vous appelle de chez moi... Le commissaire est muni d'un mandat de perquisition... Il a découvert sur la moquette des fils qui ne lui plaisent pas. Du coup, il a appelé les gens de l'Identité Judiciaire... Vous ne voudriez pas venir ?...

» ... Vous dites ?... Je suis obligé de les laisser fouiller les meubles et les tiroirs ?... Ce n'est pas tout... Il a un mandat de dépôt au nom de mon frère et un autre à mon nom...

» ... Non... Il m'a dit qu'il ne savait pas encore s'il s'en servirait... Écoutez... Si je ne vous ai pas appelé, mettons avant quatre heures de l'après-midi, faites tout ce qu'il y a à faire pour qu'on nous relâche... Je n'ai pas envie de passer la nuit à la Souricière... Sans compter que c'est demain les obsèques et que je comptais me rendre ensuite à Bandol pour l'inhumation...

» ... Elle va bien, oui... Merci, vieux... À tout à l'heure...

Sa conversation avec l'avocat l'avait un peu remonté.

Il fut surpris d'entendre Maigret lui dire :

— Si vous m'aviez dit que vous alliez à Bandol...

— Quelle différence cela aurait-il fait ?

— Je ne me serais pas préoccupé des mandats dès maintenant. Je ne pensais pas à Line, qui aura sans doute besoin de vous.

— Qu'est-ce que vous insinuez...

— Ce que tout le monde sait dans le quartier de Pigalle... Vous n'avez plus deux ou trois petites amies par semaine comme auparavant...

— Ma vie privée me regarde...

— Vous avez le droit de coucher avec la femme d'un ami, c'est vrai, mais pas de lui tirer une balle en pleine poitrine...

On sonnait. Moers était accompagné de deux hommes portant des petites mallettes.

— Par ici... C'est dans la chambre à coucher... Inutile de vous demander ce qu'il y avait sur cette tache plus claire...

— Un tapis, bien entendu...

— Des fils en sont restés sur la moquette... Je voudrais qu'on les recueille et qu'on les étudie... D'une façon générale, tout l'appartement a besoin d'un bon examen... Cela m'intéresserait de trouver des plans de maisons ou de châteaux, par exemple, ou de la correspondance avec des antiquaires étrangers ou avec des marchands de tableaux...

Cette fois, Mori était stupéfait et ne cherchait pas à le cacher.

— Qu'est-ce que c'est, cette nouvelle histoire ?

— Ce n'est encore rien, qu'une idée en l'air, mais cela deviendra peut-être quelque chose...

» Je vous laisse travailler, Moers. J'ai une autre démarche à faire... Là aussi, j'aurai peut-être besoin de vous...

Et, se tournant vers Manuel :

— Je vous laisse aussi. Jusqu'à nouvel ordre, vous êtes en liberté, mais il vous est interdit de quitter la ville...

— Et Bandol ?

— Je vous dirai cela demain matin...

— Je peux téléphoner à Line ?

— Vous y venez...

Manuel haussa les épaules.

— Au point où vous en êtes, ce n'est pas la peine de nier. D'autant plus que nous n'avons rien fait de mal...

— Je vous le souhaite...

Quelques minutes plus tard Maigret pénétrait à l'*Hôtel des Îles* qui n'était pas un établissement de luxe mais qui était confortable, d'une propreté assez rare, et habité probablement par des habitués. Il s'adressa au bureau.

— Jo Mori, s'il vous plaît ?

La jeune fille, de l'autre côté du comptoir, le regardait en souriant.

— Deuxième étage. Le 22, monsieur Maigret...

— Il vous a dit qu'il m'attendait ?

— Non. Il m'a dit qu'il attendait quelqu'un. Mais je vous ai reconnu dès que vous avez franchi la porte...

Maigret prit l'ascenseur, frappa au 22, et on lui ouvrit aussitôt la porte. C'était Jo qui avait quitté la rue du Caire afin d'être chez lui quand le commissaire arriverait.

— Qu'est-ce que vous avez fait de mon frère ?

— Je l'ai laissé chez lui. Avec, il est vrai, des spécialistes de l'Identité Judiciaire qui procèdent à un examen minutieux des lieux...

— Vous ne l'avez pas arrêté ?

— Line aura besoin de lui, demain... Il doit aller à Bandol... Et vous ?

— Je ne comptais pas y aller... De quelle Line parlez-vous ?...

— Laissez tomber... C'est déjà dépassé... Votre frère a admis qu'il est son amant...

— Je ne vous crois pas...

Ils étaient dans un petit salon gris perle qui faisait un peu vieux jeu mais qui n'en était pas moins plaisant. Jo, après avoir hésité, tendait la main vers l'appareil et formait le numéro de son frère.

Maigret, les mains derrière le dos, regardait autour de lui, ouvrait une porte à tout hasard et se trouvait face à face avec une jeune femme qui n'avait sur le corps qu'un peignoir entrouvert.

— Vous êtes la maîtresse de Jo, je suppose ? La question est ridicule puisque je vous trouve dans sa chambre, non loin du lit défait, avec certains de vos vêtements sur un fauteuil.

— Il y a du mal à ça ?

— Pas du tout. Quel âge avez-vous ?

— Vingt-deux ans...

Il entendait la voix de Jo derrière lui.

— Il est déjà avec elle... Je n'ai pas eu le temps... Mais toi ?... C'est vrai qu'il te laisse aller à Bandol et que tu lui as parlé de Line ?... Tu aurais bien fait de me prévenir...

» Je ne sais pas... Il est en train de bavarder avec elle dans la chambre à coucher... Tu la connais... Elle pourrait parler pendant des heures mais je n'ai malheureusement pas trouvé de sourde-muette qui me convienne...

Il ne tarda pas à raccrocher et sa silhouette s'encadra dans l'entrée de la chambre à coucher.

La jeune fille disait :

— On m'appelle Marcelle... Marcelle Vanier... Je suis de Béziers mais je suis venue à Paris dès que j'ai pu...

— Depuis combien de temps êtes-vous avec Jo ?

— Un mois, et je ne me fais pas d'illusions. Je doute que j'en aie pour un autre mois...

— Ferme ton peignoir... fit la voix sèche du jeune homme.

Et, se tournant vers Maigret :

— Si vous me disiez ce que vous cherchez au juste, nous gagnerions peut-être du temps... Vous savez que j'ai un camion en déchargement et qu'ensuite il faudra livrer la marchandise...

Comme s'il n'avait pas entendu, le commissaire continuait à s'adresser à Marcelle.

— Où étiez-vous l'avant-dernière nuit ?

— À partir de quelle heure ?

— De onze heures du soir...

— Nous sommes allés au cinéma, Jo et moi... Nous sommes rentrés tout de suite, car il était fatigué...

— À quelle heure a-t-il reçu un coup de téléphone ?

Elle ouvrit la bouche, la referma, regarda Mori d'un air interrogateur.

— Il n'y a pas de mal à ça, fit celui-ci. C'est mon frère qui m'a appelé pour me dire qu'il avait l'intention, dans les jours suivants, de faire une virée en province...

— À Bandol ? demanda le commissaire, narquois.

— À Bandol ou ailleurs. Il ne me l'a pas dit.

— S'il a parlé de Bandol, c'était une prémonition, car Maurice Marcia n'était pas encore mort...

— Est-ce que je sais, moi ?

— C'était hier dans tous les journaux, avec l'heure du décès... Minuit trente environ...

— C'est possible et cela ne m'intéresse pas...

— Vous n'avez pas de tableaux, ici ?

— Quels tableaux ?

— Je ne sais pas. Il y a beaucoup d'amateurs de peinture dans cette affaire...

— Ce n'est pas mon cas.

— Et les meubles sont d'honnêtes meubles d'hôtel.

— Qu'est-ce qu'ils seraient d'autre ?

— C'est ici que vous conservez les factures et les papiers d'affaires ?

— C'est rue du Caire, au bureau, naturellement.

— Vous travaillez, mademoiselle Marcelle ?

— Pas pour le moment.

— Qu'est-ce que vous faisiez avant de rencontrer ce garçon ?

— J'étais barmaid dans un bar de la rue de Ponthieu... J'ai peut-être eu tort de quitter ma place...

— Je le crois aussi.

— Qu'est-ce que vous me conseillez ?

— Dites donc, vous, intervint Jo, les poings serrés.

— Doucement, mon petit... Je ne vous embarque pas aujourd'hui. Profitez encore de la vie. Mais qu'il ne vous prenne pas la fantaisie de quitter Paris...

» Ah ! Une recommandation encore : ne touchez pas à un cheveu de la Puce, si vous le rencontrez... Cela pourrait vous coûter très cher...

Et Maigret descendit l'escalier tout en bourrant sa pipe. Il avait oublié la jeune fille de la réception et il fut surpris quand une voix jeune et gaie lui lança :

— Au revoir, monsieur Maigret.

4

Arrivé Quai des Orfèvres, Maigret appela tout de suite Janvier dans son bureau.

— Rien de nouveau au sujet de l'affaire Marcia ?

— Seulement un coup de téléphone de l'inspecteur Louis, qui aimerait bien vous parler.

— Il est à son bureau ?

— Non. Il sera à midi et demi au *Restaurant du Rhône*, boulevard de Clichy.

— Tu déjeunes avec moi ?

— Volontiers. De toute façon, aujourd'hui, ma femme est chez sa mère et j'aurais mangé au restaurant.

Le commissaire appela Mme Maigret.

— J'ai beaucoup de travail et je ne rentrerai pas déjeuner…

Elle le savait d'avance. Chaque fois qu'une enquête en arrivait à un certain point, il éprouvait le besoin de faire en quelque sorte l'école buissonnière, c'est-à-dire de déjeuner avec un de ses collaborateurs à la *Brasserie Dauphine*.

C'était une façon de rester dans le bain. Les deux hommes allèrent tranquillement à pied jusqu'à la brasserie et s'arrêtèrent devant le zinc où il y avait déjà plusieurs des hommes du Quai des Orfèvres.

— Pour changer, grommela Maigret, je prendrai un petit pastis...

Cela lui arrivait rarement. Depuis que son vieil ami Pardon l'avait mis en garde, il buvait beaucoup moins qu'autrefois et il lui arrivait de garder longtemps une pipe éteinte à la bouche.

— Tu ne sais pas ce que Louis me veut ?
— Vous savez, il prend toujours des airs mystérieux...
— C'est un homme étonnant, mais il ne pourrait pas entrer dans la brigade. Il a besoin de travailler seul...

Le patron vint leur serrer la main. Petit à petit, il était devenu complètement chauve et, comme cela avait pris des années, on ne s'en apercevait pas.

— Qu'est-ce qu'il y a à déjeuner ?
— De l'andouillette... Mais si vous préférez un steak...
— Andouillette, trancha Maigret.
— Moi aussi, fit Janvier en écho.

Ils pénétrèrent dans la salle de restaurant où il n'y avait que quatre tables occupées, dont deux par des avocats. On était entre soi. Maigret avait son coin, près de la fenêtre, d'où il apercevait la Seine et les bateaux qui passaient. De son bureau aussi il voyait passer les bateaux et cela durait depuis plus de trente ans. Or, il ne s'en lassait pas.

— Tu serais gentil, en rentrant au Quai, de téléphoner à Orly. Je voudrais demain une place dans un avion pour Marseille. De préférence dans le milieu de la journée.

— Vous allez à Bandol ?

— Oui. Officieusement, bien entendu, étant donné que c'est en dehors de notre juridiction.

— Il y a certainement un appareil d'Air Inter...

— Il est midi et demi. Veux-tu passer un coup de fil à l'inspecteur Louis pour lui demander de venir à mon bureau dès qu'il aura déjeuné ?

À une heure et quart, déjà, le Veuf était assis en face du commissaire et le feuillage des arbres bruissait de l'autre côté de la fenêtre ouverte. Maigret avait tombé la veste. Louis était toujours en noir, y compris la cravate.

— J'ai reçu ce matin un coup de téléphone de l'amie de mon correspondant anonyme...

Maigret ne put s'empêcher de sourire.

— Elle ne m'a pas dit son nom... Elle est inquiète parce que son ami n'a pas donné signe de vie depuis quarante-huit heures...

Maigret attendait placidement la suite.

— Un autre bruit, plus vague... Trois ou quatre truands, au moins, ont soudain éprouvé le besoin de quitter Montmartre et, comme par hasard, ce sont des amis des frères Mori...

— J'ai une nouvelle à vous communiquer, moi aussi, inspecteur. Je sais qui est votre correspondant anonyme...

Le visage de Louis devint tout rouge. Cela lui paraissait impossible que le commissaire réussisse en vingt-quatre heures une identification qu'il n'avait pu effectuer au cours des années.

— Qui est-ce ?

— Vous connaissez la Puce ?

— Tout le monde le connaît à Montmartre…

— C'est lui… Je le tiens de Manuel Mori lui-même, qui s'est coupé ou qui a cru que j'étais au courant…

Maigret connaissait depuis près de trente ans celui qu'on appelait la Puce parce qu'il mesurait à peine un mètre cinquante. En outre il était maigre, avec un visage étrange où la bouche occupait presque toute la place. Et cette bouche, comme en caoutchouc, pouvait prendre instantanément toutes les expressions possibles.

Il avait travaillé comme chasseur au *Rat de Cave*, un cabaret alors très élégant de la place Pigalle où la plupart des clients étaient en smoking. Il portait l'uniforme rouge à veste courte, une casquette galonnée, et il se tenait à la porte, prêt à porter n'importe où les messages des clients.

Le Rat de Cave avait disparu. La Puce, dont le vrai nom était Justin Crotton, avait travaillé plusieurs années dans la brasserie de la rue Victor-Massé que fréquentaient les caïds du Milieu.

Il était toujours aussi maigre, aussi agile, capable de se faufiler n'importe où, mais son visage s'était ridé. De loin, il avait l'air d'un gamin. De près, il portait bien ses quarante-cinq ou quarante-six ans.

— Et moi qui n'ai pas reconnu sa voix, se lamentait Louis.

— Il devait la changer dans la mesure du possible.

— Pas tellement. Maintenant que vous m'en avez parlé, cela me revient. Je suis impardonnable de ne pas avoir pensé à lui.

— De quoi vivait-il, ces derniers temps ?

— Il était avec une entraîneuse du *Canari*, rue Pigalle, qui habite rue Fromentin...

— Souteneur ?

— Plus ou moins. Je ne sais pas. C'est assez curieux, pour une belle fille, de se mettre en ménage avec cet avorton... Il est né à Paris, boulevard de la Chapelle, et je n'ai pas besoin de vous dire quel métier exerçait sa mère. Elle l'a envoyé chez une de ses sœurs, à Saint-Mesmin-le-Vieux, en Vendée ; dès l'âge de quatorze ans, il revenait à Paris et se débrouillait...

— Il est en danger, dit Maigret avec gravité.

— Vous croyez que les Mori oseraient...

— Eux-mêmes resteraient hors du coup... Ils ont assez de tueurs pour supprimer un témoin gênant...

L'inspecteur Louis n'en revenait toujours pas.

— La Puce !... Et personne ne se méfiait de lui... On le considérait comme un être inoffensif, pas tout à fait comme un homme, une sorte de gamin dont le visage se serait ridé... Il fréquentait les mauvais garçons qui ne se gênaient pas pour parler devant lui...

» Je crois que son rêve était d'être admis parmi eux... Je ne serais pas surpris qu'on se soit servi de lui à l'occasion pour faire le guet...

— Comment s'appelle son amie ?

— Blanche Pigoud... 28, rue Fromentin... C'est à deux pas du boulevard de Clichy où je viens de déjeuner...

— Vous la connaissez ?

— De vue, car je n'ai jamais rien eu à lui reprocher...

— Elle doit se coucher au petit matin. Nous avons des chances de la trouver chez elle...

— À moins que ce soit son jour de coiffeur... Ces filles-là ne se lèvent de bonne heure que pour aller chez le coiffeur...

Maigret appela Janvier.

— Tu veux venir avec nous ? Nous allons à Montmartre, une fois de plus.

— Je prends une voiture ?

— Bien entendu...

Ils partirent tous les trois. La journée était radieuse, un peu trop chaude pour le mois de mai, et on s'attendait à des orages.

La rue Fromentin était paisible. Le 28 était un immeuble relativement récent, rassurant.

— Nous montons tous les trois ?

— Je vais d'abord monter seul pour ne pas l'impressionner. Et encore. Il vaut mieux que l'inspecteur Louis m'accompagne, puisque c'est à lui qu'elle a téléphoné...

— Deuxième étage sur la rue, leur dit la concierge.

Dans la cage d'escalier flottaient des odeurs de cuisine et on entendait un bébé qui pleurait quelque part. Maigret poussa le bouton de sonnerie. Il fallut très longtemps pour qu'une jeune femme plutôt boulotte, nue sous un peignoir léger, leur entrouvre la porte.

Elle reconnut l'inspecteur Louis.

— Vous l'avez retrouvé ?

— Pas encore, mais le commissaire Maigret aimerait vous parler...

— Vous voyez comme je suis... Je dormais... Je ne me suis même pas donné un coup de peigne...

— Nous vous en laisserons le temps, répliqua Maigret, bonhomme.

La fille avait un visage ouvert, voire un peu naïf. Elle devait avoir dans les vingt-cinq ans et la vie qu'elle menait ne lui avait pas encore enlevé sa fraîcheur.

— Entrez. Installez-vous... Je viens tout de suite...

Elle entra dans une chambre sur laquelle devait donner la salle de bains.

Si le commissaire n'avait pas eu l'habitude de certaines femmes que les bourgeoises regardent dédaigneusement, il aurait été surpris du décor qui les entourait.

Le living-room était meublé confortablement ; on aurait trouvé les mêmes meubles, dits modernes, dans la moitié des appartements de Paris. Ils étaient cirés avec soin, ainsi que le parquet. Il régnait d'ailleurs une légère odeur d'encaustique.

Poussant une porte, Maigret découvrit une cuisine immaculée où on n'apercevait aucun désordre.

— Vous désirez une tasse de café ? questionna la jeune femme en apparaissant, toujours nue sous son peignoir, mais le visage rafraîchi, avec un léger maquillage.

— Non, merci.

— Vous permettez que je m'en prépare un ? Dans mon métier, on ne peut pas toujours refuser un verre. Quand il le peut, Bob me sert du thé froid en guise de whisky mais, avec certains clients, ce n'est pas possible... Si vous en avez envie, il y a de la bière dans le Frigidaire... Justin adore la bière et il espère toujours qu'elle le fera grossir... Savez-vous qu'il ne pèse même pas quarante-deux kilos ?...

» Il a failli devenir jockey, mais son apprentissage n'a duré que deux jours parce qu'il avait peur des chevaux...

— Il n'a pas peur des durs de Pigalle...

Elle avait mis en marche une cafetière électrique. La cuisine était munie des appareils les plus modernes.

— Vous ne m'avez pas répondu, pour la bière...

— J'en prendrai volontiers un verre.

— Votre inspecteur, lui, ne boit que du Vichy et je n'en ai pas ici.

— Comment savez-vous qu'il ne boit que du Vichy ?

— Il vient de temps en temps au *Canari*... Il fait le tour de toutes les boîtes... Il s'assied dans un coin du bar et il écoute... Il en sait beaucoup plus qu'il n'en a l'air...

— Vous étiez au courant des coups de téléphone de la Puce ?

— Pas exactement...

Elle emportait son café dans le living-room et Maigret la suivait avec son verre de bière.

— C'est un drôle de garçon, l'inspecteur Louis pourra vous le dire... N'est-ce pas, inspecteur ?

— Je me suis toujours demandé pourquoi vous vous étiez mise en ménage avec lui...

— D'abord, parce que je ne peux pas blairer la plupart des maquereaux... Au fond, j'étais née pour être une bonne petite bourgeoise et je ne suis jamais aussi heureuse que quand je fais le ménage...

Ils étaient assis tous les trois dans des fauteuils.

— Dans mon métier, on a quand même besoin d'un homme...

— Même si, comme Justin Crotton, c'est un avorton ?

— Ne croyez pas ça... Par certains côtés, il est resté assez enfant, mais il a beaucoup plus de jugeote qu'il n'en a l'air...

Elle ne se préoccupait pas de son peignoir qui s'entrouvrait largement. Elle avait la peau très claire, très douce sans doute.

— Son rêve a toujours été de devenir un mauvais garçon véritable ; pour commencer, comme la plupart, il voulait être souteneur...

— C'est ce qu'il est à présent ?

— Je le lui laisse croire... Cela lui permet de se prendre au sérieux... Il continue, comme quand il était chasseur, à rendre des services à gauche et à droite... De temps en temps, il prend, même avec moi, des airs mystérieux et il se contente de me dire :

» — Ne t'étonne pas si je reste une nuit ou deux sans venir... Nous avons préparé un coup fumant...

— C'était vrai ?

— C'était vrai qu'un coup se préparait par une bande ou par une autre mais il n'en était pas... Ce que j'ignorais, c'est qu'il téléphonait à l'inspecteur les renseignements qu'il récoltait... Cela aussi lui donnait de l'importance à ses yeux...

— Que s'est-il passé ces deux derniers jours ? Est-ce qu'il vous en a parlé ?

— Pas exactement. Un matin, il est rentré surexcité.

» — Il y a eu du pétard, cette nuit, quelque chose qui va être à la une de tous les journaux et qui fera du bruit...

» — Un cambriolage ?

» — Plus grave que ça... Un meurtre... Et la victime est un des personnages les plus connus du quartier...

» — Tu ne peux pas me dire le nom ?

» — Ce sera tout à l'heure dans les journaux. Il s'agit de M. Maurice...

» — Le patron de *La Sardine* ?

» — Oui... Et je suis le seul, en dehors du meurtrier et de sa maîtresse, à savoir qui a fait le coup...

» — J'aime mieux ne pas savoir qui c'est...

Elle prit une nouvelle cigarette, car elle en avait déjà allumé une en sortant de la salle de bains.

— Je lui ai demandé ce qu'il allait faire. Il m'a répondu :

» — Ne t'inquiète pas pour moi...

» — Tu ne vas pas faire chanter le type, au moins ?

» — Tu sais bien que ce n'est pas mon genre.

» — Il ignore que tu es au courant ?

» — S'il le savait, je ne ferais pas de vieux os...

Elle se taisait un moment, soufflant la fumée devant elle.

— C'était un peu le grand jour de sa vie.

» — Si tu savais de qui il s'agit... Un des plus grands caïds de Montmartre... Quant à sa maîtresse...

» — Ne me dis rien...

» — Entendu... Tu apprendras la vérité par les journaux... Si les journaux osent la publier...

» Il est sorti, dès le matin, et depuis lors je ne l'ai pas revu. Le soir, au *Canari*, on m'a regardée d'une drôle de façon, et deux hommes que je ne connais pas ne m'ont pas quittée de l'œil.

» Je suis restée au bar, comme toujours. J'ai été rejointe par un client de province qui ne manque jamais de me voir quand il est à Paris... Nous sommes allés à l'hôtel et, quand nous en sommes sortis, un des deux hommes faisait les cent pas sur le trottoir...

» D'abord, j'ai eu peur pour la Puce... Tout le monde l'appelle comme ça et je finis par le faire, moi aussi... D'ailleurs, il en est assez fier... C'est une sorte de célébrité... Il se complaît aussi à faire des grimaces, pour amuser les gens...

— Il m'a téléphoné, prononça l'inspecteur Louis d'une voix neutre.

— C'est ce que j'ai pensé... Cela explique ses airs mystérieux, et ce qu'il m'a dit en s'en allant... Est-ce qu'il court vraiment un danger ?

Ce fut Maigret qui répondit.

— Cela ne fait aucun doute. Le meurtrier de M. Maurice sait que c'est la Puce qui l'a donné...

— Et moi ? Vous croyez qu'ils ne s'en prendront pas à moi ?

— Est-ce que vous continuez à être suivie ?

— La nuit dernière, un des deux hommes était encore au *Canari*. On l'a appelé au téléphone et il est parti ensuite non sans m'avoir regardée d'un drôle d'air...

— Si je ne me trompe, ils sont en train de s'éparpiller dans toute la France...

— Et les frères Mori ?

— Qui vous en a parlé ?

Car il n'avait pas été fait mention d'eux dans les journaux ni à la radio.

— Tout le monde en parle dans le quartier. Ils sont partis, eux aussi ?

— Non. Mais nous les tenons tous les deux à l'œil.

— Vous croyez que ce sont eux ?...

— Je ne peux pas répondre à cette question. À quelle heure sortez-vous d'habitude de la maison ?

— Vers deux ou trois heures, je vais faire mon marché dans le quartier, car j'aime faire la cuisine... Vers dix heures du soir, je me harnache pour le boulot et je me rends au *Canari*... Je prends ma place au bar et j'attends... Parfois l'attente dure deux heures, parfois seulement quelques minutes, et enfin cela m'arrive d'attendre jusqu'à la fermeture.

— Dans une heure, il y aura un policier en civil dans la rue... Ne vous étonnez pas d'être suivie... Il fera l'impossible pour vous protéger...

— Est-ce que je dois aller aux obsèques, demain ? Tout le monde y va...

— Allez-y. J'y serai aussi... Ainsi que votre ange gardien...

— Cela me rappelle mon catéchisme...

Les deux hommes se levèrent.

— Si vous apprenez quoi que ce soit, téléphonez à la P.J. Demandez à me parler, à moi ou à un de mes hommes de la Criminelle. L'inspecteur Louis, lui, est rarement à son bureau.

— Je vous remercie, monsieur le commissaire... Au revoir, inspecteur... Si vous aviez des nouvelles de Justin...

— J'espère que nous n'en aurons pas. Il a senti le danger et il s'est planqué... Il n'a pas besoin d'aller loin, car il connaît Montmartre comme ses poches et il y a des endroits où un garçon comme lui peut vivre des semaines sans être repéré...

— Souhaitons-le, soupira-t-elle en touchant le bois de la table.

Ils retrouvèrent Janvier dehors.

— Alors ?

— Elle a peur, bien entendu, et je ne peux pas lui donner tort. Peur pour la Puce et peur pour elle-même... Je lui ai promis que dans une heure il y aurait un homme de la brigade devant la maison et qu'elle serait suivie partout où elle irait... N'oublie pas de faire le nécessaire quand nous arriverons au Quai... Quelqu'un qui peut entrer dans une boîte de nuit assez élégante sans se faire remarquer...

Maigret se retourna vers Louis.

— En attendant, prenez donc la planque... Dès que notre inspecteur arrivera, vous reprendrez votre liberté...

— Bien, monsieur le divisionnaire...

Une fois au volant de la voiture, Janvier questionna :

— Comment est-elle ?

— Très bien... Si les choses avaient tourné autrement pour elle, sans doute quand elle avait dix-sept ou dix-huit ans, elle aurait fait une épouse et une ménagère de premier ordre...

— Elle savait ?

— Au sujet des coups de téléphone de la Puce ? Elle ne l'a soupçonné que voilà deux jours... C'est extraordinaire... Ce freluquet à visage de clown a pu, pendant des années, être un des indicateurs de l'inspecteur Louis sans que personne le soupçonne... Il devait se délecter de ce rôle qui lui donnait confiance en lui... Quand on arrêtait tel ou tel malfrat, il pouvait se dire :

» — Grâce à moi.

Et c'était vrai !

Dans le courant de l'après-midi, Maigret monta sous les combles du Palais de Justice où se trouvait l'empire de Moers : le laboratoire de l'Identité Judiciaire.

On avait besoin des spécialistes dans neuf affaires sur dix, ne fût-ce que pour des questions d'empreintes digitales, et pourtant ils n'étaient même pas une douzaine, en blouse blanche, à travailler dans les pièces au plafond en pente.

— Je suppose qu'il est encore trop tôt pour avoir du nouveau ?

Moers était un homme modeste, maigrichon, dont le complet avait toujours besoin d'un coup de fer. Il y avait si longtemps qu'il appartenait au Quai qu'on avait de la peine à imaginer l'Identité Judiciaire sans lui. Il était toujours prêt à travailler, à n'importe quelle heure du jour ou de la nuit. Il est vrai qu'il était célibataire et que personne ne l'attendait dans son logement d'étudiant du Quartier latin.

— Un fait est déjà acquis, répliqua-t-il de sa voix toujours un peu monotone. On a tout récemment, hier après-midi sans doute, astiqué tous les meubles, nettoyé les boutons de porte, les cendriers, les moindres objets pour en effacer les empreintes digitales.

» Les seules que nous ayons relevées sont celles du locataire, Manuel Mori, dont j'ai retrouvé la fiche aux Sommiers, et celles de la femme de ménage qui, la concierge me l'a confirmé, est allée square La Bruyère hier après-midi... J'oublie d'autres empreintes, les vôtres...

— Pas une seule empreinte oubliée ?

— Pas une, patron. On dirait presque du travail de professionnel...

— C'est du travail de professionnel... De quand date la fiche que vous avez trouvée aux Sommiers ?

— D'il y a quatorze ans...

— Cambriolage ?

— Pendant les vacances, dans un hôtel particulier de l'avenue Hoche...

— À combien a-t-il été condamné ?

— Il n'avait que dix-huit ans et son casier judiciaire était vierge. En outre, on a considéré qu'il n'était qu'un comparse, car le coup avait été réalisé par cinq hommes...

— Cela me rappelle vaguement quelque chose, mais je ne m'en suis pas occupé personnellement.

— Il a fait un an de prison...

— Y a-t-il la moindre indication qu'une femme soit venue assez régulièrement dans l'appartement, y compris dans la chambre à coucher ?

— Les placards ont été passés au peigne fin, si je puis dire. Pas trace de poudre de riz, nulle part, de crème de beauté, pas un cheveu féminin...

— Et la moquette ?

— Dorin est sans doute un des meilleurs spécialistes du monde des fibres végétales ou animales. C'est son dada. Il a passé plus d'une heure à étudier la moquette à la loupe et il a récolté une trentaine de bouts de fil à peine visibles... Il a travaillé dessus pendant des heures... Quand je dis des fils, il s'agit de fils de soie... Ils sont très anciens, trois cents ans au minimum, et Dorin jurerait qu'ils proviennent d'un tapis chinois...

» Il continue à analyser sa trouvaille, car il tient à arriver à une précision absolue...

Maigret aimait l'atmosphère de ces pièces mansardées où on travaillait loin du public, dans une ambiance paisible.

Chacun savait ce qu'il avait à faire. Près d'une des lucarnes se dressait le mannequin articulé qui servait si souvent dans les reconstitutions. À découvrir, par exemple, dans quelle pose un homme se trouvait pour être frappé par un couteau de telle façon, ou pour qu'une balle ait suivi telle trajectoire.

— S'il y a du nouveau demain, passez-le à Janvier. Moi, je serai à Bandol...

Moers n'était pas l'homme à prendre des vacances sur la Côte d'Azur et pour lui Bandol devait être comme une image de rêve.

— Vous aurez chaud... se contenta-t-il de murmurer.

Quand Maigret, en dînant, annonça à sa femme qu'il irait le lendemain à Bandol, elle sourit et lui dit :

— Je le savais...

— Comment ?

— Parce que la radio a annoncé tout à l'heure que, si les obsèques ont lieu demain matin à l'église Notre-Dame-de-Lorette, l'inhumation aura lieu au cimetière de Bandol... Qu'est-ce que tu espères découvrir là-bas ?

— Rien de bien défini... Peut-être un indice, un petit rien... J'y vais pour la même raison que j'assisterai le matin au service mortuaire...

— Tu vas avoir chaud...

— Il est possible que je doive coucher là-bas... Cela dépendra des avions... Je n'ai pas le courage de revenir à Paris par le train...

— Je te préparerai ta petite valise bleue...

— Oui... Simplement du linge et des objets de toilette...

Il avait quelques remords de se rendre dans le Midi aux frais des contribuables, car ce n'était pas indispensable. Il y avait même toutes les chances pour qu'il ne découvre rien du tout.

Il dormit paisiblement, comme c'était presque toujours le cas, et fut ébloui par le soleil quand Mme Maigret lui apporta sa première tasse de café.

— On annonce pour aujourd'hui trente degrés à Marseille... dit-elle en souriant.

— Et à Paris ? répliqua-t-il.

— Vingt-six... C'est le mois de mai le plus chaud depuis trente-deux ans...

— Mon avion est à midi et quelque, je ne sais pas au juste, car c'est Janvier qui s'est occupé du billet. J'aurai juste le temps de passer au Quai avant de me rendre à Orly. Je vais emporter dès maintenant ma mallette...

— Et ton déjeuner ? Quand et où déjeuneras-tu ?

— Au pis aller, je mangerai un sandwich au bar, à Orly...

Il se dirigeait vers la porte quand elle dit :

— Tu ne m'embrasses pas ?

Il serait quand même revenu sur ses pas.

— Ne t'inquiète surtout pas. Je ne prends pas un monomoteur d'il y a cinquante ans et je ne pars pas pour le tour du monde...

Il était un peu ému quand même, comme chaque fois qu'il quittait sa femme pour plus d'un jour.

Sur le trottoir, il leva la tête et il savait d'avance qu'il l'apercevrait à la fenêtre.

Heureusement, car elle lui montrait la mallette bleue qu'il avait oubliée, et ils se retrouvèrent à mi-chemin dans l'escalier.

Il était neuf heures et quart quand Janvier pénétra dans le bureau du commissaire.

— Il paraît que la rue est déjà pleine et que l'église ne pourra pas contenir tout le monde...

Maigret s'y attendait un peu, mais pas à ce point-là quand même.

— Toujours pas de nouvelles de la Puce ?

— Non. Blanche Pigoud, cette nuit, a reçu un coup de téléphone au *Canari*. Quand elle a repris sa place au bar, elle paraissait émue, mais presque tout de suite après un client est venu s'asseoir à côté d'elle...

— À quelle heure est-elle rentrée chez elle ?

— Vers quatre heures du matin...

— Tant pis... grommela Maigret pour lui-même.

Et il chercha le numéro de la jeune femme, le trouva, appela. Contrairement à ce qu'il prévoyait, elle ne mit pas longtemps à répondre.

— Qui est-ce ? demanda-t-elle d'une voix endormie.

— Le commissaire Maigret...

— Vous avez du nouveau ?

— Non, c'est vous qui en avez. Qui vous a téléphoné cette nuit au *Canari* ?

— C'est lui, oui...

— Il vous a dit où il était ?

— Non. Il voulait savoir si vous étiez au courant, ou l'inspecteur Louis, en ce qui le concerne... J'ai répondu que oui... Alors il m'a demandé si vous étiez fâché et cette fois j'ai dit que non...

On aurait dit une gamine engourdie de sommeil.

— C'est vrai, n'est-ce pas, que vous ne lui en voulez pas ?

— Il a toujours aussi peur ?

— Oui. Il aurait aimé savoir aussi si des inconnus ne rôdaient pas autour de la maison.

» — On n'a encore arrêté personne ?

» — Pas que je sache.

» — On n'a même pas perquisitionné chez Manuel Mori ?

» — Je crois que si. Le commissaire est venu ici avec l'inspecteur Louis, mais ils ne m'ont pas donné de détails... En tout cas, un policier veille sur moi jour et nuit...

— Il n'a rien dit d'autre ? questionna Maigret.

— Seulement qu'il changeait d'endroit chaque nuit... C'est tout... Je n'avais pas le temps de parler beaucoup, car depuis un bon moment un client tournait autour de moi...

— Recouchez-vous et ne craignez rien... Si vous aviez quelque chose de nouveau à me dire pendant la journée, appelez l'inspecteur Janvier, au Quai des Orfèvres...

— Vous allez à Bandol ?

Cela commençait à l'irriter. Tout le monde lui parlait de ce voyage comme s'il l'avait fait annoncer par les journaux.

— Et voilà ! soupira-t-il en regardant Janvier dont la silhouette se découpait sur la verdure des arbres. Je ne sais pas si c'est une bonne idée, mais il change de cachette chaque nuit...

— Ce n'est peut-être pas si bête... Il doit y avoir tant de gens qui le cherchent...

Si Mori, comme c'était probable, avait donné le mot, toutes les petites frappes de Montmartre devaient être à l'affût de la Puce. Et celui-ci, avec son physique, ne pouvait guère passer inaperçu dans la foule.

— Je passerai tout à l'heure prendre ma mallette... Il vaudrait mieux que tu me donnes dès maintenant mon billet d'avion...

Heureusement, le départ était plus tard qu'il ne le craignait : 12 h 55.

— À tout à l'heure.

Il se fit conduire rue Ballu et dit au policier qui conduisait d'aller l'attendre près de l'église.

Plus de deux cents personnes se pressaient devant la maison où quelques-unes seulement pénétraient pour aller présenter leurs condoléances. Il y avait des gens de toutes sortes, des boutiquiers du quartier, des marlous, des propriétaires de restaurants ou de cabarets de nuit.

On commença à descendre les fleurs et il fallut deux voitures pour les contenir en même temps que les couronnes.

Puis quatre hommes descendirent le cercueil d'acajou qu'ils glissèrent dans le corbillard.

L'église était assez près et on n'aurait pas trouvé de voitures pour tout le monde. Quand Line Marcia parut, en grand deuil, blonde et pâle, sur le seuil, il y eut un frémissement dans la foule, comme au passage d'une vedette, et on aurait pu penser que les gens allaient applaudir.

Elle prit place dans une immense voiture noire qui roula au pas. Au premier rang marchait tout le personnel de *La Sardine*. Le rang suivant était formé par les anciens, des hommes de l'âge de M. Maurice et quelques-uns même plus âgés.

Très dignes, ils allaient tête nue, le chapeau à la main, tandis que des curieux se massaient aux fenêtres.

Sous un soleil triomphant, cela ne manquait pas d'allure, et Marcia aurait été content de pareilles funérailles.

Quand Maigret se retourna, il vit que le cortège, sur toute la largeur des rues, mesurait plus de trois cents mètres et la circulation avait dû être détournée par les agents à bâton blanc qui faisaient des gestes fébriles.

— Un enterrement du tonnerre... fit un gamin qui passait.

C'était exact que l'église était déjà remplie, sauf les premières rangées qu'on avait séparées des autres par des cordons noirs.

Line marcha seule, en tête toujours, très droite, et ses yeux bleus étaient impénétrables.

Seule aussi elle s'installa au premier rang tandis que le personnel s'assit au second.

Il y eut des gens debout dans les deux nefs. Il y en avait sur le parvis et on avait laissé les grandes portes ouvertes, de sorte que l'on recevait des bouffées de printemps.

Les orgues jouèrent une marche funèbre et quelques instants plus tard le service commença.

Maigret, debout dans l'aile gauche, examinait les visages et il ne tarda pas à repérer celui de Mori. Celui-ci avait pris place dans la rangée des personnages importants, d'autorité, comme si cela lui revenait de droit, alors qu'il était le plus jeune.

Son regard rencontra celui de Maigret et il exprima une sorte de défi.

Le commissaire n'attendit pas la fin de la cérémonie. Il avait chaud. Il avait soif. Quelques instants plus tard, il s'enfonçait dans l'ombre d'un bistrot où il commanda un verre de bière.

— Pour des funérailles, ce sont des funérailles, grommela le patron qui était très vieux et dont la main tremblait un peu. Qui est-ce, en somme ?

— Le patron du restaurant *La Sardine*...

— En haut de la rue Fontaine ?

— Oui.

— Je croyais que c'était un gangster...

— Il l'a été dans son jeune temps...

Maigret but son verre d'un trait, paya et finit par retrouver la voiture noire de la P.J.

— Au Quai...

— Bien, patron...

Il était onze heures. Le temps de saisir sa mallette et de serrer la main de Janvier et Maigret, dans la même voiture, se dirigeait vers Orly.

Est-ce que Line et Manuel allaient faire le voyage ensemble ? Est-ce que le cercueil serait transporté jusqu'à Bandol par avion ?

Après avoir accompli les formalités, il lui restait un peu de temps, et il se mit à la recherche du commissaire de l'aéroport. C'était un homme qu'il connaissait, car il avait travaillé Quai des Orfèvres.

— Vous allez à Bandol ?

Maigret dut se contenir pour ne pas se fâcher.

— Oui... Je crois que je pars dans une vingtaine de minutes...

— On ne va pas tarder à appeler les passagers...

— Dites-moi... Savez-vous si un des avions est prévu pour transporter un cercueil ?...

— M. Maurice ?

— Oui.

— Il embarque vers trois heures avec sa femme dans un avion privé qu'elle a loué, lui dans la boîte, elle dehors, bien entendu...

Maigret préféra ne pas hausser les épaules.

— Ils mettront combien de temps à faire le voyage ?

— Ils doivent atterrir à Toulon, d'où un corbillard transportera le corps à Bandol. Il n'y a que quatorze kilomètres...

— Les passagers pour Marseille... commençait le haut-parleur.

Et Maigret se dirigea vers celle des portes qu'on lui désignait. Dix minutes plus tard, l'avion, qui était encore un appareil à deux hélices, décollait.

Il s'était promis d'admirer le paysage, car il aimait particulièrement le pays au sud de Lyon. Il n'en eut pas l'occasion, car il dormait bien avant qu'on survole le Rhône.

De l'aéroport de Marseille, il se fit conduire à la gare et il avait, une demi-heure plus tard, un train pour Bandol.

Il se sentait un peu ridicule, avec sa mallette sur les genoux, et son chapeau qu'il retirait sans cesse pour s'essuyer le front.

À Bandol, dès le quai de la gare, le soleil lui brûla littéralement la peau et il commença à regretter d'être venu. Des taxis attendaient, ainsi qu'un vieux fiacre, et Maigret choisit le fiacre.

— Où est-ce que je vous conduis, bourgeois ?
— Vous connaissez un bon hôtel près de la mer ?
— Vous allez y être dans un quart d'heure...

Les roues s'enfonçaient un peu dans l'asphalte amolli par la chaleur. La ville était presque blanche, comme Alger, et il y avait des palmiers le long de certaines avenues.

Il vit la mer, d'un bleu de drapeau, à travers la verdure. Puis il découvrit la plage où quelques personnes seulement se bronzaient tandis qu'une demi-douzaine de baigneurs nageaient. Ce n'était pas encore la saison.

On avait dépassé le Casino. L'hôtel était blanc aussi, avec une immense terrasse parsemée de parasols colorés.

— Vous avez une chambre ?
— Pour combien de temps ?
— Une seule nuit.
— Une personne ? Vous préférez être du côté de la mer ?

Il remplit sa carte de voyageur.

— Au 233...

L'hôtel s'appelait *Les Tamaris*. Il était frais et très propre.

— On peut trouver à boire ?

— Le bar est au fond à droite…

Il s'y rendit et but un verre de bière.

— Vous n'êtes pas le commissaire Maigret ? lui demanda le barman après l'avoir observé un moment.

C'était un jeune, très blond, qui rougissait de son audace.

— Vous êtes pour longtemps sur la Côte ?

— Jusqu'à demain…

— Je m'en doutais… Vous êtes venu pour l'enterrement de M. Maurice, hein ?

— Il était très connu dans le pays ?

— Autant dire que c'était le Bon Dieu…

— Sa villa est loin d'ici ?

— À un bon quart d'heure à pied. C'est pratiquement à l'autre bout du front de mer, pas loin de la villa du défunt Raimu. Vous la reconnaîtrez car elle est flanquée d'une immense piscine…

Maigret avait toujours l'impression de tricher, d'avoir pris des vacances irrégulières.

— Et le cimetière ?

— À moins d'un kilomètre de la villa… Il va y avoir du monde, vous savez… Depuis ce matin, il en arrive de Toulon et de Marseille…

— Quel genre de monde ?

— Des gens importants. Je me demande même si le sous-préfet ne viendra pas. Certains en parlent…

Maigret avala une seconde bière et, après avoir consulté sa montre, se mit lentement en marche. Heureusement que les avenues, le long de la mer, étaient ombragées.

— Il faudra que je vienne ici pour quelques jours avec ma femme… songea-t-il.

L'avion devait avoir débarqué le cercueil, ainsi que Line, à Toulon. À mesure qu'il avançait, il apercevait plus de monde et, quand il arriva à un tournant, il eut à peu près le même spectacle que le matin rue Ballu.

Combien de ces gens-là savaient la vérité ? Peu importe, puisque personne ne parlerait.

Un seul l'avait fait, d'une cabine téléphonique, sans même révéler son nom, et il se terrait Dieu sait où à Montmartre.

5

Un peu en marge de la foule, il aperçut un visage qu'il connaissait bien. C'était Boutang, commissaire de la Police judiciaire à Toulon.

— C'est drôle, fit celui-ci en lui serrant la main. Je pensais à vous ce matin en me rasant et j'avais le pressentiment que vous viendriez…

Il désigna la foule.

— Qu'est-ce que vous dites de ça ? Quel coup de filet on pourrait faire… Non seulement il y a là toute la crème des truands de Toulon, mais encore ceux de Marseille, de Cannes, de Nice…

Quelqu'un s'approchait d'eux et Boutang lui serrait la main, faisait les présentations.

— Charmeroy, commissaire de police à Bandol… Je suppose, Charmeroy, que vous avez reconnu le commissaire Maigret ?…

— Très honoré…

Ils étaient solides l'un et l'autre. Des hommes qui connaissaient leur affaire et qui ne se laissaient pas impressionner.

— Les neuf dixièmes de ceux qui sont ici vivent en marge de la loi et le plus extraordinaire c'est qu'il n'y en a pas un contre qui nous ayons des preuves...

— Quand Marcia vivait à Bandol, l'été, recevait-il beaucoup ?

— Très peu, au contraire. Quelques intimes. En particulier les frères Mori...

— Ils couchaient à la villa ?

— Oui. Et, comme par hasard, c'était toujours l'époque des grands cambriolages... Vous devez lire ça dans les journaux... Des estivants qui ont une grosse villa sur la Côte, qui possèdent aussi un yacht et qui, en juillet ou août, partent en croisière vers les îles grecques... À leur retour, ils sont fort surpris de ne pas retrouver leurs meubles et leurs objets de valeur...

— C'est comme pour les châteaux...

— À peu près... J'ai soupçonné les frères Mori et même le patron, que tout le monde ici appelle M. Maurice... J'ai fait surveiller la villa... Comme pa hasard, chaque fois qu'il y a eu un cambriolage, les Mori n'ont pas quitté la villa et ont joué au gin rummy jusqu'aux petites heures avec Marcia... Vous connaissez sa femme ? Elle ne manque pas de classe et on pourrait la croire dépaysée dans ce milieu...

Le cortège arrivait. Derrière le corbillard, Line, seule dans une voiture, puis d'autres voitures portant des immatriculations de la Côte d'Azur. De grosses américaines, mais aussi, pour les plus jeunes, des autos de grand sport.

Tout cela roulait au pas et il y avait une autre foule qui suivait tant bien que mal.

Il y eut un moment de confusion. Le chauffeur du corbillard fut sur le point de tourner à droite en approchant de la villa mais le maître de cérémonie courut lui donner d'autres ordres.

Les deux groupes se mélangeaient. On aurait dit que tout le monde se connaissait. Les mains se serraient. Quelques-uns chuchotaient.

Mme Marcia descendit de l'auto et se dirigea vers la villa. Elle s'était changée depuis le matin. Elle portait maintenant un tailleur noir d'un tissu léger ainsi qu'un chapeau de soie blanche. Ses gants étaient blancs aussi.

Qu'était-elle venue faire, seule, dans la villa ? Maigret ne trouvait aucune réponse plausible à cette question. Boutang et le commissaire de police non plus.

Elle ne resta absente que moins de dix minutes et remonta dans sa voiture. Le cortège fit demi-tour, s'engagea dans la rue des Écoles, puis dans l'avenue du Onze-Novembre, où l'on se trouva soudain à l'entrée du cimetière.

La confusion régna à nouveau, car beaucoup couraient à travers les tombes pour avoir une bonne place près de la fosse ouverte.

Un prêtre s'y tenait et salua Line.

Elle ne pleura pas plus qu'elle n'avait pleuré le matin à l'église Notre-Dame-de-Lorette. Le lourd cercueil fut descendu. Le prêtre récita quelques prières à mi-voix puis ce furent les fleurs qu'on posa en attendant sur les tombes voisines.

— Tous les grands patrons de la pègre sont là. Les jeunets aussi, fiers de se faire voir avec eux... Qu'est-ce que vous faites maintenant, commissaire ?

— Je ne le sais pas encore.

— Où êtes-vous descendu ?

— À l'*Hôtel des Tamaris*...

— C'est très bien et les patrons sont agréables...

Line était déjà partie en voiture vers la villa. Maigret, dans la foule, n'avait pas aperçu Manuel Mori ni son frère.

— Je crois que je vais rendre une visite...

— Vous avez l'impression qu'elle était au courant ?

— Ce n'est pas une impression. C'est une certitude. Malheureusement, je n'ai recueilli aucune preuve...

— Bonne chance... Si vous avez besoin de moi, vous savez où me trouver et où trouver Charmeroy...

La foule se dispersait petit à petit et se dirigeait vers le centre de la ville pour se rafraîchir dans les bars. Quelques voitures seulement, celles des personnages les plus importants, s'étaient dirigées directement vers Toulon ou Marseille.

Maigret se retrouva seul devant la villa blanche. Celle-ci n'était pas d'une taille écrasante. C'était une jolie villa, sans plus, et ce qu'il y avait de plus impressionnant c'était la piscine entourée de fauteuils-hamacs. Le jardin comportait quelques palmiers, des quantités de cactus et de plantes plus ou moins tropicales que Maigret ne connaissait pas.

Il gravit le perron de trois marches, pressa le timbre électrique, fut surpris de voir la porte s'ouvrir instantanément et Line se dresser devant lui.

— J'aurais dû me douter que vous ne rateriez pas ça... Vous ne respectez pas le deuil, non ?

— Et vous ?

On entrait de plain-pied dans un vaste hall aux murs blancs dont les meubles et les fournitures avaient autant de classe, dans un autre style, que dans l'ancien hôtel particulier de la rue Ballu.

Elle ne l'invitait pas à s'asseoir. Elle attendait, debout, qu'il prenne la parole. La main qui tenait sa cigarette tremblait un peu.

— Je voudrais vous parler de la nuit où votre mari est mort...

— J'ai l'impression de vous avoir déjà répondu à ce sujet.

— Comme vous n'avez pas dit la vérité, je vous pose la question à nouveau.

Et Maigret s'asseyait dans un des fauteuils de cuir crème.

— Vous profitez de ce que je ne suis pas assez forte pour vous flanquer à la porte...

— Vous n'oseriez le faire dans aucun cas... Ne fût-ce que pour ne pas compromettre davantage votre amant...

Elle devint pâle, de rage, et elle alla écraser la cigarette dans un cendrier.

— Vous n'avez donc aucune humanité ?

— J'en ai à revendre, au contraire... Mais cela dépend de mon interlocuteur... Il est évident que vous avez épousé Marcia pour son argent...

— Cela me regarde.

Elle s'asseyait enfin, croisait les jambes, allumait une nouvelle cigarette qu'elle prenait dans une boîte en or qui se trouvait sur un guéridon.

— Vous étiez au lit, Manuel et vous... On a frappé violemment à la porte et je suppose que Mori a passé une robe de chambre tandis que vous vous couliez sous les draps...

Elle ne bronchait pas. Son visage, à présent, était impassible. On aurait même juré qu'il n'y avait dans ses yeux bleu clair que de la curiosité.

— Ensuite ?

— C'était votre mari...

— Et qu'a-t-il fait, à votre avis ? Il a serré la main de Manuel ?

— Il a sorti son automatique de sa poche...

— Comme au cinéma...

— Ce qui m'intéresse, c'est de savoir où se trouvait le pistolet de Mori... Dans un meuble, certainement... Mais cela pourrait être aussi bien dans la chambre à coucher que dans le salon...

— Il faudrait d'ailleurs prouver qu'il y avait une arme dans l'appartement...

Elle alluma sa cigarette.

— Et que je m'y trouvais... Et qu'il y avait un visiteur qui n'était autre que mon mari... Vous êtes mal embarqué, commissaire...

Maigret allait répondre quand elle prononça d'une voix à peine plus forte :

— Entre, mon chéri...

Et, instantanément, une porte s'ouvrit, Manuel parut, en short et en espadrilles, comme s'il venait de la plage.

— Alors, commissaire, on se déplace, à ce que je vois ?

Ironique, il regardait Maigret des pieds à la tête, se dirigeait vers le bar et se servait un Tom Collins.

— Tu en veux un aussi, mon petit ?
— C'est un fait que j'ai soif.
— Et vous, flic ?
— Non.
— Comme vous voudrez... Inutile, ici, de m'exhiber votre petit papier jaune... Vous êtes loin de votre terrain de chasse...
— Je pourrais obtenir sans peine une commission rogatoire...
— Mais vous ne le ferez pas.
— Pour quelle raison ?
— Parce que vous n'avez rien contre moi...
— Même pas le témoignage de la Puce ?
— Vous l'avez retrouvé ?

Il avait froncé les sourcils.

— La Puce est sans doute l'homme, si on peut dire, qui connaît le mieux le IXe et le XVIIIe arrondissement. Les gens le connaissent aussi et la plupart sont prêts à lui donner un coup de main... Ce n'est pas vous qui le retrouverez, commissaire. Ce sont mes hommes à moi... Mais vous n'aurez aucune preuve non plus... Vous voyez que je mets cartes sur table...

» Si nous avions des témoins, j'affirmerais une fois de plus que je n'ai pas tiré, que personne n'a tiré dans mon appartement et que Maurice n'y a pas mis les pieds cette nuit-là.

» Nous pourrions répéter aussi, Line et moi, qu'il n'y a jamais rien eu entre nous et je vous défie de produire au tribunal des gens pour prétendre le contraire...

Il ne jouait pas la comédie. Il était gonflé à bloc et Maigret se demandait avec inquiétude la raison de son assurance. On aurait dit qu'il ne craignait plus rien et Line elle-même était aussi calme que si un certain Marcia n'avait jamais existé.

Le commissaire pensa tout de suite à la Puce. Est-ce que les hommes de Mori, comme celui-ci les appelait, avaient enfin mis la main sur le nabot ? Avaient-ils fait en sorte qu'il ne soit plus dangereux et qu'il se taise une fois pour toutes ?

Maigret bourra sa pipe, l'alluma, se mit debout et commença à aller et venir dans la pièce.

— Je suis en effet en dehors de ma circonscription. Je ne puis donc me servir des documents que je vous ai montrés à Paris...

— Exact...

— Il me suffirait d'un coup de téléphone pour que le commissaire Boutang soit ici dans une demi-heure tout au plus avec un ordre de perquisition... Je suppose que vous connaissez Boutang ?

— Ce n'est pas un ami...

— Donc, à vous de choisir... Ou bien vous me faites visiter la villa, ou je téléphone à Toulon...

— Visitez, je vous en prie... À condition que vous n'emportiez rien...

Dans le grand salon même, le commissaire fit une découverte. Un des murs était recouvert d'une bibliothèque où tous les livres, comme à Paris, étaient richement reliés.

Or, sur les tablettes du bas, il y avait des piles de magazines. Il ne s'agissait pas d'hebdomadaires comme on en trouve dans tous les kiosques et ils ne cadraient pas avec le caractère de M. Maurice. Maigret prononçait les titres à mi-voix, en s'assurant que ces magazines avaient été tout au moins feuilletés :

— *Fermes et Châteaux*... C'est d'une lecture très instructive, n'est-ce pas ?... *La Vie à la campagne... Connaissance des Arts...*

Mori avait froncé les sourcils et jeté un coup d'œil à sa maîtresse.

— C'est à moi, dit-elle. Je ne joue pas aux cartes et, quand les hommes font une partie de gin rummy, je m'installe dans un coin pour lire...

La pièce suivante était une salle à manger ancienne, de style provençal, et, à gauche, on voyait un boudoir dont chaque pièce, comme à Paris, aurait pu prendre place dans un musée.

— Il est authentique ? questionna Maigret en désignant un Van Gogh.

Ce fut la femme qui répondit.

— Je ne suis pas experte, mais mon mari n'avait pas pour habitude d'acheter des faux...

La cuisine était vaste, moderne, impeccable.

— Vous recevez pourtant assez peu.

— Comment le savez-vous ?

— J'ai eu le temps de me renseigner. Je sais aussi que les frères Mori passaient chez vous un mois par an en moyenne...

— Ils étaient les meilleurs amis de mon mari...

— Qui ignorait probablement tout de vos relations avec Manuel...

Celui-ci ne bronchait toujours pas et suivait Maigret sans mot dire.

— Vous vous trompez... Mon mari avait soixante-deux ans et avait beaucoup profité de la vie... Dans un certain sens, il était usé... Il était peut-être amoureux de moi quand il m'a épousée, il y a cinq ans, mais nous n'avons pas tardé à vivre comme frère et sœur...

— Vous pouvez continuer à mentir. Cela ne me gêne pas...

Il gravit un escalier de marbre et poussa une porte à deux battants qui donnait sur une vaste chambre à coucher que prolongeait une terrasse donnant sur la mer.

— La vôtre ?

Il y avait des lits jumeaux, et toujours des meubles extraordinaires.

La salle de bains était plus grande que celle de la rue Ballu, entièrement recouverte de marbre jaune pâle.

— Une seule salle de bains pour vous deux ? Cela cadre mal avec votre histoire de frère et sœur...

— Pensez-en ce que vous voudrez...

Il y avait deux autres chambres à l'étage, chacune avec sa salle de bains.

— Les frères Mori, je suppose ?

— Les chambres d'amis...

— En dehors d'eux, il en vient beaucoup pour occuper ces pièces ?

— Cela arrive...

Les tableaux étaient presque tous des tableaux anciens dont Maigret ne connaissait pas les auteurs.

— Il y a un grenier ?

— Non. Des mansardes, où couchent les domestiques.

— Ils sont ici en ce moment ?

— Non. Je repars ce soir. Une femme de ménage suffit pour tenir la villa en état...

— Et vous ne reprenez pas fatalement le même personnel chaque année ?

— Il nous arrive en effet de changer.

— De sorte que, la plus grande partie de l'année, cette maison, la nuit, n'est pas occupée et qu'il n'y a personne pour la surveiller.

Elle acquiesça de la tête. Alors il lui lança non sans ironie :

— Vous ne craignez pas les cambrioleurs ?

— Ils n'oseraient pas s'en prendre à la maison de mon mari...

— Ni, maintenant que vous en avez hérité, à la vôtre...

Quand ils se retrouvèrent au salon, Maigret ne se dirigea pas vers la porte, mais alla se rasseoir dans le fauteuil qu'il avait occupé précédemment.

Le couple échangea des regards.

— Je me permets de vous signaler que notre avion nous attend à Toulon.

— *Votre* avion. Vous avez employé le pluriel. Cela signifie que Mori va voyager avec vous ?...

— Pourquoi pas ?

— En ami... En tout bien tout honneur...

— Il serait temps de changer de disque... Nous sommes amants, c'est vrai...

— C'est mieux ainsi.

— Ce n'est pas un drame...

— Sauf quand le mari reçoit une balle de fort calibre en pleine poitrine...

Il se tourna vers Mori.

— Nous n'avons pas terminé, tout à l'heure, notre petite conversation à ce sujet. Nous en étions au moment où, ayant passé en hâte une robe de chambre, vous vous dirigiez vers la porte. Vous l'avez ouverte, bien entendu...

— Ensuite ?

— C'est de vous que j'attends la suite. Maurice Marcia n'est pas resté sur le palier...

— Vous ai-je dit que c'était lui ?

— Mettons que vous ne l'avez pas nié. Il ne s'est pas installé dans le salon pour bavarder avec vous... Au contraire, il a traversé celui-ci pour gagner la chambre à coucher...

» Il lui a suffi de soulever le drap pour trouver sa femme nue comme un ver...

— Quelle délicatesse ! ironisa Line.

— En somme, dès le moment où il est entré, il savait ce qu'il allait trouver. Il le savait déjà en quittant *La Sardine*.

— Il le savait depuis trois ans...

— Non. Vous ne me le ferez pas prendre pour un mari complaisant, pas plus que pour un impuissant... Il avait probablement son automatique à la main...

Vous, Mori, vous aviez votre pistolet dans la poche de votre robe de chambre... Où l'avez-vous pris ?...

— Je n'avais aucune arme dans l'appartement.

— Qui a tiré, dans ce cas ? L'automatique de Marcia n'a pas servi. Quant au pistolet qui l'a tué, il est probablement quelque part au fond de la Seine...

— Vous devriez le faire rechercher par des scaphandriers...

Maigret suivait son idée sans se laisser décourager.

— En supposant que vous soyez allé ouvrir la porte sans être armé, ce qui est possible...

— Enfin !...

— Je n'ai pas fini... Vous vous êtes saisi d'un pistolet en voyant Marcia se diriger vers la chambre à coucher... À moins que le pistolet ne se soit trouvé dans le tiroir de la table de nuit et qu'une bonne âme vous ait passé l'objet afin de vous défendre...

— J'aimerais entendre ce récit-là devant les jurés de la cour d'assises...

— Il existe une autre possibilité...

— Laquelle ? Vous excitez ma curiosité...

— C'est que ce ne soit pas vous qui ayez tué...

— Et voilà un nouveau personnage qui entre en scène afin de jouer les traîtres...

— Non... Line a eu tout le temps, pendant que vous alliez ouvrir la porte, de saisir l'arme qui se trouvait dans la table de nuit... Et, quand Marcia vous a menacé, c'est elle qui...

— Elle aurait sans doute atteint le plafond, car elle ne s'est jamais servi d'une arme à feu de sa vie...

— Nous en reparlerons...

— À Paris, d'accord.

— Cette fois, ce sera dans mon bureau.

— Pourquoi pas ?

— Vous risquez d'en sortir menottes aux poings...

— Ce n'est pas élégant de chercher à m'impressionner... Et si je quittais la France d'ici là ?

— Interpol ne tarderait pas à vous retrouver... Vous oubliez que vous êtes fiché et, en outre, assez voyant...

» Je suppose que vous avez l'intention, après un certain délai, de vous marier tous les deux ?

— C'est dans le domaine des possibilités...

— Allez donc prendre votre avion...

Manuel railla :

— Vous ne voulez pas une place ?

Maigret le regarda avec un calme qui ne l'avait pas quitté de l'après-midi, et on sentait que c'était le calme qui précède l'orage.

Il mangea la bouillabaisse dans un petit restaurant propret, seul dans son coin. Il n'en retira pas le plaisir qu'il en espérait. Cela devait tenir à son état d'esprit.

La nuit était tombée. Les allées plantées d'arbres, face à la mer, étaient doucement éclairées et on entendait le bruissement léger des vagues.

Il s'assit sur un banc. L'air était doux. Il se sentait paresseux. Pour un peu, il aurait fait venir Mme Maigret de Paris et ils auraient passé huit jours de vacances à Bandol.

Il ne tarda pas à aller se coucher et il s'endormit tout de suite. Le lendemain, il dut se lever de bonne heure afin de prendre son avion à Marseille et il débarqua à Orly à dix heures trente.

Il prit un taxi et se fit d'abord déposer chez lui. Sa femme ne l'accueillait pas avec de grands transports de joie mais on sentait à son visage rayonnant qu'elle reprenait vie.

— Pas trop fatigué ?
— Un peu.
— Tu veux que je te prépare du café ?
— Merci. Il faut que je passe au Quai.
— Toujours cette maudite affaire ?
— Cette maudite affaire, comme tu dis…
— Les journaux d'hier soir ont parlé de toi. Il paraît que tu joues les mystérieux, que tu es préoccupé, même découragé, et que tu caches certainement quelque chose.
— S'ils savaient la vérité !… Je ne sais pas si je pourrai rentrer déjeuner… Cela dépendra de ce qui m'attend au bureau… À propos… Un de ces jours, il faudra que nous allions tous les deux à Bandol…

Il retrouva la petite voiture au bord du trottoir et un peu plus tard il s'engageait dans le grand escalier du Quai. Sur son bureau s'entassaient déjà des documents administratifs, des rapports, quelques lettres. Il alla ouvrir la porte du bureau des inspecteurs et appela Janvier.

— Bon voyage, patron ?
— Pas mauvais. Devine qui était dans la villa avant même Mme Marcia ?
— Mori, évidemment…

— Exact. Celui-là est coriace, je t'assure, et il nous donnera encore du fil à retordre avant de se mettre à table...

— J'ai une bonne nouvelle pour vous... Enfin, une demi-bonne nouvelle... L'inspecteur Louis a téléphoné ce matin... Il a raté la Puce de quelques heures et il voudrait vous en parler... Il restera dans son bureau toute la matinée afin que vous puissiez l'appeler...

— Fais-le pour moi... Dis-lui que je passe le voir...

Il allait se camper devant la fenêtre ouverte et retrouvait « son » paysage de la Seine avec autant de joie que s'il l'avait quitté pendant des semaines. Le temps était lourd. Il y avait de l'orage dans l'air mais il n'éclaterait sans doute pas avant la soirée.

— Il vous attend.

— Tu viens avec moi ? Cela nous permettra de bavarder en route.

Et, en effet, chemin faisant, il mit Janvier au courant de ce qui s'était passé à Bandol. Ils s'arrêtèrent un instant devant le poste de police de la place Saint-Georges et M. Louis, comme certains l'appelaient cérémonieusement pour le taquiner, ne tarda pas à les rejoindre dans la voiture.

— Vous voulez voir le dernier endroit où il s'est caché ?

— Oui...

— Dans ce cas, arrêtez-vous tout en haut de Montmartre, place du Tertre...

Il y avait des peintres le long des trottoirs et les petites tables à nappes à carreaux rouges étaient prêtes pour les touristes.

— Tournez le coin de la rue du Mont-Cenis et garez la voiture au bord du trottoir...

Plus bas dans la rue, il y avait des immeubles assez neufs mais, dans le haut, la plupart des maisons avaient gardé leur caractère vieillot. L'inspecteur Louis les conduisit dans une allée, entre deux bâtiments, et, au fond, on voyait un atelier vitré.

Louis frappa. Une voix forte cria :

— Entrez !

Ils se trouvaient dans l'atelier d'un sculpteur et celui-ci regardait le commissaire en fermant à moitié les yeux, comme il aurait regardé un modèle.

— Vous, vous êtes le commissaire Maigret. Est-ce que je me trompe ?

— Vous ne vous trompez pas.

— Celui-là...

— L'inspecteur Janvier.

— Voilà des années qu'il n'y a pas eu tant de monde dans mon atelier...

Il avait les cheveux blancs, une barbiche et des moustaches blanches, et ses joues étaient roses comme celles d'un bébé.

— M. Sorel est le plus ancien artiste de la Butte, expliqua l'inspecteur Louis. Depuis combien d'années m'avez-vous dit que vous occupiez cet atelier ?

— Cinquante-trois ans... J'en ai vu défiler, des peintres, à commencer par Picasso, avec qui j'ai souvent cassé la croûte...

Il avait le regard un peu naïf, enfantin. En regardant autour de l'atelier, on ne pouvait se faire d'illusions sur son talent. Il ne sculptait que des têtes d'enfants, du même enfant, aurait-on dit, avec des expressions différentes, et sans doute ces bustes étaient-ils vendus chez le marchand de tableaux de la place du Tertre.

— Il paraît que vous avez eu la Puce chez vous ?

— Pendant deux jours et deux nuits... Il est parti hier soir, quand la nuit est tombée... Il n'ose pas rester plus longtemps au même endroit par crainte d'être repéré...

— Comment se fait-il qu'il ait choisi votre atelier ?

— Si je vous disais que je l'ai connu alors qu'il n'avait pas quinze ans ? C'était alors un garçon des rues, qui se débrouillait comme il pouvait et qui ne mangeait pas souvent à sa faim.

» Le rencontrant un jour place du Tertre, je lui ai demandé s'il voulait poser pour moi et il est venu... Je me souviens du buste que j'en ai fait, un de mes meilleurs, qui se trouve maintenant dans Dieu sait quelle collection... À cause de son visage grimaçant et de son immense bouche, j'en ai fait un clown plus vrai que si j'avais eu un clown professionnel comme modèle...

» C'était un bon petit gars. De temps en temps, il venait frapper à ma porte, surtout l'hiver, et me demander s'il pouvait coucher sur la paillasse... C'était la paillasse de mon chien, car j'ai eu un chien, un grand saint-bernard... Mais c'est une autre histoire...

— Il vous a parlé de ses ennuis ?

— Il m'a demandé si je pouvais le cacher pendant une nuit ou deux... J'ai voulu savoir si c'était la police qu'il fuyait ; il m'a dit qu'au contraire il était très bien avec l'inspecteur Louis et le commissaire Maigret... Il a ajouté que c'était justement pour ça que certaines gens cherchaient à mettre la main sur lui...

— Il ne vous a pas dit où il allait en partant d'ici ?

— Non. Comme j'ai pu comprendre, ce n'est pas loin. Il semble ne pas vouloir s'éloigner des parages...

— Pendant ces deux jours, il ne vous a parlé de personne en particulier ?

— Si. D'un ancien agent de police, qui est maintenant à la retraite, et qui a été gentil avec lui quand il était gamin... Je ne sais pas son nom... Je ne le connais pas... Je ne quitte mon atelier que pour faire mon marché à moins de cent mètres d'ici et pour aller livrer mes œuvres à mon marchand...

Il sembla s'apercevoir seulement qu'ils étaient tous debout.

— Excusez-moi si je ne vous propose pas de vous asseoir mais je n'ai pas assez de chaises ou de tabourets... Et quant à vous offrir l'apéritif, je n'ai que du gros rouge, le même que buvait Utrillo et qui vous semblerait sans doute trop raide.

— Pendant ces deux jours et ces deux nuits, il n'est pas sorti de chez vous ?

— Non. Mais il a été surpris et tout heureux que j'aie le téléphone. Il a appelé une femme pour lui donner de ses nouvelles et je suis allé fumer discrètement une pipe dans la cour...

» Tout ce que je peux vous dire c'est qu'il avait très peur... Il ne tenait pas en place... Il sursautait à chaque bruit et il m'a demandé au moins dix fois si personne ne venait jamais me voir... Qui viendrait me voir ?... Je ne veux même pas de femme de ménage...

Maigret le regardait avec sympathie, car c'était en effet un des rares spécimens encore vivants de l'ancien Montmartre.

— Tiens ! Il a parlé de vous... Il paraît que vous devez arrêter quelqu'un, mais il ne comprend pas pourquoi vous tardez autant...

» — Si le commissaire ne se presse pas, il n'aura plus personne pour témoigner, car ils m'auront abattu avant...

En sortant, après avoir serré la main du vieillard, Maigret grommelait à part lui :

— Un agent de police à la retraite...

— J'ai déjà commencé à travailler sur cette piste, dit l'inspecteur Louis avec son impassibilité habituelle. Il y a des chances que ce soit un agent du XVIIIe arrondissement, ou peut-être du IXe, car il ne serait pas venu habiter si loin... Il semble aussi que c'est le quartier où la Puce rôdait le plus volontiers quand il était jeune...

» J'ai commencé à étudier les listes des sergents de ville qui ont pris leur retraite depuis dix ans... Je n'en ai pas trouvé jusqu'ici qui soient domiciliés à Montmartre, mais je vais continuer cet après-midi...

Il aurait été plus facile, évidemment, dans un quartier où tout le monde se connaît, de s'adresser à la première bonne femme venue, à l'épicier. Mais ne serait-ce pas dangereux pour la Puce ?

— Où voulez-vous qu'on vous dépose ?

— Nulle part... Je vais rester dans le quartier...

Il avait ses méthodes. C'était une sorte de chien de chasse et il aurait été malheureux s'il avait dû travailler en équipe. Il allait sûrement faire à nouveau la tournée des bars des environs, se noyer l'estomac de quarts Vichy tout en écoutant les conversations autour de lui.

— Chez Blanche Pigoud, rue Fromentin...

Maigret, lui aussi, commençait à s'inquiéter du sort de la Puce, mais cela n'aurait servi à rien de mettre dix hommes, vingt hommes à sa recherche.

— Au fait, on surveille toujours les frères Mori ?

— Les inspecteurs se relayent. Pendant l'absence de son frère, Jo a passé assez de temps rue du Caire, puis il est parti en camion et il est revenu, sans cageots, vers huit heures du soir. Il a fermé le rideau de fer et est passé chez lui pour prendre une douche et se changer. Vous savez où il a dîné ?

— Oui. À *La Sardine*...

— Comment avez-vous deviné ?

— Parce que c'était déjà comme une prise de possession...

— Et Manuel ?

— C'est encore plus facile... Il a dîné à *La Sardine* aussi, en compagnie de Line... C'était probablement la première fois que celle-ci mangeait dans le restaurant de son mari... Le pauvre Marcia ne savait pas encore qu'elle en serait bientôt la patronne...

— On dirait qu'ils agissent ainsi par défi... Je suis persuadé que le personnel a été indigné de la voir, le jour des obsèques, en compagnie des frères Mori...

— Manuel se fiche bien de ce que peut penser le personnel. Si des employés s'en vont, il les remplacera par des gens à lui... C'est probablement son intention... Je parie qu'il a couché rue Ballu...

— Vous avez gagné... Pour autant que je sache, il y est toujours...

— Il y a quand même une faille quelque part... pensa Maigret à mi-voix.

— La Puce ?

— La Puce ne nous est d'aucune utilité avant que nous ne mettions la main sur lui... Non ! Il y a une faille ailleurs et j'en ai mal à la tête à force d'y penser...

— Je monte avec vous ?

— Il vaut peut-être mieux pas... Malgré son métier, cette fille a assez de délicatesse... Avec moi, elle est déjà apprivoisée, mais si nous nous présentons tous les deux...

Cette fois, la jeune amie de la Puce était levée, en train de prendre son petit déjeuner près de la fenêtre.

— Une tasse de café ? Il y en a du tout prêt.

— Alors, volontiers...

Elle paraissait préoccupée.

— Vous avez de ses nouvelles, commissaire ?

— Je sais où il a couché les deux dernières nuits, mais il a filé hier soir...

— Dans quel quartier ?

— Près de la place du Tertre, chez un vieux sculpteur...

— C'est drôle. Il m'en a parlé une fois que nous sommes allés dîner au pied du Sacré-Cœur. Cela lui rappelait des souvenirs d'enfance. Il me décrivait la paillasse sur laquelle il lui arrivait de coucher et qui avait servi à un gros chien...

— Il ne vous a parlé de personne d'autre, dans le quartier ?

— Je ne me rappelle pas... Je ne crois pas...

— D'un ancien agent de police, par exemple ?

— Vraiment, cela ne me dit rien.

— Il vous a téléphoné ?

— Deux fois.

— Que vous a-t-il dit ?

— Il a de plus en plus peur. Il ne comprend pas pourquoi vous n'arrêtez pas les frères Mori. Leur bande se tiendrait tranquille et Justin pourrait respirer à l'air libre...

— Il m'en veut ?

— Un peu, je crois, oui. Il en veut aussi à l'inspecteur Louis. Je lui ai répété ce que vous m'avez dit...

— Écoutez... Il y a toutes les chances pour qu'il vous appelle à nouveau, à moins qu'il n'y ait pas le téléphone où il se trouve... Dites-lui de me téléphoner à moi... Je lui donnerai tous les apaisements qu'il désire...

— C'est vrai ?

— J'ai besoin d'un entretien avec lui et il est probable que, deux heures après, les frères Mori seront sous les verrous...

— Je le lui dirai... Je ferai mon possible... Mettez-vous à sa place... Il ne croit plus en rien, en personne...

Un quart d'heure plus tard, Maigret et Janvier étaient attablés au bar de *La Sardine*. C'était l'heure où on dressait les couverts pour le déjeuner et, près de la caisse, le maître d'hôtel, au téléphone, prenait des réservations.

— Un demi, Freddy...

— Et vous ? demanda celui-ci à Janvier.

— La même chose...

— Nous n'avons plus que de la bière étrangère.

— Cela ne fait rien.

On aurait dit qu'il ne les servait qu'à contrecœur et il jetait de fréquents coups d'œil à la porte, comme s'il craignait de voir entrer un des frères Mori.

— Je n'ai jamais vu tant de monde à un enterrement, murmura Maigret, comme pour le forcer à parler.

— Il y avait du monde, oui.

— Et il y en avait presque autant à Bandol. Des gens venus de partout, de Nice, de Cannes, de Toulon, de Marseille... Et quelles voitures !... Je n'ai pas compté moins de cinq Ferrari...

Par contenance, Freddy essuyait les verres. Comitat, le maître d'hôtel, avait fini de téléphoner et, au lieu de venir vers eux, il restait au fond de la salle, avec l'air de les ignorer.

Maigret ironisa :

— Il fait frais, aujourd'hui...

Le thermomètre devait indiquer vingt-cinq degrés à l'ombre.

— Il fait frais, oui...

— Alors, vous avez enfin vu la patronne ?

— Quelle patronne ?

— Line Marcia... Elle a dîné ici hier soir avec les frères Mori... Il est vrai que c'est plutôt Manuel le patron...

— Écoutez, monsieur Maigret... Je ne me mêle pas de vos affaires... Ne vous mêlez pas de ce qui se passe ici... D'abord, si on me voyait bavarder avec vous, cela pourrait me faire du tort... Cela pourrait aussi ne pas vous faire de bien...

Le commissaire et Janvier échangèrent un coup d'œil.

— Tu m'attends un instant, Janvier ?

Et il se dirigea vers les toilettes. Pour les atteindre, il devait passer près de Comitat.

— Bonjour, monsieur Raoul, lui lança-t-il.

— Freddy a dû vous dire que vous n'êtes pas le bienvenu ici...

— En effet... Changement de propriétaire... Et, du coup, tout le monde, dans la maison, serre les fesses...

— Je vous serais obligé de ne pas revenir.

— Vous oubliez que c'est un endroit public et qu'il est ouvert à tout qui a une tenue décente et le portefeuille assez garni...

Il gagna les toilettes, revint vers le bar. Il était un peu plus de midi et quart.

— Tu sais ce que nous allons faire, Janvier ? Nous allons déjeuner ici...

Ils se dirigèrent vers la table la plus proche. Comitat arriva à fond de train.

— Je m'excuse, mais cette table est retenue.

— Nous prendrons donc la table voisine...

— Elle est retenue aussi... Toutes les tables sont retenues...

— Mettons, dans ce cas, que celle-ci est retenue par moi... Assieds-toi, Janvier...

Ce n'était pas de la gaminerie de la part de Maigret. Il enrageait. Et il voulait les faire râler à leur tour.

— Passez-moi la carte, s'il vous plaît... Et n'oubliez pas que je peux faire fermer la boîte dans les vingt-quatre heures...

La carte était immense, avec au dos la liste des vins.

— Il y a des coquilles Saint-Jacques, Janvier... Qu'en dis-tu ?

— Entendu pour les coquilles Saint-Jacques...

— Ensuite de la côte de bœuf braisée...

— D'accord aussi...

Il retourna la carte.

— Un vin léger... Un beaujolais ?...

— Volontiers...

Le maître d'hôtel était raide comme un piquet derrière eux. Puis quatre clients entrèrent et s'installèrent près de la vitre. La petite caissière brune avait pris sa place mais c'est en vain que Maigret lui adressa un bonjour. Elle ne paraissait pas le reconnaître.

M. Maurice était mort. De son vivant, personne ne bronchait, mais il y avait quand même un certain moelleux dans l'atmosphère.

Mori, hier au soir, était venu prendre possession des lieux en compagnie de Mme Marcia et ils avaient tous compris.

Désormais, ils allaient avoir à filer doux. Ils commençaient. Il leur arrivait tout juste, en se croisant, de balbutier quelques mots.

— Que paries-tu que nous ne serons pas servis avant une demi-heure d'ici, sinon une heure ?

Et, en effet, la table de quatre fut servie avant eux, puis deux Anglais qui venaient à peine d'arriver. La salle se remplissait peu à peu et, plus on tardait à s'occuper d'eux, plus Maigret souriait en fumant ostensiblement sa pipe.

— Ne vous pressez pas ! dit-il au maître d'hôtel qui passait.

— Non, monsieur. Je n'en ai pas l'intention.

Les Mori ne se montrèrent pas et les deux hommes finirent par avoir à manger et à boire.

6

Quand Maigret rentra au Quai, il était plus de trois heures et la première personne qu'il vit fut l'éternel inspecteur Louis assis sur un des bancs du couloir, son chapeau noir sur les genoux.

Le commissaire le fit entrer dans son bureau et Louis s'assit une fois de plus au bord d'une chaise.

— Je crois que j'ai eu de la chance, monsieur le divisionnaire…

Il avait la voix feutrée des timides et il fixait rarement son interlocuteur en face.

— Quand je vous ai quitté ce matin, j'ai recommencé la tournée des bars et des cafés, dans le haut de Montmartre, aux alentours de la place du Tertre… Je sais que c'est une manie… Je suis arrivé aux *Trois Tonneaux*, un bistrot d'habitués dans la rue Gabrielle… Je suis resté devant le zinc, comme toujours, et j'ai pris mon quart Vichy habituel.

Maigret savait que cela ne servirait à rien de le presser. L'inspecteur parlait avec sa lenteur, son souci d'exactitude qui étaient dans son caractère.

— Dans un coin, sous une horloge réclame, quatre hommes jouaient à la belote... Ils avaient tous un certain âge et il y avait sans doute des années qu'ils faisaient leur partie à la même place, à la même heure...

» J'ai tressailli quand j'ai entendu prononcer :

» — À toi, brigadier...

» L'homme à qui on s'adressait devait avoir soixante-dix à soixante-quinze ans, mais il était encore vert.

» Trois fois, en l'espace de dix minutes, on s'adressa à lui en lui donnant ce titre de brigadier.

» — Il est dans la police ? ai-je demandé à mi-voix au patron.

» — Il l'a été pendant quarante ans... Parlez-moi d'un flic à l'ancienne mode... C'était une figure familière du quartier et, pour les gosses, il se montrait comme un père...

» — Il y a longtemps qu'il est à la retraite ?

» — Au moins dix ans, et il vient chaque jour faire sa partie... Il vit seul, à présent que son fils est marié et habite Meaux... Sa fille est infirmière à l'hôpital Bichat et il a un autre fils qui fait je ne sais quoi, rien de très bon, je pense...

» — Il habite dans les environs ?

» — Pas très loin... Rue Tholozé... Juste en face du seul dancing de la rue... Sa femme est morte il y a cinq ans et il fait lui-même sa cuisine et son ménage... Nous en avons beaucoup, ici, de petits vieux et de petites vieilles qui vivent seuls d'une modeste pension...

Maigret connaissait assez Montmartre pour savoir que c'est une ville à part dans la ville. Certaines gens ne descendent jamais plus bas que la place Clichy.

— Vous avez obtenu son adresse exacte ?

— J'ai quitté le bistrot afin de ne pas attirer l'attention. L'homme est sorti une demi-heure plus tard et s'est arrêté chez le charcutier pour acheter deux côtelettes...

» Je l'ai suivi jusqu'à la rue Tholozé, de très loin, car il doit être familier avec les filatures... Il est entré dans un immeuble de trois étages qui est juste en face du *Tam-Tam*, un musette. J'ai téléphoné au poste du XVIIIe pour demander l'aide d'un inspecteur pendant une heure ou deux... Il en est venu un, un jeune, et il monte la garde non loin de la maison...

Maintenant, il se taisait. Il avait tout dit, à sa manière.

— Tu as entendu, Janvier ?

Car celui-ci était entré en même temps que le commissaire dans le bureau.

— Nous y allons ?

— Bien entendu.

— Nous prenons des hommes avec nous ?

— Ce n'est pas la peine... Il s'agit de mener l'opération aussi discrètement que possible...

Ils prirent une des petites voitures noires qui stationnaient dans la cour de la P.J.

— La rue Tholozé n'est-elle pas à sens unique ?

— Fatalement, puisqu'elle se termine par des escaliers...

Ils aperçurent de loin le jeune agent qui se tenait à une certaine distance de la maison.

— Je vais entrer seul, dit Maigret. Il est inutile de l'effaroucher.

Il s'adressa à la concierge, montra sa plaque de police.

— Le brigadier est chez lui ?

— M. Colson ? C'est vrai que tout le monde continue à l'appeler le brigadier… Il est rentré il y a près de deux heures… Maintenant, il y a des chances pour qu'il soit en train de faire la sieste.

— Quel étage ?

— Deuxième, porte à gauche…

Bien entendu, il n'y avait pas d'ascenseur. La maison était vieille, comme presque toutes les maisons de la rue, et il régnait dans l'escalier une épaisse odeur de cuisine.

Il n'y avait pas de bouton de sonnerie et Maigret frappa à la porte.

— Entrez… fit une voix grave.

L'appartement était petit, encombré de meubles qui avaient été ceux de tout un ménage. Dans la chambre à coucher, à droite, il y avait deux lits, dont un avait sans doute servi successivement aux enfants.

Tout était en double, ou en triple. Il n'y avait pas de réfrigérateur mais un garde-manger en treillis accroché à l'extérieur de la fenêtre.

— Ce n'est pas possible !… Le commissaire Maigret, chez moi !… Entrez, je vous en prie… Il y a ici quelqu'un qui va être bien content…

Il fit entrer le commissaire dans une pièce étouffante qui servait à la fois de salle à manger et de salon. Un homme qui ne mesurait pas un mètre cinquante et qui ressemblait à un gamin dont le visage se serait ridé accidentellement regardait le visiteur avec angoisse.

— Vous l'avez arrêté ? demanda-t-il avant tout.

— Pas encore, mais vous ne risquez rien...

Le brigadier Colson intervenait.

— Je lui ai répété dix fois qu'il devait vous appeler et vous dire où il était... Il est arrivé ici tout tremblant... Il est terrorisé par ces frères Mori... C'est bien le nom ?... De mon temps, on ne les connaissait pas...

— Ils ont à peine dépassé la trentaine...

— Je prends la télévision, le soir, mais je ne lis pas les journaux... Justin s'est souvenu de moi... Je l'ai connu quand il traînait dans le quartier et qu'il n'avait que de vieilles espadrilles aux pieds...

— Qu'est-ce que vous allez faire de moi ?

La Puce était tendu et ne parvenait pas à se détendre.

— Nous allons tous les deux au Quai des Orfèvres. Dans mon bureau, nous aurons une conversation en tête à tête. Il est probable qu'à la suite de cet entretien, les frères Mori seront arrêtés...

— Comment m'avez-vous retrouvé ?

— C'est l'inspecteur Louis qui a retrouvé votre trace...

— Les autres auraient pu en faire autant...

— Je vous remercie de l'hospitalité que vous lui avez donnée, brigadier, et j'espère que les côtelettes étaient bonnes...

— Comment savez-vous... ?

— Toujours l'inspecteur Louis... Et bonne belote demain matin !...

Il se tourna vers le nabot qui n'était pas encore dégelé :

— Viens, toi...

Le retraité les conduisit jusqu'à la porte et les regarda, non sans une certaine mélancolie, descendre l'escalier.

— Monte dans la voiture...

La Puce se trouva assis à l'arrière avec l'inspecteur Louis.

— Moi qui me croyais si bien caché !... soupira Justin à l'adresse de celui-ci.

— C'est un hasard si j'ai trouvé la piste du brigadier...

Il se tenait aussi loin de la portière que possible, par crainte d'être vu de l'extérieur.

Ils montèrent ensemble les escaliers de la P.J. que la Puce regardait avec une sorte de respect craintif. Maigret hésita sur la marche à suivre : les faire entrer tous les trois dans son bureau ou questionner Justin Crotton en tête à tête.

C'est à ce parti qu'il se décida.

— Je vous vois tout à l'heure... dit-il à Louis et à Janvier. Et toi, entre...

Il avait failli dire « mon petit », mais il se retint à temps.

— Assieds-toi... Tu fumes ?

— Oui.

— Tu as des cigarettes ?

— Il m'en reste deux...

— Prends ce paquet-ci...

Maigret en avait toujours deux ou trois dans son tiroir pour ses interlocuteurs éventuels.

— Qu'est-ce que vous...

— Un instant.

Car il y avait une note sur son bureau : *Le laboratoire vous demande de bien vouloir lui téléphoner.*

Il se fit donner la communication avec Moers.

— Vous avez du nouveau ?

— Oui. Le laboratoire a bien travaillé. L'homme des textiles s'est rendu chez le plus grand marchand de tapis de Paris... Ses premières impressions ont été confirmées... Les brins de soie proviennent d'un tapis chinois ancien... Il doit dater du XVIe ou du XVIIe siècle... En dehors des musées, il ne doit pas en exister plus de trois ou quatre en France...

» Le marchand ne sait pas qui les possède... Il va se renseigner... Il y a autre chose de plus important... On a retrouvé des traces infimes de sang sur la moquette, à l'endroit où le tapis se trouvait... Ce sang est très dilué d'eau... On a dû laver et relaver la tache, avec une brosse en chiendent, car on a retrouvé aussi une parcelle de chiendent...

— Est-il possible de déterminer la formule à laquelle appartient ce sang ?

— C'est fait. Il s'agit de sang AB.

— Malheureusement, personne n'a eu l'idée d'examiner le sang de M. Maurice avant qu'il ne soit trop tard... À moins que le médecin légiste...

— Oui. Il y a peut-être pensé... Vous avez reçu son rapport ?

— Il n'en parle pas...

La Puce regardait le commissaire comme s'il ne pouvait pas encore croire à ce qui lui arrivait. Mais pourquoi ne parvenait-il pas à se détendre ? De quoi avait-il encore peur ?

Maigret alla ouvrir la porte.

— Janvier, tu vas essayer de joindre le plus vite possible le médecin légiste... Demande-lui de ma part s'il a pensé à analyser le sang de Marcia... S'il ne l'a pas fait, qu'il te dise ce qu'on a fait des vêtements...

Ils étaient une vingtaine d'inspecteurs à taper des rapports à la machine et, au milieu d'eux, Louis se tenait bien droit sur sa chaise, le chapeau sur les genoux.

Rentré dans son bureau, le commissaire s'adressa à la Puce.

— Voyons... Quelle heure est-il ?... Quatre heures... Il y a des chances que nous trouvions encore ta copine chez elle...

Et, en effet, c'est la voix de Blanche Pigoud qu'il entendit à l'autre bout du fil.

— C'est toi, Justin ?...

— Non... Ici, le commissaire Maigret...

— Vous avez des nouvelles ?

— Il est dans mon bureau...

— Il y est allé de lui-même ?...

— Non... Il a fallu aller le chercher...

— Où était-il ?

— À Montmartre, comme je m'y attendais...

— Vous avez arrêté les...

— Les frères Mori... Non... Une chose à la fois... Je vous passe Justin...

Il fit signe à celui-ci de prendre l'appareil.

— Allô... C'est toi ?...

Il était tout gauche, impressionné.

— Je ne sais pas encore... Il n'y a guère plus d'un quart d'heure que je suis ici et on ne m'a encore posé aucune question... Je me porte bien, oui... Non... Je ne sais pas quand je rentrerai... Au revoir...

— Vous ne l'attendrez plus très longtemps, dit Maigret en prenant le combiné qu'on lui tendait. Vous voilà en tout cas rassurée...

Après avoir raccroché, il alluma lentement sa pipe en regardant Justin Crotton avec attention. Il ne s'expliquait pas la nervosité que celui-ci continuait à manifester.

— Tu trembles toujours comme ça ?
— Non.
— Pour le moment, ici, dans mon bureau, de quoi as-tu peur ? De moi ?
— Peut-être.
— Pourquoi ?
— Parce que vous m'impressionnez... Tout ce qui touche à la police m'impressionne...

— C'est pourtant chez un ancien brigadier qu'en dernier lieu tu es allé chercher refuge...

— Pour moi, le brigadier Colson n'est pas un vrai policier... Je l'ai connu quand j'avais à peine seize ans et c'est grâce à lui que je n'ai jamais été inculpé de vagabondage.

— Tandis que moi... ?
— Vous êtes tellement important...
— Comment as-tu su que Line Marcia était la maîtresse de Manuel ?...
— Tout le monde le savait dans les boîtes du quartier...

— Et, pendant trois ans, M. Maurice n'en a rien su ?

— À ce qu'il paraît…

— Tu n'en es pas sûr ?

— C'est toujours le principal intéressé qui reste dans l'ignorance, n'est-ce pas ? M. Maurice était un homme riche, influent. Personne, je crois, n'aurait osé aller lui dire en face :

» — Votre femme vous trompe avec un de vos amis…

— Marcia et les frères Mori étaient amis ?

— Depuis quelques années, oui…

— Comment le sais-tu ?

— Parce que les frères Mori fréquentaient régulièrement *La Sardine* et que M. Maurice venait s'asseoir à leur table. Il leur arrivait de rester après la fermeture…

— Ils allaient aussi rue Ballu ?

— Je les ai vus y entrer plusieurs fois…

— Quand Marcia était chez lui ?

— Oui.

— Comment se fait-il que tu saches tout ça ?

— Parce que je rôde par-ci par-là… J'ai de grandes oreilles… J'écoute ce qui se dit… On ne se méfie pas de moi…

— Tu es allé souvent à *La Sardine* ?

— Au bar, oui… Freddy est presque un copain…

— Je ne crois pas qu'il le soit encore…

— Le soir du meurtre, je me trouvais rue Fontaine quand M. Maurice est sorti précipitamment, à une heure tout à fait inhabituelle pour lui.

— Quelle heure ?

— Un peu plus de minuit... Il n'a pas pris sa voiture et il s'est dirigé à pas rapides vers le square La Bruyère...

— Tu savais que sa femme se trouvait dans l'appartement de Manuel ?

— Oui.

— Comment savais-tu qu'elle y était justement ce soir-là ?

— Parce que je l'avais suivie...

— En somme, ta manie est de suivre les gens et de les observer ?

— J'ai toujours rêvé de devenir policier... Ma taille m'en a empêché... Peut-être aussi mon manque d'instruction...

— Bon... Tu suis M. Maurice... Il pénètre chez Manuel... Il y avait de la lumière aux fenêtres ?...

— Oui...

— Depuis combien de temps Line était-elle là ?

— Une petite heure.

— Tu n'es pas entré dans l'immeuble ?

— Non.

— Tu devinais ce qui allait se passer ?

— Oui... Sauf que je ne savais pas lequel des deux serait tué...

— Tu as entendu le coup de feu ?

— Non... Les locataires non plus, ou bien ils ont cru que c'était l'échappement d'une voiture...

— Continue...

— Après un quart d'heure environ, Mme Marcia est sortie de la maison et est rentrée chez elle à pas pressés...

— Tu l'as suivie ?

— Non... Je préférais rester...
— Que s'est-il passé ensuite ?
— Une voiture est arrivée en trombe et j'ai failli me faire pincer. C'était l'autre Mori, Jo... Son frère avait dû lui téléphoner pour lui demander de venir d'urgence...

Maigret suivait ce récit avec un intérêt croissant. Jusqu'ici, il n'y avait pas relevé de faille, mais il n'y en avait pas moins chez lui une sorte de malaise assez vague.

— Ensuite ?
— Les deux hommes sont sortis en portant un tapis roulé qui contenait quelque chose de lourd...
— Le corps de Marcia ?
— C'est à peu près sûr. Ils ont hissé le colis dans la voiture et ils ont démarré dans la direction de la place Constantin-Pecqueur. Moi, je n'avais pas d'auto et je ne pouvais pas les suivre.
— Qu'as-tu fait ?
— Je suis resté là, à attendre.
— Ils sont restés longtemps absents ?
— Près d'une demi-heure.
— Ils ont ramené le tapis ?
— Non. Je ne l'ai plus revu. Ils sont montés tous les deux dans l'appartement et Jo n'est sorti qu'une heure plus tard...

Cela se tenait. Les deux hommes avaient d'abord porté le corps dans la partie la plus sombre de l'avenue Junot. Quant au tapis, il y avait des chances pour qu'ils l'aient jeté dans la Seine.

De retour square La Bruyère, ils avaient effacé avec soin les traces de ce qui s'était passé.

— Qu'est-ce que tu as fait ensuite ?

— J'ai attendu le lendemain avant de téléphoner à l'inspecteur Louis.

— Pourquoi à lui et pas au commissariat, par exemple, ou à la P.J. ?

— Parce que ça m'impressionne...

Et il était réellement impressionné.

— Ce n'était pas la première fois que tu lui téléphonais ?

— Non. Il y a longtemps que je lui donne ainsi des informations... Je le connais de vue... Nous fréquentons à peu près les mêmes endroits... Il est toujours seul...

— Pourquoi as-tu disparu ?

— Parce que je me suis douté que les frères Mori penseraient à moi...

Maigret fronçait les sourcils. C'était la partie la moins convaincante de cette déposition.

— Pour quelle raison auraient-ils pensé à toi ? Tu as été en rapport avec eux ?

— Non... Mais ils m'ont vu dans les bars... Ils savent que je rôde dans tous les coins de Montmartre et que je suis bien renseigné...

— Non, laissa soudain tomber Maigret.

La Puce le regarda avec ahurissement, puis avec crainte.

— Qu'est-ce que vous voulez dire ?

— Il en aurait fallu plus que ça pour qu'ils prennent la décision de te descendre...

— Je vous jure...

— Tu ne leur as jamais adressé la parole ?

— Jamais... Vous n'avez qu'à le leur demander...

Il mentait et Maigret le sentait, sans en avoir la preuve.

— Eh bien, on va les arrêter. En attendant, viens avec moi dans le bureau voisin.

— Reste tranquillement ici et attends-moi... Il y a peut-être un des inspecteurs qui a un journal à te prêter...

— Je n'aime pas lire...

— Bon... Ne te fais pas de mauvais sang...

Maigret fit signe à Janvier de le suivre dans son bureau.

— Tu as eu l'Institut médico-légal ?

— J'ai pu avoir le docteur Bourdet lui-même à l'appareil... Les vêtements et le linge sont restés là-bas... Le sang est du groupe AB...

— Comme celui qu'on a relevé sur le tapis...

— Il paraît seulement que dans nos pays c'est le plus fréquent...

— Je monte chez le juge d'instruction et ensuite j'aurai sans doute besoin de toi et de Lucas... De Lapointe aussi...

Maigret se retrouva dans le long couloir des juges d'instruction où presque tous les bancs étaient occupés par des gens qui attendaient leur tour de comparaître. Les uns, entre deux gendarmes, avaient les menottes aux poings. D'autres étaient des prévenus libres ou des témoins et avaient le regard moins fixe.

Maigret frappa à la porte du juge Bouteille, entra, trouva le magistrat en train de dicter à son greffier.

— Je vous demande pardon...

— Asseyez-vous. Ce ne sont jamais que des paperasses administratives... Vous vous êtes servi de mes mandats ?

— Seulement du mandat de perquisition... Un ancien tapis persan a disparu de la chambre à coucher de l'aîné des frères Mori... La moquette, restée à découvert, portait quelques taches qui se sont révélées des taches de sang... Du sang AB... Or, les vêtements de Marcia, examinés par le docteur Bourdet, portent aussi, à l'endroit de la blessure, du sang de la même formule...

— Ce n'est pas une preuve, vous vous en rendez compte...

— C'est un indice... C'en est un autre que, dès le soir de l'enterrement, Mori soit allé coucher rue Ballu et que les deux frères prenaient en quelque sorte possession de *La Sardine*...

— Vous avez retrouvé cette espèce de nabot ?... Quel est encore son surnom ?...

— La Puce... Il est en bas, sous bonne garde... Il confirme qu'il a vu, un peu après minuit, M. Maurice entrer dans l'immeuble du square La Bruyère, où habite l'aîné des Mori... Un quart d'heure plus tard, Line Marcia en est sortie et s'est dirigée à pas rapides vers son domicile... Enfin, le plus jeune des Mori est arrivé en voiture, comme appelé en renfort par téléphone...

» Une demi-heure plus tard, les deux frères descendaient, portant un lourd ballot qu'ils ont hissé dans la voiture...

» La Puce n'a pas pu les suivre jusqu'à l'avenue Junot, faute de voiture, mais il est formel... Le corps était enveloppé d'un tapis multicolore...

— Vous avez l'intention de les arrêter ?

— Cet après-midi... Je voudrais cependant un autre mandat, celui-ci au nom de Mme Line Marcia...

— Vous croyez qu'elle... ?

— Elle est certainement complice... Je la soupçonne d'avoir passé l'arme à son amant... Je me demande même si ce n'est pas elle qui a tiré...

Le magistrat se tourna vers son greffier.

— Vous avez entendu... Établissez le mandat... J'ai l'impression qu'ils vont être coriaces...

— Je m'y attends aussi... Et ce serait imprudent de les envoyer sans de solides preuves devant les assises, car ils vont se payer non seulement les meilleurs avocats de Paris, mais tous les faux témoins dont ils auront besoin...

Un peu plus tard, Maigret rentrait dans son bureau et faisait un geste qui ne lui était pas habituel : il prenait son automatique dans un tiroir et le glissait dans sa poche.

Ensuite, il appelait Lucas, Janvier et Lapointe.

— Entrez, mes enfants... Cette fois-ci on joue le tout pour le tout... Toi, Janvier, tu viens avec moi... Va chercher ton pistolet car, avec ces gens-là, il faut tout prévoir...

» Vous deux aussi... dit-il à Lucas et à Lapointe. Vous irez rue du Caire... Vous avez toutes les chances d'y trouver le jeune Mori... Sinon, essayez son domicile, l'*Hôtel des Îles*, avenue Trudaine...

» Enfin, s'il n'est pas là non plus, essayez *La Sardine*... Voici le mandat d'amener qui le concerne... Emportez aussi une paire de menottes... Toi aussi, Janvier...

Ils se séparèrent dans la cour et les deux voitures se dirigèrent vers leurs destinations.

— Où allons-nous ?

— D'abord chez Manuel...

La concierge leur dit qu'il ne devait pas être là mais que la femme de ménage y était certainement. Ils montèrent. La femme de ménage était d'une maigreur effrayante et on se demandait comment elle tenait sur ses jambes. Elle avait une soixantaine d'années et elle devait être malade. L'expression de son visage était amère, agressive.

— Qu'est-ce que vous voulez ?

— M. Manuel Mori.

— Il n'est pas ici.

— À quelle heure est-il sorti ?

— Je n'en sais rien.

— Il n'a pas couché dans son lit, n'est-ce pas ?

— Cela ne vous regarde pas.

— Police.

— Police ou pas police, cela ne vous regarde pas dans quel lit un homme couche.

— Vous avez remarqué que le tapis qui se trouvait dans la chambre à coucher a disparu ?

— Et après ?... S'il y a fait un trou avec une cigarette et s'il l'a envoyé à réparer, c'est son affaire...

— Votre patron est aimable avec vous ?

— Comme un mur de prison...

Ils étaient bien faits pour s'entendre.

— Alors, vous restez là ? Moi, je continue à passer l'aspirateur, car je n'ai pas de temps à perdre...

Quelques minutes plus tard, les deux hommes s'arrêtaient devant le domicile de feu Marcia.

— Mme Marcia est là-haut ? demanda Maigret à la concierge.

— Je crois qu'elle n'est pas sortie... Quoiqu'il soit toujours possible de passer par la porte du jardin qui reste ouverte...

— Jour et nuit ?

— Oui.

— De sorte que vous ne savez pas qui entre et qui sort ?

— Peu de locataires se servent de cette porte-là...

— J'ai l'impression que Mme Marcia n'est pas restée seule, la nuit dernière ?

— J'en ai l'impression aussi...

— Avez-vous vu sortir un homme depuis ce matin ?

— Non... Il y a des chances pour qu'il soit encore là-haut... D'après la femme de chambre, on peut s'attendre à ce qu'il soit un nouveau locataire...

— À qui la femme de chambre était-elle dévouée ?

— Plutôt à M. Maurice...

— Je vous remercie...

Maigret et Janvier montèrent au premier. Maigret sonna et il se passa quelques minutes avant qu'on ne réponde.

— Mme Marcia, s'il vous plaît...

— Je ne sais pas si elle pourra vous recevoir... Entrez toujours...

Elle les fit entrer dans le grand salon, qui avait retrouvé son aspect habituel.

— Il faudra que nous revenions ici avec des experts en mobilier ancien, murmura Maigret tandis qu'ils attendaient.

Au lieu de Line, ce fut Manuel Mori qui vint se camper dans l'encadrement de la porte.

— Encore vous !

— J'avais demandé Line Marcia...

— Elle n'a aucune envie de vous recevoir et moi je vous empêcherai de la tracasser...

— Je vais pourtant vous tracasser tous les deux. Au nom de la loi, je vous arrête...

— Ah ! oui... Le fameux mandat...

— Cette fois, il y en a un autre, au nom de Line Marcia, née Polin...

— Vous avez osé...

— J'ai osé et je vous conseille de ne faire aucune obstruction... Cela pourrait vous coûter très cher...

Manuel eut un geste pour porter la main à sa poche, où on devinait la forme d'un revolver. Maigret dit doucement :

— Bas les pattes, petit...

L'amant de Line était pâle.

— Tu ferais mieux de le tenir en joue, Janvier...

Lui-même cherchait un bouton de sonnerie et il en trouva un près de la cheminée monumentale. Il le pressa. Quelques instants plus tard, la femme de chambre s'arrêtait, interdite, sur le seuil du salon.

— Allez me chercher Mme Marcia... Dites-lui de prendre avec elle des vêtements, du linge et des objets de toilette pour un certain nombre de jours...

Elle arriva quelques instants plus tard, les mains vides.

— Qu'est-ce que c'est cette…

Elle s'arrêta en voyant Janvier pistolet au poing.

— Voici un mandat qui vous concerne… Je viens vous arrêter tous les deux…

— Mais je n'y suis pour rien, moi !…

— Vous avez tout au moins assisté au meurtre et vous avez tenté de couvrir le responsable… Cela s'appelle complicité…

— Si chaque fois qu'une femme a un amant elle risque…

— Tous les amants ne font pas un carton sur le mari… Allez chercher quelques affaires… Un instant… Donnez-moi votre arme, Manuel…

Celui-ci hésita. Son visage prit une expression dure et Maigret s'attendait à tout, le regardait fixement dans les yeux.

Une main finit par lui tendre l'arme.

— Reste avec lui, Janvier… Je n'aime pas laisser aller la femme seule… Je ne serais pas sûr de la retrouver…

— Il faut que je me change…

— Vous ne serez pas la première femme que je verrai se changer… Que portiez-vous sur vous quand vous dansiez au *Tabarin* ?…

L'atmosphère était lourde et de la menace traînait encore dans l'air. Maigret suivit Line jusqu'au fond du hall et elle pénétra dans une chambre gris perle et jaune meublée en Louis XVI. Le lit était défait. Sur une petite table, il y avait une bouteille de whisky et deux verres à moitié pleins.

Il la croyait capable de tout, même de saisir la bouteille et de la lui fracasser sur la tête...

Il lui versa une large ration d'alcool et mit la bouteille hors de sa portée.

— Vous n'en voulez pas ?
— Non. Préparez-vous...
— Combien de temps croyez-vous que nous serons absents ? Peut-être vaut-il mieux dire : que je serai absente.
— Cela dépendra.
— De qui ?
— De vous et du juge d'instruction...
— Qu'est-ce qui vous a décidé tout à coup à nous arrêter alors qu'hier il n'en était pas question ?...
— Mettons que, depuis hier, nous ayons fait d'importantes découvertes...
— Vous n'avez certainement pas retrouvé l'arme qui a tué mon mari...
— Vous savez très bien que cette arme est dans la Seine, comme le tapis imbibé de sang...
— À quelle prison allez-vous nous conduire ?
— Au Dépôt d'abord, dans le sous-sol du Palais de Justice...
— N'est-ce pas là qu'on met les prostituées ?
— À l'occasion, oui...
— Et vous osez...

Maigret désigna le lit.

— Vous n'avez même pas laissé à ce lit-là le temps de refroidir...
— Vous êtes un affreux personnage...
— Pour le moment, oui. Dépêchez-vous...

Elle le fit exprès, en un tournemain, comme par défi, de se mettre nue.

— J'ai envie de prendre une douche... Cela ne doit pas exister là où je vais...

Elle avait un beau corps souple de danseuse, mais le commissaire n'était même pas émoustillé.

— Je vous donne cinq minutes...

Et il alla se tenir à la porte de la salle de bains, qui avait une autre issue.

Il fallut près d'un quart d'heure pour qu'elle soit prête. Elle mit le même tailleur noir que la veille, le même chapeau blanc. Elle avait fourré un peu de linge dans une mallette, ainsi que des objets de toilette.

— Je vous suis, puisqu'il n'y a pas moyen de faire autrement. J'espère que cela vous coûtera cher...

Ils retrouvèrent les deux hommes au salon. On voyait bien, au regard surpris de Manuel, qu'il se demandait pourquoi sa maîtresse les avait fait attendre si longtemps. Savait-il, lui aussi, qu'elle était capable de tout ?

— Les menottes, Janvier...

— Vous allez me passer les menottes ? questionna Manuel, qui était devenu blême et qui levait déjà le poing.

Il était beaucoup plus fort que Janvier, mais un regard appuyé de Maigret lui fit abaisser le poing, et les menottes claquèrent.

— J'espère que vous n'allez pas lui en mettre aussi ?

— Seulement si cela devient nécessaire...

La femme de chambre vint leur ouvrir la porte de sortie, un drôle de sourire aux lèvres.

— Descendez...

Il fit entrer Mori à l'arrière de la voiture et il s'y installa également tandis que la jeune femme occupait le siège avant à côté de Janvier. Ils ne tentèrent ni l'un ni l'autre de s'évader, ce qui n'aurait d'ailleurs pas réussi.

— Et mon frère ?

— Il doit déjà être à la P.J. À moins qu'on n'ait eu de la peine à mettre la main sur lui...

— Vous avez envoyé vos hommes rue du Caire ?

— Oui.

— Il devait y être... Mon frère n'y est pour rien... Je ne l'ai même pas vu cette nuit-là...

— Vous mentez...

— Vous aurez à prouver le contraire...

La voiture pénétra dans la cour et tous les quatre gravirent l'escalier.

— Dans mon bureau, Janvier...

La fenêtre était restée ouverte. L'orage, maintenant, paraissait proche, et on aurait juré qu'il pleuvait déjà sur le quartier Montparnasse.

— Asseyez-vous tous les deux... Toi, Janvier, vois donc si Lucas et Lapointe sont rentrés...

L'inspecteur revint l'instant d'après.

— Il est à côté, sous bonne garde.

— Fais-le entrer...

Jo était aussi rageur que son aîné.

— Je porterai plainte...

— C'est cela. Vous direz ça au juge d'instruction...

— Combien de temps comptez-vous nous garder ?
— Cela dépendra des jurés. L'un de vous risque d'en avoir pour vingt ans ou davantage... Vous, vous allez quand même avoir à tirer quelques années...
— Je n'ai rien fait...
— Je sais que vous n'avez pas tiré, mais je sais aussi que, quand votre frère vous a téléphoné au milieu de la nuit, vous l'avez aidé à descendre le corps de Marcia dans votre voiture et à aller le déposer avenue Junot...
— C'est faux...
— Janvier !... Fais entrer la personne qui attend...
— S'il s'agit de lui...
— Il s'agit justement de lui... Entrez, Justin... Asseyez-vous...

Janvier restait debout, comme pour les surveiller, tandis que Lapointe, au bout du bureau, prenait l'interrogatoire en sténo.

— C'est ça que vous appelez un témoin ? grommela un Manuel plus hargneux que jamais. Pour cent francs on l'achète et on lui fait dire ce qu'on veut...

Maigret feignit de ne pas avoir entendu et se tourna vers Line.

— Voulez-vous me dire, madame, si la nuit de lundi à mardi vous vous êtes trouvée dans un appartement du square La Bruyère occupé par Manuel Mori ici présent.

— Cela ne vous regarde pas.

— Dois-je déduire de cette attitude que vous êtes décidée à ne répondre à aucune question ?

— Cela dépendra des questions...

Son amant la regardait en fronçant les sourcils.

— Vous admettez pourtant être la maîtresse de cet homme ?

— Je suis la maîtresse de qui me plaît et il n'y a pas encore, à ma connaissance, d'article du Code qui me l'interdise.

— Où avez-vous dormi la nuit dernière ?

— Chez moi.

— Avec qui ?

Même réponse.

— Saviez-vous que votre amant avait une arme chargée dans ou sur sa table de nuit ?

Aucune réponse.

— Je me permets d'insister sur cette question, dans votre propre intérêt, car elle est très importante. Pour vous en particulier.

» Quand votre mari a sonné, vous étiez couchée, nue, sous les draps. Manuel a passé une robe de chambre pour aller ouvrir, mais il n'avait pas pris son pistolet...

» Votre mari, lui, avait une arme à la main... Il s'est dirigé tout de suite vers la chambre à coucher et il a retiré le drap... De quoi il vous a traitée, je n'en sais rien... Il s'est ensuite tourné vers Manuel... Celui-ci s'est approché du lit et, l'instant d'après, il avait un pistolet à la main... Il a tiré le premier... Cela, c'est la première version... Au cours de la reconstitution, qui aura lieu prochainement, on verra si elle se tient...

» Il existe une autre hypothèse, tout aussi plausible... Vous saviez où était l'arme... Votre mari était prêt à tirer sur votre amant et vous avez tiré la première... Qu'en dites-vous ?

— Je dis que c'est de la folie pure. Il aurait d'abord fallu que je me trouve là. Ensuite que...

Sans l'écouter, Maigret se tourna vers Manuel.

— Et vous, qu'est-ce que vous en dites ?

L'aîné des Mori avait le visage sombre et il finit par hocher la tête.

— Je n'en dis rien.

— Vous ne protestez pas contre cette théorie ?

— Je répète que je ne dis rien...

— C'est comme ça que tu me lâches ?... Eh bien, mon petit, cela ne va pas attendre longtemps...

— Tu remarqueras que je n'ai rien dit.

— Tu aurais pu nier, non ?

— Je parlerai peut-être plus tard, devant le juge d'instruction, en présence de mon avocat...

— Et, en attendant, c'est moi qui trinque... Écoutez, monsieur le commissaire...

Elle s'avançait, furieuse, vers le bureau de Maigret, et se mettait à parler en gesticulant. Ce n'était plus l'élégante Line Marcia mais une femelle déchaînée.

7

— C'est vrai que j'étais square La Bruyère, ce n'est pas la peine de le nier car le concierge nous a vus, tout ivre qu'il était, et ce n'est pas avec une bouteille de cognac que Manuel a pu l'acheter pour longtemps. Il y a aussi, sans doute, mes empreintes digitales un peu partout, des traces de poudre ou de crème, que sais-je ?

» Voilà trois ans que ça dure, que j'allais là-bas au moins deux fois par semaine...

» Et ce petit voyou, cet avorton vicieux, là, dans son coin, doit être au courant.

» Quant à Manuel, il savait ce qu'il faisait en devenant mon amant. Ce n'est pas moi qu'il voulait, mais la succession de mon mari...

Elle était déchaînée, parlait d'une façon saccadée.

— Quand Maurice s'est occupé de lui, il n'était qu'un petit souteneur à la manque... Ce que vous ne savez pas, j'en suis sûre, c'est que c'était Maurice le grand patron...

Maigret fumait à petites bouffées en évitant d'interrompre ce flot de paroles. Line parlait sous le coup de la passion, ou plutôt de la peur. De temps en temps, elle se tournait vers Manuel et le regardait avec haine.

Voilà quelques heures encore, ils étaient amants et complices tout à la fois.

À présent, c'était à qui rejetterait les responsabilités sur l'autre.

— Janvier, enlève-lui les menottes...

— Enfin ! On y pense... Il me serait difficile de m'échapper d'ici, je suppose ?...

Manuel avait perdu de sa superbe et se contentait de ricaner.

La Puce se tenait immobile sur sa chaise, dans le coin le plus éloigné des frères Mori. Il avait toujours l'air effrayé et, même si Manuel était momentanément démonté, il le regardait encore avec terreur.

Il l'avait craint si longtemps, le considérant comme une sorte de surhomme, qu'il ne parvenait pas à se débarrasser de sa peur.

— Je mangerai le morceau, comme on dit... continua-t-elle. Nous étions au lit. On a sonné...

— Vous ne vous y attendiez pas ?

Elle eut une seconde d'hésitation.

— Non. Pourquoi me serais-je doutée que mon mari viendrait justement cette nuit-là ?

— Il n'était pas au courant de votre liaison, lui qui savait tout ce qui se passait dans le quartier Pigalle ?...

— Pourquoi aurait-il attendu trois ans ? S'il était au courant, il jouait bien son jeu, car il était jaloux à en devenir idiot...

— Avez-vous l'impression que Manuel, lui, s'attendait à cette visite ?...

Cette fois, le silence fut plus long.

— Franchement, je ne sais pas... Il s'est levé et a passé sa robe de chambre qui se trouvait sur le dossier d'un fauteuil... Puis il a pris son pistolet dans le tiroir de la table de nuit et il l'a fourré dans sa poche...

— Elle ment, commissaire... La robe de chambre est en soie légère. Une arme se serait vue à travers le tissu... Écoutez-moi bien... J'ai dit que je ne parlerais qu'en présence de mon avocat, et c'est exact... Je vous demande seulement de vous méfier de tout ce que vous dit cette femme et de vérifier...

» Sur un point tout au moins, je peux dès maintenant vous dire la vérité... C'est elle qui, quand j'ai commencé à fréquenter Maurice, s'est jetée à mon cou... Elle me répétait que c'était un vieillard, qu'il était fini... Un vieux maniaque, c'était son expression...

— C'est lui, au contraire, qui...

Manuel se leva à son tour.

— Restez assis...

La scène devait être presque cocasse pour un observateur indifférent. Maigret, dans son fauteuil, face à une rangée de pipes, était aussi inexpressif qu'une figure de cire du Musée Grévin. Il les regardait tour à tour, enregistrant les réactions de chacun.

La Puce tremblait toujours dans son coin, comme si un danger le menaçait personnellement.

Le plus jeune des deux frères écoutait sans intervenir. Pour le moment, ce n'était pas tant l'affaire Marcia qui se jouait, mais c'était une âpre et impitoyable dispute entre deux amants.

— Le jour où tu voudras, tu prendras sa succession...

» Voilà ce qu'elle disait. Elle est ambitieuse, avide... Elle avait commencé tout en bas de l'échelle, car elle a fait la retape place Pigalle avant de travailler au *Tabarin*...

C'était un peu écœurant et le pauvre Lapointe essayait, tout en prenant des notes, de cacher son indignation.

— Elle avait déjà l'idée de le tuer ? demanda Maigret d'une voix paisible, comme si c'était la question la plus naturelle du monde.

— En tout cas, c'est une idée qui lui est venue dès les premiers mois...

— Vous l'en avez dissuadée ?

— Ce n'est pas vrai, monsieur le commissaire. C'est lui qui est devenu mon amant tout exprès pour chausser un jour les pantoufles de mon mari...

— Encore une fois, celui-ci ne se doutait de rien ?

— Il avait confiance en moi. D'ailleurs, c'était la première fois que je le trompais...

— C'est faux... Elle a même couché avec Freddy, le barman... Il pourra en témoigner...

Elle se tourna une fois de plus vers lui, haineuse, comme si elle allait lui cracher à la figure.

— Les choses seraient plus faciles, madame, si vous repreniez place sur votre chaise...

— J'ai vu comment vous examiniez les meubles et les tableaux, rue Ballu. Je suis persuadée que vous avez compris et que vous allez les faire expertiser. On découvrira fatalement le pot-aux-roses...

» Mais ce n'était pas une idée de ce minable...

C'était Manuel qui était devenu le minable !

— Le gang des châteaux, comme on l'a appelé, c'était une idée de mon mari et c'est lui qui l'a organisé... Il y avait six ou sept hommes de confiance dispersés à travers la France... On leur faisait signe quand une opération était prévue et ils se rendaient au rendez-vous qu'on leur donnait...

» Les frères Mori étaient sur place, avec leur camion et quelques cageots pour donner le change...

— Que devenaient les meubles et les différents objets de valeur quand Maurice et Manuel s'étaient servis ?

— Ils retournaient en province, chez des antiquaires marrons... Ose dire que ce n'est pas vrai ?

— C'est la seule chose vraie, commissaire, qu'elle ait dite depuis que nous sommes ici... Il est impossible de le nier puisque les fournitures seront expertisées...

— C'est quand même vous qui dirigiez les opérations.

— Sur place, oui... Mais les ordres venaient de Maurice... Il ne prenait pas de risques... Dans son restaurant, il jouait les truands repentis et il y avait des magistrats qui lui serreraient la main...

— C'était une bonne affaire ?

— Une affaire d'or...

— Que vous avez essayé de vous approprier...

— L'idée est venue d'elle.

— Vous en êtes certain ?

— C'est ma parole contre la sienne. Vous en conclurez ce que vous voudrez... Je regrette d'avoir jeté le pistolet dans la Seine, car ce sont ses empreintes digitales et non les miennes que vous auriez découvertes...

— Vous ne voyez pas qu'il ment de sang-froid ?

Au moment où on s'y attendait le moins, Maigret se tourna vers la Puce qui devint blême.

— À quelle heure avez-vous téléphoné ?

8

— Un peu avant minuit, balbutia-t-il.
— Que lui avez-vous dit ?
— La vérité.
— Quelle vérité ?
— Que sa femme et Manuel étaient dans l'appartement...
— Pourquoi cette idée vous est-elle venue ?

Justin détourna la tête et il avait presque l'air boudeur d'un écolier pris en faute.

— Répondez...
— Je ne sais pas... Je voulais me venger...
— De quoi ?
— De tout... J'ai essayé d'entrer dans la bande, il y a deux ans... Je savais comment ils travaillaient... Je sais à peu près tout ce qui se passe dans le quartier Pigalle et sur la Butte...

» J'ai demandé à Manuel Mori de m'embaucher et il m'a répondu qu'il n'avait pas besoin d'un avorton de mon espèce...

Ce fut au tour de Manuel de prononcer :
— Il ment...

Les pipes de Maigret se succédaient et l'air était bleu de fumée.

— Vous pouvez fumer aussi, dit-il.

— Et moi ? questionna Line.

— Également.

— Je n'ai pas de cigarettes et je n'en veux pas de cette crapule...

Il lui tendit un paquet qu'il prit dans son tiroir mais il n'alla pas jusqu'à lui allumer sa cigarette. Elle avait les mains qui tremblaient tellement qu'elle eut du mal à le faire et qu'il lui fallut trois allumettes.

— Quelle est votre vérité à vous, Manuel ?

— Il ne m'a jamais fait de propositions et je ne le connaissais que pour le rencontrer parfois dans les rues de Montmartre... Tout le monde savait qu'il était un mouchard...

— Ce n'est pas vrai...

— Un à la fois. Parlez, Justin.

— J'ai téléphoné pour me venger du mépris de cet homme...

— D'où avez-vous téléphoné ?

— De la cabine téléphonique la plus proche. Je pouvais voir de loin les lumières du restaurant.

— Vous saviez que vous alliez déclencher un drame ?

— Pas d'une façon certaine...

— Mais cette perspective ne vous déplaisait pas ?

— Non...

— S'il avait été question de quelqu'un d'autre, vous auriez fait la même chose ?...

Cette question le laissa un peu désemparé. Il dut réfléchir.

— Je ne sais pas, avoua-t-il.

— N'était-ce pas votre taille et votre visage, sur lequel les gens se retournaient, que vous vengiez...

— Je ne sais pas, répéta-t-il.

— Faites attention à la question que je vais vous poser. Vous venez de mentir, parce que vous avez peur de Manuel...

La panique prit à nouveau le nabot comme si, même ici, les frères Mori restaient tout-puissants.

— J'ai dit la vérité...

— Non. La vérité est que vous avez été payé pour donner ce coup de téléphone à une heure déterminée...

— Qui est-ce qui m'aurait payé ?

— Manuel, justement...

— Je proteste, s'écria celui-ci... Je voudrais bien savoir pourquoi je me ferais prendre en flagrant délit par le mari de ma maîtresse...

Et voilà que Justin se mettait enfin à parler.

— Il m'a donné mille francs... Il m'a menacé de me faire descendre si j'avais le malheur de dire un mot... Il a ajouté :

» — J'ai des hommes partout, qui feront le nécessaire si j'en étais dans l'incapacité...

» Cela me faisait de la peine pour M. Maurice, que j'aimais bien...

— Tu as obéi quand même...

— Je n'avais pas envie de recevoir une balle dans la peau...

— Tu n'as pas pensé que M. Maurice pourrait bien tirer le premier ?

— Du moment que cet homme-ci...

Il désignait Manuel de la main.

— Du moment que cet homme-ci avait décidé la façon dont cela se passerait, cela devait se passer ainsi... C'est une sorte de diable...

Maigret ne put s'empêcher de sourire et Line reprit le rôle de premier plan.

— Vous voyez, commissaire, que je ne mentais pas... Je n'étais pas au courant de ce coup de téléphone... Je ne m'attendais donc pas à l'irruption de mon mari et par conséquent je n'avais pas d'arme...

— C'est faux !... Elle ment comme on respire... L'idée du coup de téléphone, c'est d'elle... Je l'entends encore me dire :

» — Si tu l'abats ou si tu le fais abattre n'importe où, c'est toi qu'on finira par accuser, car la police sera vite au courant de nos relations... Suppose au contraire qu'il nous prenne en flagrant délit, comme on dit... Je le connais... Il ne viendra pas sans arme... Il te menace, ou bien c'est moi qu'il menace... Dans les deux cas, il y a légitime défense...

— Cela ne prouve pas que ce n'est pas vous qui avez tiré...

Elle eut des larmes de rage.

— Mais que faut-il donc faire pour que vous me croyiez ?

— Ce n'est pas à moi de vous croire. Encore une fois, ce sont les jurés qui décideront...

— Je n'ai jamais tenu une arme de ma vie...

— C'est faux, intervint Manuel. À Bandol, je l'ai vue tirer sur les mouettes...

— Avec un pistolet ?

— Le pistolet de son mari.

— Et elle les atteignait ?
— Elle en a abattu plusieurs devant moi...
— Justin...
— Oui, monsieur le commissaire...
— Quand et où Manuel vous a-t-il parlé du coup de téléphone ?
— La nuit du meurtre, rue Pigalle... Je venais de conduire Blanche au *Canari*... J'y vais tous les jours à la même heure...
— Il vous a dit que vous deviez téléphoner vers minuit ?
— Oui...
— Vous voyez ! s'écria Line. Je ne savais même pas où trouver la Puce, et Manuel a eu soin de ne pas me parler de ce coup de téléphone...

Maigret avait soif. Il aurait donné gros pour faire monter de la bière, mais il aurait fallu en commander pour tout le monde.

Il avait obtenu un résultat important, le plus important. Les deux amants, en se dressant l'un contre l'autre, ne niaient plus le meurtre de M. Maurice dans l'appartement du square La Bruyère.

Quant à la culpabilité de l'un ou de l'autre, Maigret n'y attachait pas beaucoup d'importance. Ce n'était pas seulement le coup de pistolet qui comptait, mais ce qui s'était passé avant, c'est-à-dire sa préparation.

Il se tourna vers Manuel qui fumait une cigarette et qui avait une expression de défi sur le visage.

— Pourquoi, alors que vous aviez organisé un drame passionnel, avez-vous appelé votre frère afin d'aller avec lui porter le corps avenue Junot ?

— C'est la preuve, justement, que je n'ai pas tiré. Si j'avais tiré, je l'aurais admis, car j'aurais été en état de légitime défense... Mais, du moment que c'était Line, c'était plus difficile à faire croire... Je lui ai dit de rentrer chez elle et je lui ai promis de faire le nécessaire...

Maigret regardait tour à tour les deux amants. Ils étaient aussi capables de mentir l'un que l'autre. Mori était un cynique que rien n'avait pu arrêter. Mais Line avait-elle plus de sincérité que lui ?

Une voix croassante vint du coin où se tenait la Puce.

— C'est lui ! disait la voix.
— Vous l'avez vu ?
— J'ai entendu.
— Où étiez-vous ?
— J'avais suivi M. Maurice au troisième étage. J'étais caché sur le palier. À un moment donné, j'ai entendu la voix de la femme qui criait :

» — Mais tire donc !... Tu ne vois pas qu'il va me tuer...

» Elle n'avait pas encore prononcé le dernier mot que j'entendais une détonation... Je suis descendu en hâte...

Il y eut un silence. La Puce avait maintenant un étrange sourire sur sa bouche immense.

Manuel parla le premier.

— Il ment. Maurice n'a pas fait mine de tirer sur elle...

— Il invente, disait Line. Aucun mot n'a été prononcé...

Maigret se leva, les regarda tour à tour d'un œil lourd.

— Personne n'a plus rien à dire ?

— Non ! grogna Manuel.

— Je répète qu'il ment... articula Line.

— Janvier !... Passe-leur les menottes à tous les trois...

— Mais je ne suis pas dans le coup, protesta Jo, le plus jeune des Mori.

— N'avez-vous pas aidé votre frère à disposer du cadavre ?

— Ce n'est pas un crime...

— Cela s'appelle complicité... Passe-leur les menottes...

— À moi aussi ? glapit Line comme si elle allait piquer une crise de nerfs.

— À vous aussi...

Et Maigret, à Lapointe :

— Aide Janvier à les conduire au Dépôt...

Il était las. Il avait envie de penser à autre chose. Il mit son chapeau sur la tête et descendit le grand escalier.

Il commençait à tomber de larges gouttes d'eau qui formaient des disques noirs sur le trottoir.

Il atteignit la place Dauphine où deux de ses collègues prenaient des pastis. Il fut tenté un instant, puis il se reprit.

— Le plus grand verre de bière que vous ayez... dit-il au patron.

Le banc, à gauche de la porte du juge Bouteille, fut presque toujours occupé pendant trois mois. Il avait fallu retrouver dans différentes villes de province les complices des frères Mori – et, par le fait, de M. Maurice – dans les cambriolages de châteaux et de riches résidences.

Des experts avaient travaillé aussi et en fin de compte on avait retrouvé l'origine des meubles et des tableaux de la rue Ballu et du square La Bruyère.

On avait retrouvé aussi, chez des antiquaires douteux, un peu partout dans le pays, des fournitures volées par la bande.

Maigret s'était rendu à Montmartre exprès pour féliciter le modeste inspecteur Louis.

— Je n'ai rien fait que mon métier, murmura celui-ci en rougissant.

— Le jour où le cœur vous en dira, vous ferez partie de ma brigade…

Le Veuf ne pouvait pas y croire. Peut-être aussi était-il partagé entre le désir de faire partie de la grande maison et son attachement au quartier Pigalle.

L'affaire passa aux assises en novembre. On avait disjoint l'affaire des châteaux, qui viendrait plus tard.

À la barre, Line et Manuel ne cessèrent de se renvoyer la responsabilité du meurtre.

Le coup de téléphone à la victime impliquait la préméditation et le maximum de la peine.

Le juge Bouteille n'était pas parvenu, malgré sa patience, à départager les deux amants qui étaient devenus l'un pour l'autre des ennemis féroces.

Quand Line déposait à la barre, on entendait une voix dans le box des accusés :

— Elle ment !

— Taisez-vous…

— Je vous dis qu'elle ment.

— Et moi je vous ordonne de vous taire…

La même scène se répétait quand c'était Manuel qui était interrogé.

Le jury ne trancha pas. Il condamna Manuel et Line à vingt ans chacun, Jo à cinq ans.

Et tous les trois, en quittant la salle des assises, se lançaient des regards haineux.

La Puce avait repris l'habitude de téléphoner à l'inspecteur Louis.

FIN

Épalinges (Vaud), le 11 juin 1971.

Table

Maigret et son mort 7

Maigret et l'indicateur 231

Composition réalisée par FACOMPO (Lisieux)

Achevé d'imprimer en juin 2013, en France par
CPI Bussière à Saint-Amand-Montrond (Cher)
N° d'imprimeur : 2003316.
Dépôt légal 1re publication : juin 2013.
LIBRAIRIE GÉNÉRALE FRANÇAISE – 31, rue de Fleurus – 75278 Paris Cedex 06

31/7577/5